江槐看着她被惊艳到的神情
站在一旁和她温柔地说
“它有一个专属名字，你想不想知道？”
常夏拼命地点点头
少年看着这一幕
嗓音干净，笑着说道
“叫‘冬天是永不消亡的罗曼蒂克’。”

U1076208

欣梦享
ENJOY LIVING

槐夏

悠氧——著

江苏凤凰文艺出版社
JIANGSU PHOENIX LITERATURE AND ART PUBLISHING

图书在版编目（CIP）数据
槐夏 / 悠氧著. -- 南京 : 江苏凤凰文艺出版社，2025. 9. -- ISBN 978-7-5594-9963-9
Ⅰ. I247.5
中国国家版本馆 CIP 数据核字第 2025E6N059 号

槐夏

悠氧 著

责任编辑	王昕宁
特约编辑	茶小贩
装帧设计	安柒然
责任印制	杨　丹
特约监制	杨　琴
出版发行	江苏凤凰文艺出版社
	南京市中央路 165 号，邮编：210009
网　　址	http://www.jswenyi.com
印　　刷	三河市兴博印务有限公司
开　　本	880 毫米 ×1230 毫米　1/32　插页 4
印　　张	9
字　　数	245 千字
版　　次	2025 年 9 月第 1 版
印　　次	2025 年 9 月第 1 次印刷
书　　号	ISBN 978-7-5594-9963-9
定　　价	49.80 元

目录

楔　子

南榆七中的梧桐树绿荫遮天，灿烂澄明的阳光从树叶间穿过，洒在教学楼的走廊上，空气里已满是夏天的味道。放学后的广播站播放着来自学生投稿的音乐，一首接着一首。常夏踏上最后一层台阶时，听见了那首自己一直存在手机歌单里的歌——

My youth is yours（我的青春热血为你盛放），

Trippin’ on skies，sippin’ waterfalls（在云端漫游，品味飞瀑），

…………

她抬头，透过玻璃窗户，窥见一旁的教室内黑板上写着的一行大大的字：春风得意马蹄疾，一日看尽长安花。

“哎，你这字写歪了，应该往左一点。”

“现在呢？”

“好多了！”

教室里，有同学正为黑板报绞尽脑汁，她们的手臂上沾染了五彩

斑斓的粉笔末，说话间笑逐颜开。身边，两个女生讨论着数学题目并肩走过。

“这道题肯定要用一次函数解！”

“为什么？”

“你看，这图像是一条直线，而且这条直线永远不会与 x 轴垂直。”

“原来如此。”

这样的情景，让常夏莫名想到了叶穗在高一时问过她的一个问题：“你是喜欢晴天还是喜欢雨天？”

彼时，她的回答牛头不对马嘴：“夏天。”

在她看来，只要是在夏天，不管是晴天还是雨天，人的灵魂总是炙热滚烫的。至于为什么，那时的她尚且无法解释。

常夏的视线漫无目的地投向前方，细碎的光影里，清爽干净的蓝白校服出现在眼前，少年的眼眸里似乎灌满了夏日的风。

“你会不会折纸飞机？”

“会啊。”

“肯定没我折得好。”

“胡说！”

“不信来比比，看谁的飞机飞得远。”

“来啊！”

常夏的唇边不知何时扬起了笑意，她抬手抓住一缕夏光，任由微风拂过发梢，掀起衣角。

这个夏季，她迎来了一场盛大的相逢，从此以后，每一个夏天都是鲜活明亮的。

第一章

纸飞机·烧烤店·领奖台

蝉鸣奏响热烈的开篇，梧桐在清风中摇曳，树叶也染上夏意。教学楼的长廊里，常夏望着远方，夕阳余晖洒在她白色的衣裙上，晚风扑面而来，吹乱了她的头发。忽然，一架纸飞机从长廊的另一端飞来，缓缓滑落在她的脚边。

常夏低头看了一眼，抬头看向纸飞机飞来的方向，视线猝不及防地与为首的男生对上。男生头发蓬松，鼻梁高挺，皮肤冷白，身材清瘦高挑，蓝白相间的校服领子微乱，模样有些乖痞。

注意到她的视线后，原本懒散的少年突然端正了起来：“抱歉啊同学，砸到你了吗？”他指了一下纸飞机，手臂上青筋分明，手腕处还有一颗小痣。

常夏弯腰捡起那只轻飘飘的纸飞机，直接向他掷去。纸飞机借着一阵风，晃晃悠悠地砸中了少年的胸口，惹得常夏“扑哧”一笑。细碎的光落在她的脸上，一双杏眼好似盈盈秋水，长睫忽闪几下就能激起阵阵涟漪。

一旁的祁温言瞪大眼睛，悄悄撞了一下江槐的手肘：“南榆七中什么时候有这么漂亮的女生了？”

常夏攥着书包带，又看了几人一眼，笑着绕开他们，去了走廊尽头的教师办公室。祁温言的视线不自觉地跟着她转动，江槐和程嘉然对视一眼，相当有默契地抬手打向他的后脑勺。

祁温言被打得怪叫一声，摸了摸后脑勺：“干吗呀？下手这么重，我要脑震荡了！”

“看什么呢？”江槐笑道，一双眼睛弯弯的，脸上隐隐浮现出两个小梨涡。

程嘉然上前一步搂过他俩的肩：“别在这儿耗着了，我家附近新开了一家烧烤店，一起去尝尝？”

江槐没说话，一副默认的样子。祁温言没说去也没说不去，他只关心一个问题：“谁请？”

程嘉然想都没想，脱口而出：“阿槐。”

江槐笑着踹了他的小腿一脚，视线若有似无地扫过方才常夏消失的地方，转过头无所谓地道：“我请就我请。”

吴熙汀是理科部A班的班主任兼英语老师，年近三十，脸上依然有些婴儿肥。她为人和蔼，与学生们关系亲近，能聊的话题也多。

常夏进了办公室后，吴熙汀示意常夏坐下，然后摘下眼镜轻声问道：“你叫常夏对吧？”

常夏乖巧地点点头。

“上午你爸爸给我发信息说你肚子疼，下午再来报道。老师等啊等，终于等到你了。”吴熙汀的脸上没有不悦，更多的是关心，“怎么样，你身体现在没事了吧？”

常夏唇角带笑，摇摇头：“多谢老师关心，我已经好多了。”

今天早上，她喝了一瓶刚从冰箱里拿出来的牛奶，谁知碰上生理期到来，肚子疼得难受。好在休息半天后好多了，常夏这才在傍晚的时候赶了过来。

吴熙汀放下心，从桌上拿起常夏的资料。常夏来之前，她已经将资料都看了一遍，此刻，她笑着问："你以前在临城三中的成绩很不错。"

常夏如实应道："嗯。"

临城三中是全省升学率数一数二的高中，南榆七中虽然能在全省排到前五，但与临城三中相比还是稍弱了些。而常夏能在临城三中一直稳坐第一名的位置，可以说是相当优秀了。因此她的到来让吴熙汀如获至宝。加上她长相乖巧，连办公室里的其他老师都很是喜欢这个学生。

吴熙汀嘱咐道："还有不到一年就要高考了，高三的复习速度相当快，现在已经开学两个星期了，你一定要尽快进入状态，知道吗？"

常夏点头。

有老师笑道："这小姑娘看着就聪明，熙汀，你真是走运，这么好的一棵苗子，可得好好培养。"

吴熙汀没多说什么，但喜悦是显而易见的，随后她让常夏去一楼领校服，常夏向她道谢后便离开了办公室。

太阳西沉，走廊上光影迷蒙，广播里旋律悠扬，常夏莫名想起了刚刚玩纸飞机的男生。他会不会也是理科A班的？常夏摇了摇头，将思绪拉回，弯唇笑了笑，朝一楼走去。既然来到了新的环境，便是新的开始了。

从学校出来时，月牙已经高高挂在树梢，天色也渐渐昏暗下来。南榆市交通发达，路上汽车鸣笛声不断，路灯昏黄的光照在常夏的脸上，柔和了她的侧脸。

常夏的妈妈在她幼年时因车祸过世，这么多年来她一直和爸爸生活在一起。这次是因为爸爸工作有调动，常夏才跟着他来到了南榆。常夏的爸爸常光旻忙于工作，今天也没顾得上陪她来学校报到。常夏垂头走在路上，今晚大概率又要一个人搞定晚饭。她正想着晚上吃什么，忽然，一个易拉罐飞来，擦着她的身侧，"哐当"一声砸在了路边树下的石头上。

常夏吓得一激灵，抬眼看去，不远处站着一群头发染成五颜六色的小混混。他们脸色不善，脖子上挂着一圈金色粗链子，衣服也松松垮垮的，晃荡着朝常夏走来。常夏还没反应过来，忽然，一个穿着南榆七中校服的女孩横空出现，挡在了她面前，常夏只能看见女孩的后脑勺。

“哟，又来了一个。”为首的“黄毛”又朝这边扔了个易拉罐，嘴里不干不净的，打量的神情也染上几分戏弄之意，“一个小姑娘，连老子的事情也敢管。”

“黄毛”招呼着身边的兄弟就要动手。段柔二话不说，把书包扔给身后的常夏，在对方伸手过来时，直接上前一步扣住了“黄毛”的手腕猛地一扭，又送去几个飞踹，当即将几人揍得腿脚发软，差点跪地求饶。

“一个个不学好，偏学人家出来当混混。”段柔教训完几人，冷冷吐出两个字，“还不快滚？”

几个混混又气又恼，但看到已经吸引了不远处一些路人的注意，最终还是一溜烟儿跑了。

段柔这才回头看了看常夏：“下次遇到这种事，别傻愣愣地站着，不会还手，跑总会吧？”她伸手将被风吹起的一缕碎发别到耳后，露出个浅浅的笑容。

常夏拼命点头，嘴里说着“谢谢”，把手中的书包还给了段柔。

段柔长相偏英气，鼻梁高挺，眼神凌厉，但因为眼睛大，反倒给人一种长相柔和的错觉。此刻，她的长发披散着落在肩头，校服扣子也解开了两颗，身材高挑，哪怕穿着校服，也能看出一双大长腿，单肩背包的姿态格外松弛懒散。

段柔目光下移，看见少女怀中抱着几套南榆七中的校服，挑了挑眉，盯着她问道：“你也是南榆七中的学生？”

常夏毫不回避她打量的目光，笑得甜美：“对啊。”

段柔也跟着弯了弯唇角，双手抱胸："那你可不要把今晚的事告诉别人，我可不想在学校听到关于我的流言蜚语。"

常夏点头笑道："当然，毕竟刚刚是你保护了我。"

段柔意外地瞥了她一眼，脸上泛起几分欣赏的笑意。

"不过，以后遇到这种事情还是先报警吧，毕竟不可能每一次都这么容易地解决。"常夏轻声细语地说道。

段柔笑意不减。不知道为什么，她看到常夏的第一眼，就觉得这姑娘人应该不错，这种情况，她还是第一次经历。她直白地问道："我叫段柔，温柔的柔。你叫什么名字？几年级几班的？"

常夏很喜欢段柔爽朗的性格，觉得和她交个朋友也不错，于是回道："我叫常夏，经常的常，夏天的夏，高三理科 A 班的。"

段柔听完，激动地笑道："原来你就是新来的转学生啊！好巧，我也在理科 A 班，明天正好要换座位，说不定我们还能成为同桌呢。"说话时，她的眼里闪烁着细碎的光。

常夏说："好啊，我很乐意。"

段柔笑声爽朗："我是个暴脾气，所以没多少人愿意和我亲近，但我觉得，我们俩应该会很搭！"

常夏听对方这么说，开心极了。段柔刚才帮助了她，这样的人，她当然愿意结交，这也算是一个很好的开始。她当即应道："我也这么觉得！"

段柔开心死了："就冲你这句话，你这个朋友我交定了。那我以后就叫你'夏夏'吧！对了，你还没吃饭吧？我带你去吃烧烤怎么样？"

常夏点点头表示同意。

段柔心满意足，一把搂住她，豪爽地道："Let's go！"

十分钟后，两人来到了一家烧烤店门口。段柔掏出手机拨了个电话。正啃着鸡爪的祁温言听见电话铃响，用眼神示意程嘉然把他兜里的手机拿出来，程嘉然无语地瞥了他一眼，示意他看向自己抓着鸡爪的双手：你看我有手吗？

于是接电话的人变成了江槐。电话一接通，他就听见段柔很凶地喊道："祁温言，你掉茅坑里了？接得这么慢！你们在哪儿？我们到了！"

江槐把手机拿开，点了扬声器，说道："祖宗，消停会儿吧，我耳膜都要被你震破了。"

"哦……"段柔一听是江槐，立马收住音量，重新问了一遍，"你们在哪儿啊？"

这变脸比翻书还快，常夏在一旁听着，莫名觉得好笑。

"二楼三号包间。"

"我们马上到！"

电话挂断后，江槐把手机还给祁温言，后知后觉地感到不对劲。"我们"？还有谁？不是就她一个吗？

段柔交好的朋友不多，常玩的也就祁温言、江槐、程嘉然三个。高一开学的时候，祁温言曾见过段柔路见不平、拔刀相助的行为，后来看她总是自己一个人，于是拉着江槐、程嘉然找她搭话，几人才渐渐成了无话不谈的朋友。

傍晚时分，祁温言给她发微信说今晚要去吃烧烤，问段柔要不要一起。她那会儿正在文具店买笔记本，看着昏暗的天色，想着回家吃算了，结果半路遇上了常夏，这才改变了主意。段柔准确无误地找到三号房，一进门，就隆重地介绍起来："今天，我们有了一个新朋友！当当！这是我的宝贝，夏夏！"

祁温言和程嘉然相继抬头，看清她搂着的人的样貌后，当场目瞪口呆。他们怎么也没想到，段柔带来的居然是他们傍晚遇到的那个女生。互相聊了几句后，几人这才知晓前因后果。

祁温言阴阳怪气地道："你的宝贝？刚来第一天就被你拐了，人家同意了吗？还宝贝！"

"祁温言，吃你的鸡爪去，打个电话老半天不接，天天就知道吃吃吃，胖死你！"段柔回撑。

祁温言摸着自己尖瘦的下巴，撇撇嘴，没理她。

程嘉然听完倒是称赞道："果然谁惹了咱们祖宗，必死无疑。"

江槐看了段柔一眼，又把目光移向坐在她旁边的常夏，轻声问道："你们没受伤吧？"

段柔见常夏有些不好意思说话，便回答道："哪能受什么伤，也不看看我是谁。"

江槐微不可察地松了一口气。

"对了，忘了和你说。"段柔向常夏介绍，"这三个人都是我的朋友。"段柔首先隆重地介绍了江槐，"江槐，南榆七中公认的'校草'，不仅长得帅、成绩好，还会弹钢琴、吉他，打架子鼓，总之很受欢迎。"

江槐闻言笑了一声。常夏捕捉到他那浅浅的小梨涡，有种想去戳一戳的冲动。

段柔又介绍起程嘉然："程嘉然，学习和颜值都没得挑。"介绍完还不忘冲他翻了一个白眼。程嘉然无所谓地撇了撇嘴。

最后轮到祁温言，段柔瞥了一眼满脸期待的常夏，又看了看一脸期待地看着自己的祁温言，深吸一口气，字正腔圆地道："过！"

江槐和程嘉然差点笑出猪叫。

祁温言不服气，气势汹汹地站起来，清了清嗓子道："我，祁温言，要钱有钱，颜值完美，学东西很快，喜欢我的人能从这里排到法国。"

段柔上去就是一脚："神经病！"

程嘉然："大哥，你别丢人现眼了。"

江槐："抱歉，他今天忘记吃药了。"

常夏笑得直不起腰来，但因为初相识，不好像他们那样互相调侃，于是回了一句："你好有趣。"

"起码人家夸我有趣了，你们连被回话的机会都没有。"祁温言双手抱胸，一脸得意。

段柔："那是在夸你吗？人家只是不好意思戳穿你而已！"

常夏觉得他们四个实在是太好玩了。在临城三中的时候，大家的学习压力都很大，作业永远写不完，每个人每天只知道埋头苦干，学习学到昏天黑地，同学之间很少有这么融洽欢快的时候。她很喜欢这种和朋友在一起的感觉，这是她梦寐以求的友情。

“行了，都别愣着了，赶紧的，再不吃就凉了。”程嘉然招呼着她们，拿起一旁的两瓶罐装可乐，拉开拉环，又用纸巾将溢出的汽水擦好才递给她们。

祁温言也麻溜地把肉最多的两块羊排夹到了两个女孩的碗里。江槐则是给常夏拿了一双新的筷子。

“谢谢。”常夏接过，又趁机多看了他几眼。江槐的眼神温柔又有亲和力，光是看着他的眼睛，都会觉得他在对你笑。

江槐注意到她的视线，有些不太自在地摸了摸脖子。

席间，段柔忽然与有荣焉地大声宣布：“咱们阿槐明天可是要上台领奖的！”

常夏咽下嘴里的东西，问道：“领什么奖？”

“上个月市里举办了高中数学竞赛，阿槐拿了第一，奖金不少呢。”段柔说道，“听说有了这个奖，有机会被重点大学提前录取。”

“那我可要期待明天的场面了。”程嘉然调侃道。

“常夏，你刚来，肯定想象不到明天的场面会有多热烈！”祁温言激动得好像他才是那位万众瞩目的主角，“南榆七中的初中部和高中部是连在一起的，阿槐可是名声响彻两部的风云人物，粉丝可多了。之前有一次被我遇上了，我跟在阿槐身边都差点被粉丝挤出去。”

“这么夸张？”

祁温言拖着尾音：“不信啊？那你明天可以拭目以待。”

“小心明天我拿你当靶子。”江槐用眼神警告他。

“哎哟，槐神槐神，我怕了，我怕了。”祁温言配合地抱头求饶。

“神经……”程嘉然和段柔一起翻了个白眼。

话题不知怎么又转到了常夏的身上。

段柔说："如果我们夏夏有机会上领奖台，那么关注江槐的人起码会被夏夏分走一半。"毕竟单凭长相，常夏就已经很引人注目了，"但是呢，有我保护夏夏，谁也别想靠近她！"

"我的死活你就不管了？"江槐微微挑眉。

段柔撇嘴："你还需要我保护？"

江槐没再说话，兀自吃着东西，时不时笑一笑，搭着话。

第二天，骄阳升起，阳光穿过交错的树枝炙烤着大地，热得像身处火里。常夏晚到了一小会儿，操场上就已经挤满了人。今天，她换上了蓝白相间的校服，扎了个高马尾，颈部的线条漂亮流畅，单看背影就足够惊艳。

一到操场，常夏就看到理科 A 班的牌子明晃晃地立在那里，于是径直走了过去。

班长余晓远看着这张不曾见过的陌生面孔，主动上前问道："同学，这里是高三理科 A 班，你是哪个班的？"余晓远长着一张圆脸，八字刘海，短发，皮肤光滑，一双眼睛又大又亮，小巧的鼻子上架着一副黑框眼镜，一眼看去是很舒服的长相。

常夏刚要说话，就看到段柔在后面朝她招手："哎哎哎！夏夏，这里！"

她礼貌地向班长点点头，道："我是新转学过来的，我叫常夏，就在理科 A 班。"

余晓远盯着那抹转身离去的背影，有些不可思议地推了推黑框眼镜。随后，她把班牌递给一旁的同学，朝队列后面走去。那同学忍不住问她："班长，表彰大会快开始了，你去哪儿？"

余晓远只道："人有三急！"

段柔将常夏拉去了后面不起眼的地方站着，然后掏出了自己的手机给她瞧："五分钟前有人拍到了江槐在后台的照片，那叫一个帅啊！"

南榆七中允许学生自由携带手机，但是不能在课上使用。此外，学校还建了一个论坛，每个学生都可以注册账号在论坛发帖，只是常夏刚来，还没有注册过。

段柔把图片点开给她看。照片里，男生戴着一只黑色耳机，穿着整齐的黑红相间的礼服，手撑着桌台，唇边挂着若有似无的笑，正认真地听面前的领导讲话。这张图片的拍摄角度很刁钻，显然是偷拍的。

“新同学！你好！”余晓远在常夏背后突然出声。常夏吓了一跳，愕然转头，发现是刚刚那个女生。

“新同学你好，我叫余晓远，是理科A班的班长。如果你有什么不懂的问题或是有烦恼没人倾诉，可以来找我。”语气很是热情。

段柔瞬间反应过来，立马上前道：“交朋友也要讲究先来后到，你只能排第二啦！”她把长发一甩，手臂搭在常夏的肩膀上，一副“护食”的架势。

余晓远哈哈一笑：“不管怎么样，新同学，就当我们认识啦！我得先回去了，免得被人吐槽。”

广播里适时地响起了校领导的讲话声，段柔立马将手机揣进校服口袋里，收起懒散的模样。

排在她旁边的祁温言打了个哈欠，带着鼻音说：“装模作样。”

段柔微笑着拧了一下他的胳膊：“人模狗样。”

祁温言一阵吃痛，换来的却是好兄弟程嘉然的嘲讽：“活该，叫你多嘴。”

烈日当空，没站多久，大家的额头就出了一层细密的汗，但没有人抱怨，毕竟今天的主角可是江槐。

“接下来要宣布的是上个月参加南榆市高中数学竞赛的获奖名单。”

终于等到了这一刻！

“恭喜我校高二文科B班黎述，荣获第八名。”

“恭喜我校高三理科C班陈歆，荣获第五名。”

“恭喜我校高三理科A班江槐，荣获第一名！”

校领导每念一个名字，台下就会响起一片掌声，念到江槐的时候，掌声甚至淹没了领导的讲话声。祁温言和程嘉然更是跟追星应援一般，拼命挥着手大喊江槐的名字。

段柔：你们两个丢人现眼的，江槐有你们，真是他的福气。

班主任吴熙汀本想叫他们收敛些，结果不知怎么的，竟被两人带动着一起喊了起来。

领奖台的侧前方有一棵高大茂盛的梧桐树，阳光穿过树梢，落在了江槐的肩上，少年眉目如画，一身普通的男款西装礼服，愣是被他穿出了高定的效果。常夏看着，竟无意识地往前走了一小步。

等拍完照，领导顺势将麦克风递给了江槐。江槐没想到学校会临时给他安排一个演讲环节，不过他没有丝毫慌乱，单手握着话筒，认真地注视着台下的同学们，微微一笑。

“此刻，我们正青春年华、意气风发，此刻我们正心怀理想、憧憬未来。前方路途漫长，但只要不惧跌倒与失败，永远勇敢坚韧，终有一天，我们会长成参天大树，迎来无限风光。心向远方自明朗，不惧岁月更迭长。我们，正少年！”

发言简短，却让人心生力量。台下瞬间沸腾！

常夏遥望着领奖台，不知道为什么，心里竟也生出了一种被点燃的感觉，好像见到他在发光，自己也不由自主地想要跟随。

颁奖仪式结束后，各班就地解散。江槐一下台，就被粉丝们围住，争先恐后地送上礼物。他摆摆手，一一拒绝。

段柔见常夏还愣在原地，轻声提醒她：“夏夏，发什么愣呢？该走啦。”

常夏收回视线，跟上她的脚步。祁温言从她们身旁经过时，撞了段柔一下，惹得段柔追在他身后大骂，他赶紧拉着程嘉然跑去找江槐。常夏笑了一声，看了一眼几人即将拐进教学楼的身影，快步跟在他们身后。

第二章

乌衣巷·便利店·下雨天

高三理科A班的教室在五楼的最中间，地理位置优越，每天太阳升起的时候，走廊里满地都是金黄的光影。

吴熙汀领着常夏走进教室，介绍道："这是我们班新转来的同学，将跟大家一起拼搏冲刺高中的最后一年。"她示意常夏往前一步，"你来做个自我介绍吧。"

常夏背着一个白色书包站在讲台上，微笑道："我叫常夏，经常的常，夏天的夏，希望我的名字能在明年的夏天带给大家好运，一起奔向未来。"大大方方的样子很讨人喜欢。

坐在后排的段柔带头鼓掌："鼓掌啊！都别发呆！"

吴熙汀看到段柔这副嬉皮笑脸、没个正经的样儿，忍不住敲打道："段柔，一会儿下课来我办公室，这次开学考试，你的英语成绩怎么一下子掉了十几分？"

段柔的笑容立马僵住。开学初的摸底测验，她在考英语的时候睡着了，以至于后面的题目只能乱做一通，作文也只写了一半……她乖乖放下手，扶着额头，一脸生无可恋。

坐在她前面的祁温言无情嘲笑："英语科代表，你也有今天啊。"

段柔凶巴巴地瞪了他一眼。

江槐把祁温言的头掰回去，道："你又想找打。"

"常夏，你就先坐在段柔旁边吧。"吴熙汀说。

天降喜事，段柔打起精神，将被叫去办公室一事抛诸脑后，双眼发光，眼巴巴地期待着她的新同桌。

常夏闻言朝那边看了过去。自己位子的右边是段柔，前面坐着江槐，左斜前是程嘉然，右斜前是祁温言，正好都是她目前认识的人。

吴熙汀安顿好常夏就离开了教室。常夏坐到座位上，刚把书包放下，段柔就凑上来："以后我罩着你。"

祁温言听到后调侃道："常夏，你可能不知道，她可是咱们南榆七中出了名的'校霸'。"常夏看向段柔，眼中流露出一丝惊讶。

段柔笑了笑："没想到吧？"

"常夏，你猜我给段柔的微信备注是什么？"祁温言小声插话道。

知晓答案的江槐和程嘉然默不作声，转过头自顾自地整理起学习资料，生怕引火烧身。毕竟段柔的脾气，他们可是一清二楚。

常夏认真想了想，随后报出一串令他们意想不到的词："酷飒小姐，甜心宝贝，国产好姑娘……"

江槐和程嘉然直接笑出了声，段柔更是笑得前仰后合，只有祁温言的嘴角止不住地抽动。

"常夏，你觉得以他们之间的相处模式，祁温言会给段柔取这么好听又搞笑的备注？"程嘉然问。

段柔收回笑容，用脚踢了踢祁温言的椅子，语气不满道："说，你给我设置了什么备注？"

常夏也很好奇。

祁温言干脆放弃挣扎，开口道："'霸王龙'，好听吗？"

常夏忍住了笑意，另外两个人可就没那么能忍了。

段柔表面平静如水，反问他："你想不想知道你在我这儿的微信备注是什么？”

祁温言勾起嘴角：“说来听听。”看看是不是和他想的一模一样。

关于段柔给祁温言的备注，江槐和程嘉然倒是没怎么听她提起过，这会儿也不由得竖起了耳朵。

“‘小鱼小虾’。”段柔惜字如金。

祁温言刚想开口反驳，突然发现一个个的都安静下来，转头一看，发现是吴熙汀杀了回来，自己被当场抓了个正着。好你个段柔，好你个常夏，好你个江槐，好你个程嘉然，没一个人提醒他！意料之中，祁温言也被吴熙汀“请”去办公室喝茶了。

下课后，由于刚来，常夏对新环境还没有完全熟悉，她转悠了半天才找到饮水机的位置。她装完水，刚走到教室后门，就被一个陌生女孩拦下。女孩推了推鼻梁上厚厚的眼镜，支支吾吾地道：“同学，可以帮我将这个给你们班的江槐吗？谢谢了。”

常夏还没有回答，女孩就将一封信塞在了她手里，而后急急忙忙地跑了。常夏垂眸，信件沉甸甸的，信封是粉色的，上面还别了一朵鲜艳的假花，包装得这么好看，应该不是普通的信吧。

“常夏，你好厉害啊，刚来第一天就收到礼物了。”刚走出教室的程嘉然看到她手里拿着的东西，惊讶道。

常夏抿着唇：“不是给我的，是一个女生让我转交给江槐的。”

程嘉然对这种事早就习以为常：“阿槐不会看的，更不会留。”

“那要不你去给他？”常夏不是很想做这个“邮递员”。

程嘉然说：“我现在要去学生会那边开会，你就好人做到底吧！”话毕，他就跑走了，

常夏一个人在原地，抬头望了望教室里埋头做题的江槐，无奈地朝他走了过去。江槐察觉到一道阴影落在他旁边，停笔，抬头对上了常夏飘忽不定的眼神。

“那个……刚刚有个女生叫我给你这个。”她把手中的东西递过去。

江槐拿过去瞅了几眼，道：“麻烦帮我还给她。”

果然如程嘉然所说，甚至连声音都变得淡漠了。常夏扯出一个无奈的笑容：“可我不知道她是几年级几班的……”

“哦。”江槐勾了勾嘴角，说道，“那就帮我扔了吧。”

常夏怔了怔，拿起那封信走到垃圾桶前，犹豫半晌，还是扔掉了手中的信。回到座位后，江槐转头对她说：“怎么我说什么你就听什么？”

常夏抬眸，发现他正饶有兴趣地看着自己，眼睛里含着若有若无的笑意。常夏说：“你要是反悔了的话，我可以再帮你捡回来。”

江槐抬手抓了抓头发，清了清嗓子：“那倒不必了。”

等他转回头去，常夏才微微松了口气，她懒洋洋地趴在桌子上，偷瞄了几眼江槐认真专注的背影，而后把整个理科 A 班打量了一遍。

南榆的夏天没有临城那么凉爽，刚来的那几天，因为天气太热，常夏根本不想出门，只想窝在家里，开着空调，吃着爽脆可口的冰镇西瓜解暑。

南榆七中的教学楼和临城的有所不同。临城偏北，冬天很冷，会下雪，所以教学楼都是封闭式的，只有教室里侧有窗户可以通风。但南榆的教学楼是开放式的，窗户也是落地窗，就连每层楼的楼梯都会被太阳光照到，即便在冬天，天气也是暖烘烘的。此外，校园内种植了很多梧桐树，在阳光的照射下，梧桐树叶的影子落在课桌上，随着风轻轻晃动，像一幅千变万化的画。总之，给她的感觉很不一样。

接下来几天的课程对高三生来说相对轻松，起码比常夏在临城三中时的压力要小。常夏深知温故而知新的道理，在复习这件事上从不懈怠，这也是常光旻从来不干涉她学习的原因。

南榆七中没有住宿生，晚自习采取自愿原则。常夏没有留校自习，出校门的时候，太阳刚落山不久，天边燃烧着一片橘红色的晚霞。

常夏住的地方离南榆七中步行不过十几分钟的路程，而乌衣巷是她回家的必经之路。因为位置靠海，所以每天都有无数人穿过巷子前往海边，去吹夏日的海风、喂冬天的海鸥，人流量大到机动车根本无法行进，经常需要交警来疏通。

常夏到家后，惊喜地发现常光旻已经做好了香喷喷的饭菜。常光旻有着一副温和的面孔，眉眼干净，年轻时也是风靡全校的帅哥。他看见常夏回来，问道："今天怎么回来得这么早？"

"嗯，有道数学题没弄懂，想着回来再研究一下。"

常光旻点点头："别给自己太大压力。"然后招呼道，"赶紧去洗个手，先吃饭。"

常夏边洗手边问道："爸爸，您今天怎么有空回家，还有时间做饭啊？"

常光旻是一名炙手可热的建筑设计师，在国际上声名斐然，不过这几年他专注于国内的发展，国内许多知名建筑都出自他的设计。父女俩现在住的这栋二层小楼，就是常光旻自己设计的，白色做主调，加上靠近大海，连吹来的风都带着海的味道。由于工作繁忙，常光旻经常一个星期才回一次家，偶尔夜深人静时回来，也是悄悄看一眼宝贝女儿，第二天天未亮就又离开了。

"今天事情少，你在这边上学也好几天了，想问问你的情况，所以推掉了晚上的饭局，回来和你聊聊天。怎么样，在学校还好吗？"

"新学校挺好的，老师好，同学也好。"常夏说着，往常光旻碗里夹了一块肉。

常光旻原本还怕她换了个环境会不适应，听到女儿说的话，他也就放心了："我回来的时候给你买了些水果，有你爱吃的水蜜桃，你想吃就自己洗。后面两个星期我不在家，要回临城办一个建筑工程的手续，有什么事就发微信或者打电话给我，一个人在家要注意安全，知道了吗？"

常夏点点头。

叮嘱完，常光旻又想起一件事："对了，我今天回家路过乌衣巷的时候，遇到了一个和你穿一样校服的男生，应该也是南榆七中的学生，就住附近。那男孩看着比我还高一点，戴着个黑色棒球帽，有你爸我当年的魅力。”

常夏笑了笑，把常光旻给她盛的萝卜玉米汤喝完，说道：“干吗这么关注人家？”

“我是想着，你认识一下，上学、放学的时候可以结个伴。”常光旻笑道，“你一个人走路，我怕不安全。”

常夏：“爸，不至于。”

“我女儿长得这么漂亮，性格、品行、才艺、学习，各方面都不差，万一被什么人惦记上……”

一聊这个话题，常光旻就停不下来，常夏真想遁地逃走，赶紧拿草莓塞住了他的嘴。

饭后，常光旻去洗碗，常夏上了二楼，回到自己的房间，坐到书桌前开始研究今天没搞懂的数学题。她的书桌前有一扇窗户，一推开就能看见远处的大海，月光洒在海面上，波光粼粼的，像夜空中的繁星坠落人间，隐约还能听见海浪声。常夏很喜欢对着这样的景色写作业。处理完那道题，常夏收起复习资料，心血来潮地打开手机，点进了南榆七中的校园论坛。

江槐那张在后台准备领奖的图片还稳稳地排在本月的浏览量第一的位置，常夏翻了翻评论，多数是一长串的“啊”，最显眼的一条热评来自昵称叫“月亮”的人，这人只发了一个捂脸哭笑不得的表情包，评论的点赞量却高得吓人。

这个“月亮”是谁啊，人气这么高？常夏很好奇，于是截图发给了段柔。

段柔秒回：这个账号是江槐的。

CX：论坛可以相互加好友吗？

DR：可以啊。你注册一个，我加你。

常夏转头注册了一个论坛账号，盯着论坛界面看了很久，最终决定用“玉兔”作为自己的昵称。手机屏幕上弹出“注册成功”的窗口后，常夏退出校园论坛，回复段柔。

CX：注册了，“玉兔”是我。

DR：收到！

没过几秒，微信又蹦出来一条消息。

DR：夏夏，明天能帮我带个早餐吗？我爸妈不在家，我是条懒虫，不到最后一刻起不来。

常夏“扑哧”一笑，回复：想吃什么？

DR：你最宠我了！我想吃三明治！

刚好常夏想下楼去买些东西，准备顺便把明天的早饭解决了。说干就干，她套了件白色短款上衣、酒红色短裙，穿着拖鞋跑下楼，冲常光旻大喊：“爸，我去买点东西。”

常光旻最近迷上了做甜品，正在研究布丁烤奶的做法，被常夏一喊，后续的步骤忘得一干二净。他回头冲着常夏的背影喊：“早去早回。”

夏天的夜空被繁星点缀，昏黄的路灯下，三三两两的人结伴而行。常夏戴着耳机，一路哼着小调走进店里。店里没什么人，时间比较晚了，货架上的货物所剩无几，幸好三明治还剩两个，她全拿了，又提着篮子绕了几圈，买了份热乎乎的关东煮当夜宵。

正准备结账时，“欢迎光临”的机械声响起，常夏下意识回头看去。来人穿着清爽的白色 T 恤，露出坚实的小臂，压低的黑色帽沿遮住了眉眼，只露出薄薄的双唇。常夏一眼认出那是江槐，她没想到会在这里撞见他，正想着要不要上前打个招呼，却见他径直走向旁边的冷饮柜，拿了两罐橘子汽水便走到收银台前，低声和服务员说道：“结账。”

注意到旁边还有个人，江槐以为自己插队了，伸出去的手又收回：“啊，抱歉，你先结吧。”待看清旁边人的脸，江槐才不好意思地笑了笑，“常夏，是你啊。”

少年的声音洋洋盈耳，语气有些出乎意料。常夏客气地笑笑：“好巧。”安静了几秒，她又开口问，“这个橘子汽水好喝吗？”她往常没怎么注意过这款饮料。

“挺好喝的，我买过很多次了。”江槐笑着说。

“哦。”常夏捋了捋头发，跟江槐说，“你先结账吧，我还有东西没拿。”说完又往里面走去。见江槐结完账，头也不回地出了便利店，她才松了一口气，转到冷饮柜前，拿了两罐同款橘子汽水。

常夏结完账，走出便利店时，差点撞上等在门口的江槐，她目瞪口呆，好半天才憋出一句：“你还没走啊？”

江槐看了眼手表：“挺晚了，你一个女孩子走夜路不太安全，就想着等等你。”

这是……要送她回家吗？常夏有些慌乱地说：“其实我家就住在乌衣巷里面，很近的，不用麻烦你。”

江槐低笑一声，眸中映出她娇小的身影：“巧了，我家也在乌衣巷，不麻烦。”

常夏忽然想到晚上吃饭时常光旻说的那个和她穿一样校服的男生，该不会就是江槐吧？见不好再拒绝，她只好说道：“那谢谢了。”

江槐还想帮常夏提东西，她忙摆手拒绝。

过了红绿灯路口，拐进乌衣巷，江槐一直不紧不慢地跟在常夏身后。她慢了，他也跟着慢，她快了，他也跟着快，但不会超过她，除了提醒她注意脚下的台阶，别的一句话都没多说。

常夏时不时偷偷看一眼江槐，他单手插兜，垂着头走路，偶尔踢走脚下的小石头，玩得不亦乐乎。晚风卷起他的衣角，常夏嗅到了一股橘子的味道。他好像很喜欢橘子味的东西。

到了常夏家门口，身后的人没注意到她已经停下步伐，不小心撞了上来，下巴磕在了她的发顶，他皱着眉头往后退了一步，一边用手揉着下巴一边说：“刚刚光看脚下了，忘记前面还有个你。”

常夏笑出了声，开玩笑道：“撞疼你了吧。”

少女明媚的笑容，让江槐有一瞬间失神。他移开目光，抬头看了眼她身后的家。白色的建筑并不单调，很温馨，外围还种了花花草草，有种欧式田园风情。“到了？”

常夏点点头，说：“嗯，到了，谢谢。”

“不用谢。”江槐回道。

“那么，明天见。”

江槐直到看着常夏进了门才离去。门后，常夏缓了几分钟才进屋。

常光旻在客厅喊：“回来了啊？”

常夏“嗯”了一声，没多说什么。

常光旻看她面带红晕，两颊像个小苹果，不由问道：“外面很热？”

常夏摸了摸自己滚烫的脸蛋，微微一笑：“热啊，热死了。”话毕，她就冲上二楼，不再给常光旻问话的机会。

洗漱完后，常夏把两罐橘子汽水拿出来放在桌面上，自己抱着玩偶滚上床，回想着今晚和江槐的相遇。窗外的夏蝉因为闷热而鸣叫，树叶因为夏风而摇曳，常夏沉醉在这样的氛围中，一夜好梦。

得知江槐也住在乌衣巷，常夏就想着会不会在上学路上偶遇，于是一大早就起床了。她轻手轻脚地下了楼，却发现常光旻已经出门了。餐桌上贴着一张黄色便利贴，上面写道：

三明治给你热好了，记得吃完。

常夏开心一笑，在上面画了一个大大的笑脸，将便利贴放进收纳盒里，然后去洗手间洗漱。她随手扎了个蓬松自然的马尾，发尾微卷，走起路来一晃一晃的，吃过早饭，就背着书包出了门。外面的天不似前一天明媚，有些闷热，是要下雨的预兆。常夏双手攥紧书包，尽量将步伐放慢，偷偷打量着四周的人，生怕错过江槐。

乌衣巷的弯路有坡度，周围设有黑色栏杆，两侧种着高大的树木，还没到秋天，已经有叶子开始掉落，又被风吹得翩翩起舞。睡眼蒙眬的江槐单肩背着书包，懒懒散散地在路上走着，起床后没有整理的头发不受控地翘起，像是小猫耳朵，滑稽又可爱。

看到前方熟悉的背影时，他还以为自己看错了，后来看到女生的侧脸，才确定那人就是常夏。江槐掏出手机看了看，这个时间，南榆七中的校门还没开吧。是和自己一样，准备出来吃早餐？

江槐摘下耳机，清了清嗓子，快步上前："好巧啊，你也去吃早餐？"

常夏听到声音，回眸，额边的碎发被他跑过来时带的风吹起。她盯着江槐的梨涡，嘴角不自觉地微弯。

"吃不吃？"江槐被看得有些不好意思，索性移开了目光。

"吃！"

听到常夏肯定的回应，江槐才说："我知道有一家的早餐不错，一起去吧。"

常夏便顺着他的话点点头，跟在了他身后。夏天的风从少年身旁经过，橘子的味道扑面而来，宛如干热沙漠中的一丝清甜。常夏没有跟得太紧，江槐余光瞟到她没跟上，便停下来等她。

"怎么感觉你好像在避着我？"江槐开玩笑似的问。

见被发现了，常夏心下微乱，心虚地摸了摸鼻子，玩笑着说："没睡醒，怕万一双眼一黑，把你撞到十米外去。"这回轮到江槐愣了，常夏慌忙解释，"那个……我开玩笑的。"

江槐却很自然地回了一句："我撑得住。"

常夏心如擂鼓，表面上极力维持着平静，实则却快要被紧张的情绪吞噬。她努力平复了心情，转移话题："我们去吃什么？"

江槐说："桂林米线，加辣不加葱。"

"巧了，我也不爱吃香葱。"常夏说。终于有一个和她一样不爱吃香葱的人了！

"那走吧。"江槐回头看了她一眼，"去晚了可就没地方坐了。"

今天早读课是班主任吴熙汀负责，预备铃声响起时，段柔看了看手表，有些疑惑常夏怎么还不来。祁温言则趴在桌上，盯着江槐的空座位数秒。以往几人之中最晚到校的是段柔，今天反倒变成了江槐和常夏。

“这两人怎么回事？”祁温言问。

一旁的程嘉然说：“谁知道……”

吴熙汀正在黑板上写早读任务，忽然一阵急匆匆的脚步声由远及近，下一秒，常夏一个滑步出现在教室后门，引得同学们纷纷往外面看。此刻常夏碎发凌乱，脸颊通红，呼吸急促，显然是跑来的。常夏平复了下呼吸，快步跑到前门喊了“报告”。吴熙汀侧头瞥了她一眼，垂眸看了眼手机，时间刚刚好。

就在这时，江槐像一阵风一样出现在常夏的身后：“报告！”

常夏往一旁挪了一步给他空出位置。

“你们是约好了要一起卡点到吗？”吴熙汀笑着调侃，然后摆摆手，放常夏和江槐进了教室。

回到座位后，段柔小声问常夏：“你睡过头了？”

常夏把段柔的早餐拿出来递给她，压低了声音回答：“排队吃早餐，人多。”

早上常夏和江槐刚到米线店，就看见店前排起了长龙。江槐有些奇怪，以往这个点，店里的客人寥寥无几，今天这是怎么了？两人等了半天，才发现是店里在搞活动，桂林米线买一送一，也难怪这么多人。可都已经排上队了，江槐有些较劲，说什么也要让常夏吃上这碗他力推的桂林米线，想都没想就选择了继续排队，常夏也只好一起等着，于是不出意外地迟到了。

只是一大早吃了两顿早餐，又跑了一大段路，常夏摸着自己的肚子，只觉得胃里一阵翻江倒海。

江槐一来，祁温言立刻坐直身体，小声问他：“你睡过头了？”

江槐不经意地看了一眼趴在桌子上的常夏，语气平淡道：“排队吃早餐，人多。”

“你们一起吃的？”段柔这一声发问，惊动了四周的人。

“段柔，你想干什么？”吴熙汀双眉紧皱，“早读已经开始了，你作为英语科代表要以身作则，一会儿下课我抽查你背诵。”

飞来横祸，祁温言没敢笑出声，怕下一个被抽查的人就是他，只幸灾乐祸地低声道：“恭喜恭喜。”

“恭喜你个头啊！”段柔压低了音量，举起拳头以示警告。

常夏坐直身体，不忘小声和段柔解释道：“路上撞见就一起吃了。”

然而段柔已经没有兴趣再聊这个话题。今天早读的背诵任务足足有一页纸，她默默地叹了口气，捂紧耳朵低头开始背书。

常夏看了她一眼，也静下心开始学习。

窗外渐渐起了风，天空中聚起一团团乌云。最后一节下课铃响起，常夏搁下笔，揉了揉发酸的手腕，抬头时才注意到天气不对劲。

早上在家吃早饭时，她的手机曾收到过一条气象预警的消息，只是她在北方待惯了，早习惯了北方气象预报总是不准这件事，也就没把这条预警消息当回事，现在回想起来，懊恼又无语。她急急忙忙地收拾好书包，想趁着还没下雨冲回家。可惜事与愿违，她刚背上书包走到后门，余晓远就在讲台上喊住了她：“夏夏，今天轮到你做值日了！”

常夏脚步一顿，心道：我今天怕不是个倒霉蛋！她认命地回身拿起扫把开始打扫。教室里没几个人了，段柔早读后背书没有过关，现在还在办公室里抄背诵的句子，估计一时半会儿走不了，祁温言和程嘉然一下课就跑没了影，江槐也不在，也不知道去哪里了……

“夏夏，快点打扫哈，一会儿检查的人就要来了，我先走啦，你记得走之前关好电闸！”余晓远说完就走了。

这下，教室里只剩下常夏一个人。

等她做完值日，外面的走廊里已经彻底安静下来，再听不到嬉笑打闹的声音。等待负责检查卫生的人到来时，常夏走到座位旁，拿出一支黑笔和一张便利贴，在上面写了四个字——玉兔奔月。别人都喜欢追逐太阳，她偏要做奔向明月的那一个。常夏将便利贴贴在了笔记本的扉页处，这样只要一翻开笔记就能看见。

等检查的人走了，常夏关掉电闸出了教室才发现，外面已经下起了大雨。等到了一楼，雨已经越下越大，豆大的雨珠落在地面，溅起的雨水飞到了她的鞋面上。这雨不知道什么时候才会停，如果现在不走，说不定一会儿会下得更大。前几天天气太热，常夏懒得随身携带校服外套，因而此时除了书包，常夏手中没有任何可以遮挡的东西，顿时心凉了几分。看来真要跑回去了。她犹豫了半天，最终将书包举在头上，又在心里给自己打了打气，然后一口气冲出了校门。雨水打下来，碎发粘在她的脸上，整个人要多狼狈就有多狼狈。

“别跑！”一道声音混杂着雨声不知从哪个方向传来，常夏以为是自己幻听了，没有停下。

“常夏，别跑！”这次，常夏听清了。她停住脚步，下一秒，一把雨伞遮住了她的身体，清新的橘子气味飘到鼻尖，常夏猛地一抬头，正对上江槐深邃黝黑的漂亮眼眸。

江槐呼出一口气，眨了一下眼问：“怎么叫你了还一直跑？”

江槐的出现让常夏感到意外，她被他看得有些不好意思，强行平静道：“我没听清，下雨了，又没带伞，就想着冲回家。”

说话之际，江槐拿出一包纸巾递给她：“擦一擦吧。”

常夏接过，将脸上、手上的水珠擦干，又粗略擦了擦淋湿的衣服，才问道：“你怎么在这儿？”

“刚从学校出来就看见你冒着雨跑了过去，就想着叫住你一起。”江槐又喊了她的名字，“常夏，走吧。”

常夏走在江槐身边，他的步伐也跟着放缓了许多，伞向常夏的方向歪斜着。

“你不知道今天会下雨？”他忽然问。

常夏有些难为情地干笑了两声，说：“知道，又不知道。”都怪她自己不相信会下雨……

江槐：“你……真有趣。”

雨势太大，两人又只撑着一把小伞，还没走到乌衣巷，就已经快要变成落汤鸡了，迫不得已，他们只好找了个屋檐避雨。江槐收起伞，往一旁甩了甩伞上的水，常夏看着滴着雨水的他的侧脸，有些不舍地掏出了刚刚留下的那包纸巾。

江槐感觉有东西在旁边晃，垂眸一看，是自己刚刚给常夏的纸巾，他接过去，淡淡地说了句：“谢谢。”

里面就剩一张了，也不知道够不够，可恨自己的纸巾落在教室里了，常夏暗叹自己这丢三落四的毛病必须得改改了。

江槐似乎看出了她的想法，补充道：“一张足够了。”

听他这么说，常夏又有些窃喜。她瞥了一眼旁边立在地上的伞，忽然想到之前见过的一句话：最美的不是下雨天，是和你一起躲过雨的屋檐。

“在想什么？”江槐打断了她的思绪。

常夏怀疑面前这人会读心术，磕磕绊绊地道：“没什么……就……在想今天的数学题是不是真的只有两种解法……”

江槐感叹道：“真是好学生，出了校门还满脑子都是数学题。”

常夏不置可否：“人生就是要不断学习啊。”

江槐竖起大拇指表示赞同，常夏随意地摆了摆手，只想求老天快快收住泪水，别再下了。没想到她的愿望很快就实现了，雨势变小了不少。

“雨小了，我们趁现在快走吧。”常夏催促道。

见雨确实小了，江槐重新撑开伞，依旧习惯性地往她那边倾斜，一路将常夏安全送到了家门口。临走前他还打趣道：“下回还去吃桂林米线吗？”

常夏露出一个发自内心的微笑：“当然！”

得到肯定回复，江槐弯了弯唇，撑着伞转身离去。常夏目送他远去，脸上是藏不住的欣喜。

第三章

图书馆·冰西瓜·问月亮

接下来一连好几天，南榆市一直阴雨绵绵，到周末才彻底放晴。乌衣巷多树荫，常夏醒来时，大片日光正穿过树的间隙，投射在她的床边，为这小小的空间晕染上一层薄薄的金色。

一旁的手机传来消息提示音，常夏拿过手机，发现是段柔发来的消息。

DR：夏夏，来市图书馆学习吗？我刚好有不懂的题目想请教你。

今夕是何年，段柔居然想起来要学习了！

常夏忍不住调侃了一句：今天不去外面玩了？

DR：我们要在正确的时间做正确的事！马上要期中考了，我可不想考倒数。

其实段柔的成绩并不差，只不过大家的目标都是重点大学，因此学习成绩下降一点就会心慌无措，段柔也不例外。

常夏今天也没别的事，索性赴约：好，等着。

南榆市图书馆位于市中心，搭乘公交车过去只要半小时，不算很远。常夏将所有学习资料收拾好，以防万一又往包里塞了把伞。虽说今天天气晴朗，但老天的心思谁猜得准。

尽管已经到了十月底，但出门后，风迎面吹来感觉还是燥热的。常夏微卷的长发扎成了丸子头，露出洁白的天鹅颈，又穿了件浅色的里衣，搭配一条点缀细碎雏菊的绿色过膝连衣裙，整个人看起来清新干净，走在人群中很是引人注目。

快到公交站时，常夏从书包里翻找耳机时，不小心将一张没有装订的资料勾出，风一吹，纸张就轻飘飘地落在了不远处。常夏正准备走过去捡起，一个男生先她一步拾起了掉落的纸张，轻声问："你是南榆七中的？"

男生的身高和江槐差不多，眼睛是少见的丹凤眼，眼下有颗浅浅的泪痣，长相清清冷冷的，相当抓人眼球。

这张纸上有南榆七中的标记，被同校学生认出来也正常，只不过她没见过这个人。常夏点点头，她双手接过男生递来的纸张，礼貌地说："谢谢。"

对方笑了一声："巧了，我也是。同学，你几年级几班的？"

常夏看了他一眼说："高三理科 A 班。"

男生意外地挑眉："以前没见过你啊，新来的？"

常夏谨慎地点点头。这时，公交车缓缓驶来，在她面前稳稳停下，常夏赶紧掏出公交卡，上了车。

陆希澈在常夏身后喊了一句："喂！新同学，我叫陆希澈，希望的希，清澈的澈，高三文科 C 班！"

常夏吓得赶紧回过头，不再去看他。

不过她倒是没想到，原来他就是陆希澈。她转校过来时已经错过了入学考试，成绩放榜时她特意去看过。理科部第一名是江槐，听说高中这两年没有人能撼动他的位置，因此一直都是大家讨论的对象。但与之相对的，同样讨论度很高的，则是文科部的倒数第一名，陆希澈，只不过围绕他的更多的是嘲笑。

"哥，你怎么还是垫底啊？实力如此稳定，不是说这次肯定能往前进一名吗？”

被男生团团围住的陆希澈潇洒地一摆手，朗声道：“下次一定！”

一句话换来周围一片嘘声，而陆希澈笑得张扬，姿态与清冷的外表毫不沾边。

等人群散去，常夏出于好奇走过去一看，语文 18 分、数学 7 分、英语 34 分……这惨烈的成绩让常夏没眼看。也因此，虽然没见过他的长相，但常夏对“陆希澈”这个名字印象深刻，没想到今天会意外碰见本人。

陆希澈看着车内少女模糊的轮廓，直到公交车启动。

“哥哥，哥哥！我买到糖人啦！”一道稚嫩的童音响起，陆希澈收回视线，一回头，就看见陆星幕欢欢喜喜地朝他跑过来，张开双手要他举高高。陆希澈露出一个笑容，抱起纤弱的女孩。

陆星幕困惑地问：“哥哥，你刚刚怎么突然跑开了？”

陆希澈沉默着没说话。

那天月考放榜时，大家都围着他嘻嘻哈哈地笑着问下一次他能否前进一名。人群散去后，他独自一人折返时，看见一个背影纤细、扎着高马尾的女孩正目不转睛地盯着自己那惨不忍睹的成绩。她好似感到很不可思议，一脸同情。之后，女孩用随身带的纸笔写了些什么，又将纸条撕下来贴在了成绩榜上，然后离开了。

他走过去，发现自己的名字旁边有一个指甲盖大小的纸条，上面写着“加油”二字。陆希澈还是第一次遇见这面对他的成绩还能给鼓励的人。他身边的那些人只会借此开他的玩笑，陆希澈也配合着他们，和他们插科打诨，看起来毫不在意的模样。可久而久之，陆希澈开始问自己，他真的毫不在意吗？

陆希澈轻笑一声，将纸条撕下来揣在了口袋里。在所有人都把他当成一个笑话时，只有她真诚地默默祝福，所以，他万分珍惜。而当记忆中的背影和眼前的人重合时，他想，那就认识一下吧。于是刚才，他立刻跑了过来。

陆希澈收敛情绪，和妹妹说：“漂亮姐姐帮了哥哥一个忙，所以哥哥想认识她一下。”

陆星幕叽叽喳喳地问：“漂亮姐姐帮了哥哥什么忙呀？”

大抵是一只乌鸦被困在黑夜中，只能盘旋时，有人撕开云雾拯救了它，为它带来了光明。

陆星幕见他不开口，又问：“哥哥，我们待会儿要去哪里？”

陆希澈说：“我们去医院。”

半小时后，公交车抵达市图书馆。市图书馆一共有四层，面积很大，藏书的种类丰富多样，能参考复习的资料数不胜数。段柔选的这个地方确实好。

常夏上到三楼，老远就看见段柔一手托着腮，用笔帽抵着嘴唇凝神思考。常夏轻手轻脚地走到段柔旁边拍了她一下。

段柔抬头看见是常夏，脸上的愁苦表情终于有了变化：“夏夏，你终于来了，我快溺死在这道物理题里了。”她赶紧把题目推给常夏看。当初文理分科时，她因为不喜欢背东西，所以报了理科。而物理是段柔最薄弱的科目。

大概浏览了一遍题目后，常夏迅速把解题思路写在一张纸上，又讲解给段柔听：“你先把速度分量式列出来，得出初速度大小后设夹角。”

解决完这道题，常夏又把之前在临城三中上学时的笔记资料全拿了出来，段柔一页一页地翻过去，看得双眼直发亮，像是得了宝藏：“夏夏，你是不是隐藏实力了？你这不比江槐差啊！”

常夏却觉得，和江槐比，她还得再努力一点才行。她道：“别废话了，赶紧做你的题，有不懂的再问我。我去选几本书来看。”

这是常夏第一次来南榆市图书馆，对地形还不太熟悉，好在三楼都是文学类的读物，选择比较多。她走到书架旁，感应书灯自动打开，照亮了书架上琳琅满目的图书。面前的这一排书，她在临城三中上学的时候都读过，里面的内容至今记忆犹新。

“你好，我想问一下《书城》这本书在什么位置？”

一个熟悉的声音传来，常夏脚步一顿，透过书籍的缝隙看过去，发现果然是江槐。

“前面左转三排四列，应该还有几本余量。”工作人员温声提示。

“谢谢。”声音干净得没有一丝杂质。

江槐根据工作人员的指示走到相应的书架旁，拿出一本，靠着白墙，垂眸开始翻阅。不知道是不是常夏的错觉，江槐的头发好像剪短了点，配上白衣、黑裤、单肩包，像是从漫画里走出来的少年，好看得像是与旁人不在一个图层。

常夏愣神间，江槐突然抬头，吓得常夏猛地往后一缩，手肘结结实实地撞到了书架上，痛得她差点叫出声。江槐似乎没有注意到这边的情况，只是隐约听见他好像笑了一声。常夏揉着手肘缓解疼痛时，江槐拿了几本书离开了。她绕过书架来到他挑选书籍的地方一一扫过。最有价值的几册《书城》都被拿走了，只剩下一本封面掉了一半的。

常夏翻看了几眼，发现里面的内容对她很有帮助，便拿了书回去找段柔。然而坐下之后她才发现，江槐正坐在离她们不远的地方，常夏当即愣住。江槐似乎没发现她们，低着头从包里拿出笔记本开始抄写东西

“夏夏，怎么了？”段柔看她发呆，出声询问。

常夏连忙将食指搭在唇上，“嘘”了一声：“没事，小点声。”

段柔淡淡地送了她四个字：“神经兮兮。”

过了一会儿，总算解决完一整页的物理题，段柔伸了个大大的懒腰。常夏放低声音问她：“你一会儿去哪儿？”

段柔轻哼一声：“去篮球场给祁温言送午餐。昨天我和祁温言打赌，赌江槐今天会不会去篮球场打球，我赌会，他赌不会。我赌输了，所以他让我今天给他带个午餐。”段柔低骂了几句，“也不知道是

不是祁温言联合江槐一起来耍我的。”

江槐适时地打了个喷嚏。常夏发现后，不自觉地咽了咽口水。

段柔整理好东西，看了眼手表，说：“快迟到了，我先走啦。”

常夏立马握住了她的手腕：“我和你一起走！”

“你的书不看了？”常夏拿回来的书还剩一小半没看完。

常夏拉着她起身，去书架把书放好，道：“回家在网上接着看。”

“夏夏，你今天非常不对劲。”

“哪有？你想多了。”常夏推着她往出口走。段柔嘴上说着嫌弃，却没有拒绝。

身后，江槐缓缓抬眸，瞥了一眼那两个渐渐远去的身影，笑着低头将笔记本翻了一页。

第二天，新的一周来临，因为高三的课程安排得很满，体育课稀少，好不容易有一节，大家都很兴奋。体育老师提议来玩个追人游戏放松放松，奖励是冰镇西瓜。

今天实在炎热，站在外头一动就出汗，能吃上一口冰镇西瓜简直是享受，不过数量有限，赢的队伍才能获得奖励。理科 A 班有五十人，体育老师让大家抽签选择谁来做抓捕成员，抽到相同数字的人互为敌方。

祁温言觉得自己快要挂了，昨天吃完段柔送的午餐，当晚他就跟吃了泻药一样，在厕所待了很久，到现在都还没有缓过来。

“你知道自己现在的样子有多搞笑吗？”程嘉然踢了踢祁温言的屁股，“就你这样还吃冰镇西瓜？”

祁温言说：“吃啊，有便宜谁不想要？”

“你确定你还能跑得动？”

“试一试呗。”

程嘉然无言以对，顺手帮他拿了一个号码。祁温言接过后打开，念出了自己的号码：“十八号。”

不远处有人“扑哧”一笑，祁温言抬头看去，段柔戴着顶棒球帽，嘴里叼着棒棒糖，双手抱胸，眼神凌厉，蓝白相间的校服硬是被她穿出了股潮流的味道：“巧了，我也是十八号。”

程嘉然一阵爆笑：“冤家路窄，你好自为之吧。”

段柔走过来，扬起下巴挑衅道：“怎么样，要不要换我来追你？”

见她口气不小，祁温言不甘示弱地说：“你忘了我去年四百米比赛拿了冠军吗？还是我来追吧，我赢了说不定还能分你几口冰镇西瓜。”

“我赢了就不分你了，毕竟你现在无福消受。”段柔不屑地看着他，眼神挑衅得很。

程嘉然远离了“战场”，跑来找江槐聊天，瞥到他手中拿着的号码后，迅速将自己的号码塞给了他：“怜香惜玉这种事情还是让有颜有才华的阿槐你来做吧，兄弟我选冰镇西瓜，先走一步！”

程嘉然说得飞快，江槐还没反应过来，手中的号码就被换走了。江槐想，程嘉然不会是知道对方是谁，发现跑不过，就把这重任扔到他头上了吧？

可实际上，程嘉然的号码对应的人是常夏。程嘉然觉得常夏既是朋友，又是女生，自己就算再想吃冰镇西瓜，也不能不顾常夏，所以果断把这个难题抛给了江槐。

丝毫不知敌方改变的常夏还在找自己的对手是谁，江槐看她左顾右盼的，走过去随口问道：“你的号码是多少？”

常夏对上他的笑眼：“我是九号。”

江槐震惊了。九号？程嘉然塞给他的就是九号！

“你追还是我追？”

“你也是九号？”常夏怎么也没想到自己的对手会是江槐。

江槐没说手中的号码是程嘉然换给他的：“对，我是九号。”过了几秒，江槐决定道，“我来追你吧，这样你就不用费劲了。”

常夏眨了眨眼：“你觉得我追不上你。”这不是一个疑问句。

江槐笑了笑：“当然不是，你想追也可以。”

耳边的蝉鸣声不绝于耳，太阳光影散落一地，空气中似有风，送来淡淡一句："你放点水，我不就能追上了？"

或许是因为常夏的嗓音动听，让江槐有一瞬间的失神，他微微挑眉，语气上扬道："你总能说出让我意外的话。"

口哨声响起，所有同学到起跑线处集合，比赛即将开始。

江槐整理了一下校服，瞥了一眼还站在原地的常夏，明知故问道："今天热吗？"

常夏无言以对："这不是废话吗？"

江槐："那我来追你吧。"说完，他漫不经心地往前走去。

常夏失笑，慢悠悠地跟在江槐后面，默认了这个安排。

确定了对手后，同学们都迫不及待地放松手脚，准备大战一番。

程嘉然的对手是余晓远，她追他跑。程嘉然放了狠话："班长，你放弃吧，我要是没有跑赢，我在你面前做一百个俯卧撑。"

余晓远利落地摘下黑框眼镜，搓搓手，笑嘻嘻地说："拭目以待！"

而祁温言和段柔吵得不可开交，最终决定以石头剪刀布的方式决出谁跑谁追。然而段柔一向运气不错，如锦鲤附体，这次不出意料地赢了祁温言："放心，不会让你输得太难看的。"

祁温言恨得咬牙切齿。

相比之下，靠近内侧跑道的常夏和江槐显得异常安静。几个话痨不在身边，江槐又站在她身后，常夏控制不住地紧张起来。

江槐笑道："别紧张，四百米而已。"

常夏微微侧头，说："你这么一说我更紧张了。"

"来来来！听好了！吹哨过后八秒，追逐者才可以出发，违规的同学奖励两百个深蹲。"体育老师拿着扩音器，准确无误地将信息传达给所有同学，"三！二！"

常夏凝视着前方，握紧拳头，心快蹦出来了。江槐看着她的后脑勺，笑意淡淡。

"一！"

倒计时一结束，所有被追的同学立刻开始飞奔。虽说只是一场小型比赛，但一想到身后的人是江槐，常夏就不受控制地越跑越快，都没注意到祁温言是什么时候跑到她身边的。

"常夏，你跑步挺厉害啊。"

常夏听见祁温言搭话，抬头一看，才发觉自己居然跑在最前头，而祁温言已经要超过她。这人不是不舒服吗？跑这么快，不要命了？

渐渐地，常夏的体力有点跟不上了，她不敢回头看江槐到了哪里，只自顾自地往前跑，飘逸柔软的长发飞在身后。很快，段柔像阵风一样超过了她，直冲祁温言而去，常夏心底幽幽地想：祁温言，自求多福吧。

多数人在半路就被对手追上，还在奔跑的人屈指可数，距离终点还有一百米的时候，常夏回头，看见了江槐朝自己冲过来的身影。斑驳树影间，少年明媚似阳光，薄唇微抿，挂着时隐时现的笑意。

终点线近在眼前，常夏一个迈步跨了过去，江槐紧随其后。她气喘吁吁地弯腰撑着膝盖，头也不抬地问："你追不上我？怎么可能？"

江槐眼都不眨地说："程嘉然跑一半自己绊自己摔在我面前了，我好心扶他起来之后发现你已经跑了半圈。"

听见这话，一旁的程嘉然愕然，他是摔了没错，可江槐也没扶啊！当时江槐跑在他前面，发现他摔了，只回头看了一眼，就继续往前去了，哪有江槐说的那么好心？不过，程嘉然没有拆穿江槐。

"喂喂喂！程嘉然，你是不是忘记我们之间的约定了啊？"余晓远津津有味地吃着手里的冰镇西瓜，道，"看在你膝盖破了皮的分上，就给你减掉一个俯卧撑吧！"

程嘉然："班长，你还挺'大方'的……破了点皮而已，又不碍事，班长这么关心同学，还是去照顾一下正在腹泻的祁温言吧。"

余晓远回他一个温和的微笑："想支开我好偷懒是吧？你做完我再去。"

程嘉然默默竖起了大拇指。

下课铃响起时，常夏才缓过来，抬头一看，发现江槐已经不知所终。接下来是大课间，有二十分钟休息时间，一分钟后，球场就被喜欢打球放松的同学占满了。

不远处有人在带头起哄："陆希澈，敢来和我们比一场吗？"

"你球技这么好，炫个技给我们看看！总不会是不敢吧？"

嘈杂的声音传到常夏耳中，她望过去时，却看见江槐迎面向她走来，手里还拿着一块冰西瓜。江槐把冰西瓜递到常夏眼前，笑着问："你还没缓过来啊？"

台阶上的陆希澈也不知道从哪里来了一股冲劲，打断了周围的起哄："好啊，比就比！"

常夏默默捶了捶大腿。在临城三中时，她天天埋头学习，恨不得屁股不离凳子，确实挺久没运动过了。今天的运动量不大，但她确实有点不太适应。常夏接过西瓜："现在没事了，谢谢。你刚才去帮我拿冰西瓜了？"

"对啊，怕没有了，过去帮你挑了块大的。"江槐拧开矿泉水瓶，仰头灌了几口。

西瓜清脆爽口，一口咬下去，果肉鲜嫩多汁。江槐在一旁看常夏吃得津津有味，不由得问："好吃吗？"

"又冰又脆，还很甜。"少女的脸上溢满喜悦。

江槐笑了笑，自觉演得还行，输得不明显，她也赢得顺理成章。

篮球场上，陆希澈疾驰如风，矫健的身姿引来一大片喝彩。他抱着球，一双丹凤眼像流光溢彩的琥珀，似乎在寻找什么。很快，那点隐隐的光灭了，眼神变得深邃晦暗。他神情淡漠疏离，把球扔给队友，丢下一句："没意思，不打了。"而后径直走出了球场。

祁温言在校医室躺了大半天，班长余晓远听从程嘉然的建议跑去关心同学，回教室的时候，常夏见她手里居然拿着半个西瓜。

常夏想起之前去了学校饭堂时，曾大老远地看见余晓远在汤粉里加了一大份香葱，便开玩笑道："余晓远，葱加西瓜应该会很好吃，你要不要试一下？"

余晓远属实没想到她这么会说话，哈哈大笑道："我是口味重，但没离谱到喜欢吃黑暗料理。"

祁温言是被段柔和程嘉然扶着回来的，段柔边走边抱怨："祁温言，你以后能不能少吃点，重死了。"

祁温言无辜地看了他一眼："我这还重啊？你怎么不叫程嘉然少吃点？他都快成猪了！"

被牵连的程嘉然冷笑一声，立马撒手。祁温言一个踉跄就要倒下，好在段柔死死地拽住了他，脸因为用力憋得通红。祁温言吃痛地喊了一声："祖宗，你扯到我肉了！"

刚进教室的江槐看到这一幕，惊讶道："这是怎么了？"

等祁温言站稳，段柔回到座位上，喝了好几口水才缓过劲来。常夏眉眼弯起，笑容甜美地逗弄道："原来我们的祖宗力气这么大啊。"

"那当然，也不看看我是谁。"段柔很是认可。

常夏使劲点点头，肯定道："是是，我们段柔最厉害啦。"

程嘉然"扑哧"一声笑了出来，祁温言报复性开口："你的笑声跟江槐的放屁声如出一辙。"一次性嫌弃了两个人。

受了无妄之灾的江槐："神经病。"

常夏在一旁笑得很大声。

以前，她以为高中生活就该是枯燥乏味，没有乐趣的，如今换了个环境才发现事实并非如此。她何其有幸，交到一群本身就很好的朋友。

放学后，晚风带来了一丝凉意，绿叶随风摇曳。正值高峰期，街道上熙熙攘攘，车辆喇叭声不断。

"常夏！"

听到有人喊，常夏侧头一看，就见陆希澈如一道黑影一般，拿着一串圆鼓鼓的冰糖葫芦朝她走来。他穿着黑衣服、黑裤子、黑鞋，要不是皮肤够白，整个人都要和夜色融为一体了。

陆希澈和江槐是截然不同的两种长相。江槐偏温柔，笑起来有小梨涡，少年气满溢。而陆希澈偏清冷，又夹杂一丝痞坏，举手投足间让人觉得有些距离感。

常夏硬着头皮问："有什么事吗？"

陆希澈走到常夏身边，清了清嗓子："你还记得我是谁吧？"

常夏配合着点点头。

"我听学校里的人说你是从北方来的，应该很久没吃冰糖葫芦了吧。这个冰糖葫芦送给你。"陆希澈把冰糖葫芦递给她，见她没接，又说，"你还记不记得有一次月考放榜，你在我名字旁边贴了个小纸条？我看见了，谢谢你，这个冰糖葫芦就当作谢礼了。"

听他这么一说，常夏恍然大悟，怪不得那天在公交车站时他那么热情。她弯了弯唇："其实那天只是一时兴起，没想到被你看到了。"她不好意思再拒绝他的好意，便接过冰糖葫芦，说了声，"谢谢。"

陆希澈笑起来，手胡乱地抓了一把头发，结巴道："那个……我们……可不可以交……交个朋友？"

常夏被他的样子逗笑了："可以啊。"

得到肯定答复后，陆希澈悬着的心终于放下，开心地道："天色不早了，你快点回家吧，我还要去……外面吃饭。"

目送常夏远去，直到看不见她的身影，陆希澈才转身去往医院。

常夏吃完了冰糖葫芦，回到家后又做了一盘水果沙拉，填饱肚子后，她上楼回到自己的房间，聚精会神地刷了几道数学题。忽然，窗外的几声鸟鸣吸引了她的注意。她抬眸一看，几只麻雀驻足在电线上，再往上移，一轮明月皎洁无暇，高高地挂在夜空中。

常夏突然很想知道江槐的论坛昵称为什么叫"月亮"，要不去论坛里私信他问问？反正自己的论坛账号空空如也，江槐应该猜不出自己是谁。常夏不再犹豫，点开江槐的论坛账号进入聊天框。

她首先发了一个打招呼的表情图过去，试探了一下他有没有设置拒收陌生人的消息。屏幕上显示发送成功。很好，没有。

常夏又随手翻了翻江槐在论坛上发过的日常——只有一张图片，里面是摆在笔记本上的两颗阿尔卑斯糖，除此之外，没有别的东西。

也不知道是谁在下方评论了一句：江同学最喜欢吃的糖是阿尔卑斯吗?

江槐回复了一条：是。

难怪常夏总能在江槐的抽屉里看到阿尔卑斯糖，大概是有人看了他的论坛后给他塞的。

这时，聊天框里弹出了消息——一个干巴巴的问号。常夏没料到江槐会这么快回她，看着屏幕陷入了沉思，她要以一个陌生同学的身份来和他进行聊天。

玉兔：江同学，晚上好。

三分钟过去，就在常夏以为自己不会再收到回复时，对面又回复了一条。

月亮：有事吗?

玉兔：江同学，我很好奇，你的论坛昵称为什么叫“月亮”?

这次，江槐回复得很快：纯净，美好，令人向往。

问出来了想要的答案，常夏见好就收，没再打扰他。反正月亮又不会跑了。

第四章

草稿纸 · 棒棒糖 · 火锅局

南榆七中的期中考试定在十一月初，和十大高中联考，其中就有常夏之前待过的临城三中。都说北有临城三中，南有南榆七中，这两所高中的重点大学升学率都很高，所以多年来一直在暗中较劲。

这几天，文科 C 班的同学发现陆希澈除了上厕所和打水外，其余时间都在埋头学习。见陆希澈整天对着数学题皱眉，有人看不下去了，试图劝他：“喂，陆希澈，你真不去打球啊？”

陆希澈手掌托着下巴，手里转着笔，头也不抬的冷声说：“不去。”

那人似乎来了兴致，球也不打了，凑过去准备打破砂锅问到底：“陆希澈，你变化太大了，我有点适应不过来。是不是你妹妹逼着你学习了？还是说你家里人催……”说到这里，那人想起什么，忽然闭了嘴。陆希澈的父母早已离婚，连他的妹妹都无人愿意抚养，怎么可能会管他？

旁边的人叽里呱啦说了一大堆，陆希澈听得心烦意乱，终于抬起头道：“周存青，你能不能闭嘴？学不学习是我的事，你管那么多干什么？”

周存青微愣了一下，最后轻轻拍了拍他的肩膀：“我还是第一次见你发脾气。行吧，你放心学，我以后绝对不打扰你，也不会让别人打扰你。咱俩曾经并列倒数第一，也算是患难之交，我还是很讲义气的。”

周存青确实跟陆希澈玩得很好，起码在陆希澈的眼中是这样，他偶尔会开一点无伤大雅的玩笑，但从不会取笑自己，虽然有时候脾气上来了说话会有点口不择言，做事也鲁莽，但心地善良，对朋友也很大方。只可惜……

“周存青。”陆希澈没好气地叫他，“知道自己有病还整天往球场跑，你是想快点下地狱吗？”周存青有先天性心脏病，医生嘱咐他不要剧烈运动，他也不听，一身反骨。

周存青被这猝不及防的关心吓住，随即哈哈大笑：“你还会关心我啊？”他顿了顿，又道，“命运嘛，我也想握在自己手中，可惜很多事情都事与愿违，倒不如趁现在好好珍惜还能在球场上肆意奔跑的机会。”

陆希澈垂眸，他听不得命运不公这种话，也明白周存青只是想用尽全力感受世界、感受生活罢了。他低下头，语气里听不出喜怒：“周存青，我一定会考上理想的大学，你最好给我看到那一天。”

周存青抱着球哼笑一声：“那就让我看看吊车尾是怎样崛起的吧！”

期中考试即将到来，常夏帮段柔恶补了两天物理，段柔信心满满地拍着胸脯宣告：“这次绝对及格！”

祁温言当场拆她的台：“祖宗，你每次都这样说……”

“祁温言，你想尝尝我的拳头可以直说。”段柔已经蓄势待发。

“你是不是有暴力倾向啊？还就打我一个。”祁温言立马弹起来开逃。

段柔冷笑一声：“打的就是你！”

程嘉然对着江槐无奈地笑道：“这两人是不是幼儿园还没毕

业啊？”

江槐靠着椅背，盯着那两个追来躲去的身影说：“怕是还没有上幼儿园。”

常夏从两个打闹的身影上移开目光，将注意力放到了期中考试的座位表上。南榆七中没有按成绩排名分配考场的机制，所有人统统被打乱，没人知道自己前后左右坐着的究竟是谁。巧合的是，常夏跟江槐、程嘉然两人分到了同一个考场，常夏确认了三次，得到的都是同一个结果——江槐就坐在自己旁边。

开考当天，常夏心头涌上一丝紧张感。这是她第一次正式参加南榆七中的大型考试，也是对她近一个月以来的学习成果的检测。常夏走进考场坐下后，手心就在不断地冒汗。

江槐和程嘉然看见她时，也面露惊讶之色。程嘉然率先说道：“这么巧，你也在这个考场？缘分啊！”

江槐朝常夏轻声说了句：“加油，尽力就好。”

常夏回了一句：“你也加油。”

当数学考卷发下来的时候，常夏瞬间懂了江槐为什么要说“尽力就好”。题型新颖，难度也高，满篇都是常夏没碰到过的棘手题，她大概浏览了一遍，看出计算量颇大，这要求考生公式运用必须得心应手。而那些要拐好几个弯的题，完全可以将大家的分数拉开差距。

开考铃声打响，常夏迅速进入战斗状态。等到为期两天的期中考试结束，常夏觉得自己没有命丧考场都算幸运。

考完最后一科，走出考场时，江槐问她：“六场考试下来，感觉怎么样？”

走廊里已经有觉得自己考得差的同学开始鬼哭狼嚎。常夏想了想，说：“挺好的，就是数学不太行。”数学一直是常夏的弱项，以后还得在数学上继续下功夫，不过现如今考都考完了，没什么可担忧的。

江槐听她这么说，微微一笑：“没准比我考得好。”

常夏随意地摆了摆手。过去两年，江槐次次第一，无人撼动，她初来乍到，不太可能超过江槐。不过无论如何，江槐始终是她努力追赶的目标。

江槐逆光站着，夕阳的余晖将他的发丝照得柔软，他单手拎着书包，姿态松弛，牵动嘴角的时候，梨涡若隐若现："走了，回家。"他转身先行一步，擦肩而过时，常夏又闻到了他衣服上带着的橘子香。

江槐走了几步，忽然回头："常夏，你看夕阳。"

她下意识侧头看去。盛夏傍晚，大片大片的火烧云在天边连绵起伏，天空被晕染成橘红色，远处还有几朵淡粉色的云轻轻飘过。

江槐的嘴角带着漫不经心的笑容，他看着常夏专注的神情，感觉周遭的欢声笑语全然消失，只剩下自己节奏混乱的心跳声。

等常夏再次回头看时，江槐已经走远了。她望着那抹快要消失的背影，久久凝视，不曾离去。

回家前，常夏去文具店买了支笔。回到家后，她把书包放下，想要试新笔的笔墨。正不知道写什么好时，余光瞥到一旁的数学书，常夏端正态度，提笔在上面写下了"江槐"二字。这样一来，每次一翻开书，她就能看见目标的名字，就会有无限动力推着她前进。

和江槐在论坛上聊过一次之后，常夏实在找不到其他话题和他聊天，于是只在每晚睡前翻翻他的账号，看看他有没有发日常分享。她蹲守了好几天，发现江槐的论坛除了有评论和点赞更新，再无其他。常夏抱着玩偶在大床上翻来覆去，心想：江槐的分享欲这么低吗？

她又点进祁温言和程嘉然的论坛主页。两人不愧是好兄弟，行事风格都一样，鸡毛蒜皮的小事都要发在论坛里分享一番。祁温言的最新一条分享是一个小时前发布的，有文有图，文字是：We live in comics！图片里是三个穿着红白球衣的男生。祁温言对着镜头露出微笑，额前的碎发被汗水打湿；程嘉然喝着水，探出个侧脸；江槐看到镜头后嘴角微勾，走过来反手比了个"V"，小臂线条很漂亮。即便动态照片很模糊，也不能阻挡三人的帅气，篮球场柔和的灯光更是为树荫下的他们晕染出一种只有漫画里才会出现的少年感。

江槐好像总是出现在别人拍的照片里，自己却不怎么拍，是拍照技术不好吗？常夏笑了笑，把这张图片保存了下来。

这张照片的浏览量已经破万，祁温言谁的评论都没有回，只把一个头像是女生咬着棒棒糖的人的评论置顶了。常夏知道那是段柔。

△不得了，三人同框，某些人又该疯了。

确实是段柔能说出来的话。

常夏抿唇看了一眼时间，快十点了，论坛是一个小时前发的，估计他们这会儿应该到家了。常夏关掉论坛，盯着月亮长叹一口气道："那么，晚安。"

常光旻是在两个星期后的一个周末回来的，他还没上飞机就给常夏打了个语音电话："喂，乖女儿，下午有事吗？"

常夏刷了半天数学题，正想休息一下，于是说道："没事，怎么了？"

"那你去菜市场买点菜，做一顿好吃的，等爸爸回来。"

常夏差点以为自己听错了："我做饭？您知道我做的东西有多难吃吗？"

对面沉默了好几秒才道："没事，你就放心做吧，爸爸很饿，希望回来就能看到饭桌上摆着香喷喷的菜。"常光旻飞快地说完就把语音电话挂了。

常夏嘴角抽了抽。她长这么大还真没给常光旻做过一顿饭。不是她不想，是根本不敢想。她曾经尝试着在网上学习了一些家常菜的做法，但鉴于她是连盐和糖都弄混的人，做出来的东西称得上是黑暗料理，所以不出三天就放弃了。现在突然让她做饭，她爸的心可真大。

不过常夏还是妥协了。

下午三点，菜市场的人不算太多。卖东西的摊贩看见漂亮小姑娘在自己摊位前犹疑不定，纷纷自荐，说着自家的肉和菜有多新鲜。大家很是热情，有人看她长得漂亮乖巧，还多送了几根辣椒和葱。常夏一路道谢。

采买完食材后，常夏折返回家，途径便利店时又拐进去，走到货品架旁，拿了两袋原味的阿尔卑斯棒棒糖。

傍晚时分，常光旻乘坐的航班落地南榆，出了机场他便火急火燎地打了个车："麻烦到乌衣巷三十四号，谢谢。"

常夏盛出最后一块红烧肉时，常光旻拎了一大堆东西进了家门。常夏把菜端出来，震惊地看着沙发上摆着大大小小的礼品盒："爸，你去临城是工作还是旅游啊？"

常光旻笑了笑："里面有一半是给你买的新衣服，一半是客户送的补品。"

"新衣服？"常夏过去打开一看，各种颜色、款式都有，看得常夏眼花缭乱，又想到爸爸整日奔波，那么辛苦还惦记着自己，心疼坏了，"又乱花钱给我买东西。"

常光旻笑意更盛："你是我女儿，我乐意给你买！"他盯着常夏逐渐发红的眼眶，"哎哟"了几声，"怎么哭了，不喜欢啊？"

常夏摇摇头，眼泪都被她甩了出来："爸爸，你不要因为妈妈过世得早就总觉得对我有所亏欠，我不想你总这么累。我知道你很爱我，就算你站在那里什么也不做我也知道你爱我。"

这话搞得常光旻也有点鼻子发酸，只能笨拙地哄她："没事，闺女，爸爸累点不算什么，你开心快乐我就知足了。"

常夏拿纸巾擦干眼泪，调整好情绪，道："你下次也给自己买点东西啊。"

见她平复了情绪，常光旻宠溺地说："好好好，听你的。"

"那赶紧吃饭吧。"常夏还没尝过自己做的东西，心里有些担忧。

常光旻夹了一块红烧肉到常夏碗里，见她没反应，于是问："怎么不吃啊？"

“爸爸先吃。”常夏心虚地说。

常光旻没吃过常夏做的菜，但他信心满满，因为有一次他看见常夏偷偷在厨房研究菜谱，他打心底认为她做什么都能做得很出色，于是他想都没想就把红烧肉塞进了嘴里，下一秒，常光旻僵住了。

常夏期待地看着他：“怎么样？”这可是她花费了两个小时做出的成果，应该……还行吧？

常光旻把嘴里的肉吐掉，说：“你要齁死我啊……”

常夏心道：我早就说过我做的东西难吃，你偏不信……

常夏和常光旻相视一笑。半小时后，外卖上门……

期中考试过去好几天了，祁温言还在念叨着自己有几道英语题把正确答案改成了错误答案，为此丢了整整十分。

在座位上写学生会总结的程嘉然闻言，插了一嘴：“别唉声叹气了，好像今天下午要出成绩了。”

祁温言更唉声叹气起来。

“对了。”程嘉然想起些什么，看向几人道，“上午学生会开会时说，十二月初的校运会本来是没有高三学生的份儿的，但是有厚脸皮的同学求了一场男女混合接力赛。怎么样？你们四个要不要代表理科A班报个名？”

段柔摊开双手耸耸肩，表示无所谓。江槐点点头，表示没问题。常夏选择跟票。唯有祁温言比较特立独行：“你怎么不参加？”

程嘉然回他一个笑容：“学生会有工作安排，我是会长，负责现场统筹工作。这种轻而易举就能获胜的比赛，当然得靠你们啊！”

祁温言掉了他一句：“你说得倒是轻巧。”

快放学的时候，期中考试的成绩放榜了。余晓远的消息也灵通，扯着嗓子在班里大喊：“期中考试的成绩出来啦！快去看看！”

祁温言一听，不管三七二十一，拉上江槐和程嘉然就冲了出去。段柔也不在，但书包还摆在座位上，不知道是去哪儿了。过了一会儿，见教室里没什么人了，常夏拉开书包拉链，从里面抽出两根棒棒糖，起身轻手轻脚地走到江槐座位旁，迅速扔进了他的抽屉里。

“夏夏，你鬼鬼祟祟的，在干什么？”段柔不知道什么时候出现在教室后门。

常夏闻声回头，也不知道段柔有没有看见刚刚那一幕，假装淡定地走过去，反问她：“怎么了？”

段柔“扑哧”一笑：“没怎么啊，想问你一会儿去哪儿？”

听语气，知道段柔应该没看见自己的动作，常夏微不可察地松了口气：“我想去看期中考试的成绩。”

段柔一惊：“成绩？出成绩了？！”她刚刚去了一趟洗手间，没想到就发生了这么大的事，“快快快，我们也去看看！”段柔拉上常夏就往外跑。

文理科的成绩张贴在同一处，所以此刻公告栏处已经挤满了人，全年级的学生都在拼命探头寻找自己的名字。

周存青拽着陆希澈的校服衣袖，将他扯到最前面，指着理科部成绩排在第二的名字问：“这人什么来头，以前怎么没见过这个名字？”后方传来一阵议论声，都在打听这人到底是何方神圣。

陆希澈眯起双眼，看着“常夏”两个字，道：“是新转来的一个女生。”

周存青看着他：“你知道？”

“有问题？”陆希澈盯着常夏的分数，698 分，这个分数离他太过遥远了。

不远处，祁温言搂着江槐的肩笑眯眯地说：“我的天哪，常夏居然这么厉害，平时没看出来啊！”他又凑到程嘉然跟前，“程嘉然，你第二的宝座被人抢了，常夏把你挤去了第三，心里不好受吧？”

程嘉然：“祁温言，你上辈子是只鸟吗？叽叽喳喳地吵个不停。”

祁温言故作一惊，道：“被你发现了，好没意思。”

程嘉然没再理他。说实话，程嘉然没什么不甘心的，常夏能超过自己，那是她的实力，自己甘拜下风，说不定之后还要好好请教一番呢。倒是江槐，701 分，依旧是稳稳当当的第一名。这家伙每天看起来轻轻松松，还有时间去打球，却总能考出这么高的分数，这时间管理能力真是够牛的！

常夏刚到，还没看见自己的成绩，江槐就走到她的身边低语道："恭喜你，第二名。看来你很快就能超过我了。"

听到自己考了第二名后，常夏久久没有回过神，看来自己努力的方向是对的。不过她并没有骄傲："但依旧没能超过你。"

江槐爽朗一笑，语气上扬："胜负欲这么强？放心，以后有的是机会。"

江槐比她高出一个头，常夏扬起下巴，故意问："你是不是在嘲笑我？"

江槐又笑出了声："我哪敢笑你？"

"偷偷摸摸地在聊什么呢？有什么是我不能听的？"祁温言突然伸着脖子插到两人中间，打断了他们的对话。

江槐嫌弃地推开他，说："想听啊？等你能考到常夏成绩的一半再说吧。"

祁温言震惊地看了他一眼："阿槐，你开什么玩笑？我可从没考过 349 分以下！"

江槐无所谓地"哦"了一声："那你也没上过 600 分。"

"你就喜欢戳我痛处……"祁温言一腔怒火无处宣泄。

另一边，陆希澈已经远离了人群，在不远处默默地看着他们谈话。

"喂，看什么呢，这么入迷？还不走，你不是要去给星幕送饭吗？"周存青用手在他眼前晃了晃。

陆希澈收回视线，说："没看什么，走吧。"

周存青以为他是因为成绩难过，便上前安慰："你别难过了。你看看，你这次已经不是倒数第一了，而是倒数第三。这说明什么，说明你这几天的努力是有用的！成绩这事需要慢慢来，不能急于一时，我相信，下次考试，你成绩肯定能有质的飞跃！”

陆希澈只是笑了笑，没有说话。

周存青跟在他旁边，见他还是有些萎靡不振，便转移了话题：“你准备给星幕买什么吃的？”

陆希澈终于有点反应：“鱼香肉丝饭，她最喜欢吃。”

周存青推着他往前走：“那还等什么？快走快走，别一会儿卖光了！”

不出半天，常夏的名字就在南榆七中火速传开，大家都在议论着这位不久前转来的新同学。

“你们不知道吧，常夏不仅学习成绩好，长得也很漂亮！”

“真的吗？”

“你不信可以自己去理科A班瞧瞧！”一个男生高声说。

“你这么一说，搞得我也想去看看了。”

陆希澈漫不经心地听着，手中的笔一不留神掉到了地上。周存青见状，帮他捡起了笔，正要上前，陆希澈猛地了站起来，头也不回地走出了文科C班。

此时的理科A班异常热闹，祁温言跟说书先生一样，站在那儿声情并茂地转述着外边对常夏的讨论。常夏坐在座位上，看着眉飞色舞的祁温言，也不管他说的是好是坏，只顾着乐。

程嘉然好奇地问她：“别人这么谈论你，你不在乎吗？”

常夏笑道：“为什么要在乎？做好自己比什么都强。”她的人生可没那么多观众，大家怎么讨论都是他们的事，她只要听取那些好的建议就行了。

程嘉然笑道：“你这一点倒是和阿槐很相似。”

段柔实在不想继续看祁温言拙劣的演技，拜托道：“祁温言，你快坐下，别丢人现眼了。”

江槐一下课就被吴熙汀叫去了办公室，这会儿刚回来，祁温言就开始滔滔不绝地给江槐重复刚刚的表演。段柔在后面无情地笑道："江槐，你也逃不过。"

有同学看到有人在理科 A 班的教室窗前来回踱步，不由得好奇："这不是陆希澈吗？"

"他不是文科部的吗？怎么来理科部了？"

"长得挺帅的，来找人吗？"

南榆七中的论坛上有一个榜单，列举的是南榆七中人气最盛的风云人物，江槐、祁温言、程嘉然、陆希澈四人都在其中。榜单上对几人的介绍也各有不同：江槐天之骄子，难以触碰；祁温言性格欢脱，待人友好；程嘉然豪放不羁，肝胆相照；陆希澈表面清冷，内心柔软。

四个人都颜值出众，性格却截然不同。但由于理科 A 班的三个人关系紧密，外人很难介入，久而久之，大家的关注点有一半都转移到了陆希澈身上。他为人很是高冷，总给别人一种淡淡的疏离感，因此见他突然出现在理科 A 班，同学们都大为震惊。

段柔背靠着椅子，嘀咕了句："这家伙怎么来了？"

常夏抬头望去，和门口的人正对上目光。陆希澈别过头，很快又消失了。常夏转过头问段柔："你认识他吗？"

段柔说："没说过话，不过上学期有一天看见他在便利店做兼职。"

"兼职？"常夏疑惑。

段柔点点头："再多的我就不清楚了。"

陆希澈回教室的时候发现有老师在，他说自己肚子疼，去了趟厕所，所以晚了。周存青却有些不信，小声问道："真是肚子疼去厕所了？"

陆希澈平静地道："真的。"

"你是不是去理科部了？"周存青追问。

陆希澈看了他一眼："不是。"

下午最后一节课结束，祁温言转头对另外几人说："今晚都给我留下来，有大事要干。"

"什么事啊？"段柔最烦他吊胃口。

祁温言一脸狡猾："哎呀，你留下来就知道了。阿槐都留下来了，你们没理由不留吧？"

"拿江槐威胁我们？"段柔冷笑一声，但还是妥协了。

祁温言看向常夏："你呢，留不留？"

常夏笑了笑，答应下来。最近常光旻都在家，常夏本想多陪陪他的，不过，既然祁温言邀请了，那她也不好拒绝。于是，常夏给常光旻发了条消息，告诉他自己今晚会晚点回。常光旻没意见，只是叮嘱她走夜路回家要小心。

祁温言又看向程嘉然，程嘉然满脸写着"你看我还有拒绝的理由吗"，祁温言顿时哈哈大笑，还好他们都愿意留下来，不然那么多东西，他一个人可吃不完。

晚上，学生会用来开会的空会议室里意外地亮着灯，祁温言从家里带来的迷你电磁炉正在运作。

"在学校吃火锅？！祁温言，你胆子不小啊，一会儿被老师抓住我就把你供出去。"段柔边说边往自己的碗里夹了一块热气腾腾的牛肉。

祁温言笑道："祖宗，你的嘴是铁做的吧，这么硬。"

"祁温言，你好端端地把火锅端来学校吃干什么？"程嘉然不解地问。

祁温言拍拍胸脯说："为了庆祝我们期中考试都取得了进步！"

江槐在一旁吃着，丝毫不觉得自己作为年级第一蹲在地上偷偷吃火锅有损形象。常夏看着他这姿势，已经能想象被老师发现后他扛着火锅逃跑的场面了。

“阿槐，你蹲得一点形象都没了。”程嘉然笑他滑稽。

江槐服务到位，帮他们都烫好了牛筋丸和福袋，打趣道：“别人在学校晚自习，我们在学校火锅局，真是天差地别。”

祁温言含糊不清道：“好不容易有次机会，今晚就好好珍惜吧。”

祁温言爱拍照记录，不管到哪儿都会习惯性地举起手机记录。这会儿他趁所有人不注意偷拍了一张，保存好后，才开始准备正式拍摄：“喂喂喂！看镜头！”

段柔将刚打开的一瓶汽水举在眼前，摆好姿势。火锅升腾的热气模糊了她英气的五官，显得段柔有点娇羞。常夏移到段柔身旁，双眼明亮，笑靥如花地比了个标准的“V”。程嘉然手里拿着筷子，勾着正低头吃肉的江槐的肩膀往后一仰，两人一个错愕，一个一副得逞的样子。“咔嚓”一声，画面定格。

祁温言仔细看了看刚刚拍的照片，说：“这里面笑得最自然最开心的就是常夏了。”

他将手机拿给另外几人看。照片里，常夏脸小小的，皮肤白皙，眼睛又大又圆，五官精致得不得了，非常上镜。常夏说不出的开心，这是他们的第一张合照。段柔则有点凶凶的，又有点酷酷的，明艳动人。

“哈哈哈，阿槐，这回轮到你表情管理失败了。”祁温言笑他。

江槐爽朗一笑，用手肘碰了碰让他表情管理失败的程嘉然，说道：“脸在江山在，懂不懂？”

祁温言“啧”了一声：“你什么时候也开始跟我一样臭屁了？”

江槐难得自夸地说了一句：“无时无刻不在学习。”

有趣的灵魂安在少年的身上，就是妥妥的加分项。常夏笑得差点呛到。

火锅局进行到一半，祁温言突然说：“常夏，你是不是还没听过阿槐弹吉他啊？阿槐小时候报的兴趣班全是乐器类，钢琴、吉他、架子鼓，他都会。只不过现在教室里条件有限，恐怕给你表演不了电吉他，但吉他可以。”

江槐弹吉他？常夏有些期待。

江槐好奇地问：“祁温言，教室里哪有吉他给我用？”

这问题算是问到点上了！祁温言自顾自地跑到外头扛了个大型物件进来：“喏，你不是快要过生日了吗？这是给你的生日礼物，一把吉他，够不够惊喜？”

江槐没将生日这种日子太放在心上，祁温言也知道江槐不喜欢举办生日派对，但他认为仪式感这种东西是不能少的。

见另外三人都没有表现出过大的反应，只是笑眯眯地看着他，仿佛早就知道了这一切。

江槐问：“你们早知道了？”

程嘉然笑得前仰后合：“我们也是几分钟前知道的。”刚才江槐起身去洗手间时，祁温言才把送吉他的事情告诉他们。他把新吉他塞到江槐手中，随后说了句：“生日快乐！”

其他人也跟着祝贺：“生日快乐！”

江槐都不知道自己该露出什么样的表情了：“我十一月二十三号才过生日。”

“不差这几天，今晚就当提前给你过了！”

“那我岂不是提前几天变老了一岁？”

常夏乐不可支，江槐还说她总是能说出让他意外的话，现在看来，大家彼此彼此。

祁温言笑道：“我们还是不怕被时间磋磨的年轻人呢。不管几岁，开心万岁！”

常夏感觉他好像永远不知疲倦，永远都是一副嬉皮笑脸的模样，如果现在有一个蹦床，那么祁温言肯定会第一个上去玩。真好。她想，他们都特别好。

江槐坐在地上，熟练地调完音，抱着吉他，抬头问祁温言：“这吉他多少钱？”

祁温言不以为然："我用自己存的零花钱买的，你就不要在意价格了。"

那看来是很贵了。江槐试了试音，说："我认真弹，你们别说话。"

修长的手指轻轻拨动琴弦，音乐从他的指间流淌出来。

程嘉然没想到江槐居然会弹唱这首《Moments》，巧的是，这首歌他们都会唱，于是火锅局变成了演唱会。江槐的英文发音很标准，每个人都沉浸在他清澈干净如一汪泉水的嗓音里，吟唱的人最清醒。江槐抬头，漂亮的眼眸明目张胆地看着眼前某个小小的身影。

窗外月色朦胧，繁星闪烁，教室内火锅沸腾，歌声不断，此时，一切事物都格外美好。

惊心动魄的火锅局结束后，祁温言没有将照片外发，他加了常夏的微信，把她拉进了群。祁温言是群主，跟在他后面的是一个布偶猫的头像，名字是一弯黄色月亮的表情符号，显而易见，这人是江槐。

常夏之前偶然听程嘉然提过，说江槐家里有养猫，因为江槐的父母都在国外工作，一年只能回来两三次，他们怕他一个人在家孤独，索性就让他养了一只猫。常夏猜，那个头像里的布偶猫应该就是江槐家养的。这只布偶猫毛色很好，江槐能拿它当头像，说明他应该很喜欢这只猫。

常夏点开江槐的个人主页，在看到发送好友申请验证那一栏时，她心一颤，伸出去的手又缩了回来。刚进群就加好友未免有些太快了，再等等吧，不着急。

第五章

看电影·大冒险·流浪猫

理科A班期中考试的成绩整体排名非常不错，特别是英语这一科，进步显著，这可把吴熙汀乐坏了。全班只有祁温言一个人在退步。祁温言被吴熙汀找去办公室谈话时，程嘉然拉了一堆人偷偷跟在他身后，等着看好戏。

办公室里，吴熙汀看着祁温言说：“你这次怎么搞的，怎么退步了三百多名？”

祁温言收起平日里吊儿郎当的姿态，站得笔直，乖乖低着头，一副认错的样子，自省道：“老师，我下次再也不改答案了。”

段柔蹲在外面，差点笑出声。

吴熙汀是位很有经验的教师，见多了这种成绩时起时落的学生，知道这个时候不应该给学生太大压力，而是要一步一步引导，让学生快速回到正轨。她开解道：“有时候第一直觉是很准的，下次不确定就不要乱改，白白丢这么多分，你不心疼我还心疼呢。”

“我肯定心疼啊！没有下次了，再也不会有了。”祁温言积极认错。

吴熙汀将他的态度看在眼里，她倒了杯茶水，微抿一口，忽然想到什么，轻声对祁温言说："你不是和程嘉然玩得挺好的吗？这次他的英语成绩是年级第一，你好好请教一下人家。"

正在门外当吃瓜群众的程嘉然听到自己名字，瞬间打了个冷战。下一秒，他就听见祁温言说："老师，您这个提议非常好，我认为同学之间就需要相互帮助，有福同享，有难同当。这样吧，您将我和他绑定在一起，如果我下一次考试进步了，就两个人一起表扬，如果还是退步，那就批评他吧。"

程嘉然嘴角直抽筋，恨不得冲进去把他揍一顿。

吴熙汀怎么可能听不出来祁温言打的小算盘："你这话如果被程嘉然听到，没准要被追着满走廊跑。"吴熙汀对他们平日里的一举一动了如指掌。

祁温言不以为意地笑了笑："哪能啊？他不是这种人。"

"祁温言，你最好站着别动，让我先给你一拳！"程嘉然不知道什么时候闯进了办公室。吴熙汀往他身后一看，好家伙，阵仗还不小。

江槐喊了句："自讨苦吃。"

常夏和段柔更是笑到不行。

祁温言真有点怕了："你堂堂学生会会长，怎么和段柔一样就会使用暴力？"

程嘉然冷笑一声，学段柔说道："打的就是你！"

吴熙汀服了这群欢脱过头的学生，要是被领导发现学生在她的办公室里打打闹闹，她少不了要挨顿批评，赶紧开口制止："要闹出去闹，不然都给我消停点！"

祁温言和程嘉然只能大眼瞪小眼……

上午三节英语课连上。吴熙汀花了半节课的时间讲试卷。讲完后，她站在讲台上，把投影屏幕降下，笑着说道："我们班的同学这次表现优异，所以我决定给你们一个奖励。这个奖励很特殊，可以说是仅此一次，不会再有第二次。"

祁温言一字一句道："听君一席话，如听一席话。"

这个学生是真会拆台，从高一到高三，每节英语课祁温言都要动动嘴皮子跟她作对一下。吴熙汀笑了一声，道："祁温言，你想下课来我办公室喝茶？"

祁温言："不是吧？怎么都这么爱欺负我，实话实说也有错……"

"所以老师，到底是什么奖励？"坐在第一排的余晓远仰头发问。

"后排的同学都往前坐，我们来看一场不一样的电影。"

这话一出，全班沸腾，毕竟高三生没有一刻是能松懈的，更别说上课看电影了。

"你们也努力了半学期了，所以老师特意拿出英语课的时间给你们看英文电影。你们能坐在一起看电影的机会，可能也就这一次，以后各奔东西了，再想相聚就难了。"吴熙汀说完后，也不知道是谁主动把教室的灯一关，两边窗帘一拉，整个理科 A 班都陷入了黑暗。

吴熙汀选了一部英文电影，名叫《当幸福来敲门》。

影片开始后，坐在后排的常夏和段柔往前移了一排，坐到了江槐旁边。刚刚常夏就发现，自己放在他抽屉里的那两根阿尔卑斯棒棒糖已经不见了，是被他扔了，还是被他吃了？还是糖太多分给别人了？

"看什么呢？"黑暗中，身侧的江槐歪头悄声问。

常夏一凛，转过头低声说："没什么，是你身上有只虫子。"

江槐下意识低头，发现看不清后又用手抓了抓。常夏在黑暗中偷偷笑了笑。江槐感觉到一旁的动静，轻轻哼笑一声，坐正了身体，而后莫名问了一句："你喜欢吃什么水果？"

"水蜜桃。"常夏以为他只是随口一问，想都没想就脱口而出。

电影音量不大，一旦有同学大声讲话就会影响别人看电影。祁温言悄悄拍了拍段柔的肩膀。段柔被吓了一大跳，转头压低声音说："祁温言，你干吗？魂都被你吓没了。"

"这不是怕吵到你们看电影嘛。"祁温言居高临下地看着她，一脸坏笑，"你喊一下他们三个，叫他们回头，我拍个照。"

"怎么又拍？"

“照片这种东西可珍贵了，你信不信等我们长大以后再翻出来看，会热泪盈眶？”

段柔没说话，这是默认了。她转头拍了拍另外三人的肩，示意他们回头。祁温言不等他们反应，瞬间拍完收工。程嘉然还没反应过来他在干什么，祁温言就已经回到座位上跷起二郎腿，悠哉游哉地继续看电影了。

大家在教室里围在一起看电影的氛围实在太过安静美好，没人愿意打破，祁温言拿着手机录下好多人，就连吴熙汀也没逃掉。

电影快到结尾时，很多同学都流了眼泪。常夏也不例外，她一直看得很认真，时不时拿纸巾擦擦快要溢出来的热泪，不愿哭出声。电影结束后，大家回到自己的座位，教室的灯被重新打开，窗帘也被拉开，大片大片的阳光洒进教室，大家看见吴熙汀也潸然落泪。这种励志的电影不管看多少遍都会让人感动。

由于英语课还没有结束，吴熙汀缓好情绪，就点了几位同学起来发表感想，其中就有常夏和江槐。常夏站起来，回想了一下电影画面，说了电影里自己记得最清楚的一句台词：“You got a dream, you gotta protect it. People can’t do something themselves,they wanna tell you you can’t do it.If you want something, go get it. Period（如果你有梦想的话，就要去捍卫它。那些人跟你说不可能，是因为他们自己办不到。如果你有所追求，就要去努力实现。就这样）.”表述流利，发音标准。

江槐模仿着她说了另一句极为激励人的台词：“Don’t ever let somebody tell you, you can’t do something, not even me（别让别人告诉你你成不了事，即使是我也不行）.”

江槐坐下，回头和常夏对视一眼，目光交错间，两人都不约而同地笑了起来。

看到大家都看懂了这部电影，吴熙汀很欣慰：“不要忘记开花，那是当你还是一颗种子时就与生俱来的梦想，高考已经不远了，加油，别辜负自己。”

大鹏一日同风起，扶摇直上九万里。他们，未来可期。

十一月下旬，南榆早已步入了秋天，夜晚的风有了凉意，常夏房间里的窗户半开着，风涌入时她忍不住打了个喷嚏。为免着凉感冒，她从衣柜里掏出一件杏色风衣披在肩上，继续写老师布置的周末作业。

碰到了一道不会的题，常夏在书包里翻找对应的书时，发现怎么也找不到。她瞟了一眼作业登记表，继续去找对应的练习册，发现也找不到，顿时大脑一片空白。该不会是忘记带回来了吧？如果现在不做，等到周一回去再补就太赶了。

南榆七中周末是不开放的，常夏只能现在过去。她看了一眼手表，刚好九点整，距离晚自习结束还有半小时，她完全可以赶去拿回来。幸亏校服还没有洗，常夏换上南榆七中的校服外套，打开房门走到一楼。

常光旻正嗑着瓜子看球赛，见她下来有些意外：“你要出去？”

常夏边穿鞋边说：“我作业落学校了，得回去拿一下。”

常光旻坐起身子看着她：“要不要爸陪你去？现在不早了。”

“没事，我很快的，乌衣巷来来往往这么多人，不用担心我。”常夏说完，就打开门跑了出去。

常夏一路狂奔，到了路口，抬头看见南榆七中的校门时，才算松了口气。绿灯一亮，她就快步走向保安亭，跟保安说自己只是进去拿个作业，很快就出来。

保安看她是七中的学生，嘱咐她：“同学，还有十几分钟晚自习就下课了，你可得赶在关门前出来啊。”

常夏点头：“一定！”

得到保证，保安把她放了进去。

常夏第一次觉得南榆七中大得离谱，她走得腿快抽筋了才到教学楼楼下。想到还要爬上五楼，整个人都要崩溃了。

常夏生无可恋地爬着楼梯。高三部只有几个班还亮着灯，楼道里一片漆黑。常夏上到三楼时，楼梯间的灯开始不停地闪烁，忽明忽暗，且越往上走灯光越暗，她后背一阵发凉，第一次发现原来夜晚的学校有点吓人。常夏从小到大都怕黑，黑暗会给她一种封闭的感觉，像是一块石头压在身上，喘不过气，心里又紧张。

好不容易爬到五楼，常夏一眼望去，走廊长得几乎看不见尽头。秋风吹打着常夏的头发，她忍不住开始思维发散，总觉得下一秒走廊的尽头就会出现一个怪物，把她一口吞入腹中。她现在有点后悔以前看了那么多校园惊悚小说了。

常夏一鼓作气，跑到理科A班，“啪”的一下打开了理科A班的电源，整个教室瞬间亮了起来。周围重新亮堂起来，常夏卸去满身疲惫，到座位上休息了一会儿才开始翻找作业。她的抽屉收拾得很整齐，找几本书花不了多长时间。

常夏找到作业，准备站起来离开时，灯光突然熄灭，就连走廊里微弱的光都消失不见了，只有绿色的应急通道标识还亮着。糟了，校园惊悚小说照进现实了？

五楼出奇地安静，伸手不见五指，她刚迈出一步就撞到了桌角。这跟双眼失明有什么区别？常夏在原地愣了半天才骤然想起自己还有手机，她打开手电筒，往前面一照，一个穿着南榆七中校服、人高腿长的“男怪物”忽然出现在眼前，常夏惊呼一声，不知道哪儿来的勇气，一脚踹上了他的膝盖，大喊：“你不要过来啊！”

江槐：“是我……”

无奈的声音传到常夏耳中，本来还想再踹一脚的动作凝滞在半空中。此时常夏的脑子还没反应过来，问：“怪物还会说话？”

常夏等了几秒，见对方一点反应也没有，才壮着胆子往前走了一小步。在手电筒的帮助下，她终于看清了来人。

江槐勾起嘴唇，低头轻笑了一声，一脸玩味地看着她：“怪物是不会说话的，但人会。”

常夏有点恍惚，刚刚她居然害怕到胡言乱语！等等，她刚刚是不是踹了江槐膝盖一脚？常夏后知后觉自己失态了，眼神有些躲闪，不好意思地道：“那个……我刚刚不知道是你。有没有踹疼你？如果踹疼了，你就踹回来吧。”

这是什么奇奇怪怪的脑回路？江槐笑意更盛，他说：“放心，没什么感觉。”

常夏松了口气，又有些疑惑，他为什么也会出现在这儿？常夏问：“你也落东西了？”

江槐说：“对啊，笔记本落教室了，不回来拿的话，周末写不了作业。”

因为周围实在太黑，江槐也拿出手机，打开了手电筒模式，到自己的位置上翻找笔记本，说：“我刚才上来时听见有人说停电了，加上我们刚刚耗的那点时间，现在学生们估计都走光了，校门应该也已经锁了。”

常夏不确定地问：“你的意思是说现在校园里就我们两个人了？”她看了眼手机上的时间，发现已经快九点四十了，这才察觉她竟然在教室里耗了这么长时间！难不成她真要在学校里待两天两夜？

江槐说：“可能吧。”

“那怎么办？”常夏有些焦急。如果不快点回去，爸爸该急坏了。

江槐轻松一笑：“没事，我们翻墙出去。”

“翻墙？”常夏惊呼一声

江槐说：“高一的时候，有一次我也像今晚这样被困在学校里出不去，后来在操场的角落里发现有一处墙头可以翻出去，还挺方便的。而且这几年还没有人发现过那个地方。”少年弯了弯唇，“我就告诉了你一个人，可不许往外说哦，我们现在可是在一条船上的。”

常夏听得一愣一愣的。

江槐拿上笔记本准备离开，他叮嘱常夏：“怕黑就跟在我身边。”

常夏听话地跟在他旁边，恐惧也慢慢被驱散。

走到楼梯口时，有手电筒的光从下面扫过来，紧接着一道洪亮的声音传来：“谁在那里？”

两人连忙将手机的手电筒关闭，呼吸声放缓，定在原地。随着脚步声越来越近，常夏的心也悬了起来，下一秒，江槐拽着她向楼上飞奔。他抓得很紧，生怕她跟不上自己的步伐。少年的校服灌满了秋季的夜风，常夏心跳得很快，感觉自己像是在参加一场逃亡游戏，除了害怕还有新奇。

教学楼总共有六层，顶层有天台。南榆七中的天台是半开放式的，他们跑到通往天台的铁门前，江槐打开门上的锁，熟练的样子不像是头一回，江槐和常夏进去后把门轻轻掩上，缩到墙边。

“我们为什么要逃啊，告诉保安让他放我们出去多好？”常夏喘了口气，高马尾因为跑动有些凌乱。

江槐笑了笑：“被发现的话会被叫去办公室谈话，可能还会有一些不好听的流言。”

他说得也不是没有道理。常夏搓搓手，平复了一下心情，张望四周。借着月光，她发现天台上居然摆着一架望远镜。

见她有了兴致，江槐说：“你去看看能不能看见星星。”

常夏果真小跑过去。此刻月光撕碎了夜幕，夜空中碎星闪烁，可不知道是不是哪里调试得不对，常夏试了好久，连一颗星星也没找着。

“看见星星了吗？”江槐走过去问。

常夏摇头：“没看见。”

“那你再找找月亮？”江槐抬手，帮她把望远镜移了一个方位，看向天空。

常夏将目光从望远镜上移开，看向江槐。她听到他在问：“怎么样，好看吗？”

“月亮……一直都很好看。”

少年的侧脸被月光照得柔和。他的头发又长长了一点，毛茸茸的，像萨摩耶犬一样，让人忍不住想摸。他在笑，梨涡渐显，眼睛都弯了起来。

“你在笑什么？”常夏抿着唇问他。

江槐笑得轻快：“没什么，走吧，去翻墙了。”

这句话提醒了常夏，她才反应过来现在已经很晚了。常夏深吸一口气说：“那走吧。”

常夏怕爸爸担心，发消息和他说了一句自己正在回家的路上，然后跟着江槐小心翼翼地下了楼。江槐带她来到操场的角落，搬来一块石头，让常夏踩上去，然后再踩着自己的肩膀翻过去。常夏没有犹豫，压低声音说了句：“谢谢啦。”然后迅速翻了过去。

江槐在她翻过去之后，助跑、起跳，敏捷地越过了围墙。常夏想，这应该会成为她一段难忘的记忆。

落地后，江槐开口：“走吧，送你回家。”

常夏点了点头。手机屏幕突然亮了亮，是常光旻的回复。目光上移，手机上的日期显示是十一月二十三号。她突然想起今天是江槐的生日，而她还没有给他准备生日礼物。那么，就先给祝福吧。

“生日快乐，江槐，岁岁常欢愉。”

出其不意的祝福让江槐脚步一顿，常夏听见他先是说了声：“谢谢。”然后很小声地补了句，“你也是，岁岁常欢愉。”

暑气彻底退去，校园里落叶纷飞。最后一节课下课，吴熙汀提醒大家下周有高三年级的接力赛：“别的班名额已经报满了，咱班呢？没人愿意我就随便点人了！”

班里安静了几秒，大家都不约而同地看向后排。祁温言被他们满怀期待的目光给吓住，反应了几秒，露出一副得意扬扬的样子，说：“哎哟，这种事，我们几个承包就好了！”

江槐、段柔、常夏配合地点了点头。

余晓远得知常夏也参加，激动地说：“这场接力赛应该会很有看头！”

吴熙汀看到有人报名也就放心了：“那就你们四个代表理科A班参赛吧。”不得不说，祁温言虽然爱和老师作对，但性格讨喜，做事也积极，吴熙汀还是很喜欢他的。

这个事情敲定之后，大家都背上书包准备回家。

常夏看见江槐从口袋里拿出耳机戴上，应该是准备走了。他起身时，常夏假装弯腰去绑鞋带。一双白色球鞋停在她眼前：“你不走吗？”

常夏没有抬头：“我一会儿要去找老师，你先走吧。”

江槐应了声“好”，无声地笑了笑，离开了教室。

常夏等了几分钟，确定江槐不会再回来后，从包里掏出她每天携带的一大串阿尔卑斯棒棒糖。要不要再写点生日祝福？但是这样会不会太明显了？常夏想了想，还是觉得不写为好。

常夏把棒棒糖放在他的抽屉里，走远看了看，挺隐蔽的，这才哼着节奏轻快的小曲走出了校门。学校门外有很多小摊，卖热干面、臭豆腐、炸鱼球、干锅土豆，都很受欢迎。

路旁树荫下，一个穿着南榆七中校服的男生蹲在那里，一只手里拿着几份热气腾腾的小吃，一只手刷着手机，时不时抬头望一眼校门口。很快，一个女生背着书包从学校里缓步走了出来，脸上带笑，看起来很开心的样子。陆希澈立刻站起身，等她再靠近一点，才喊了一声她的名字：“常夏！”

常夏抬头，见陆希澈朝自己招了招手。她拧眉，不解地看向对方。陆希澈见她表情有些意外，于是把手又收了回去，不再有什么举动。见常夏走远，陆希澈又跟了上去。

走到分岔路口时，陆希澈再一次叫住了她。常夏停住脚步，隔着两三米的距离回头问：“怎么了？”

陆希澈举着手中的东西对她说：“我一不小心买多了，刚好看你出来，你要不要？”

“你……”常夏欲言又止。

“你想说什么？”陆希澈看着她。

常夏压下心头的疑问，走上前，接过他的好意：“我想说谢谢你。”她顿了顿，“其实以后可以不用特意喊我，我不常吃小吃。”

陆希澈点点头：“那你喜欢吃什么？我下次买给你。”

常夏连忙拒绝他：“不用了，谢谢你。”

陆希澈低下头，轻声说：“我们不是朋友吗？我认为朋友之间的相处就应该是这样的。”

常夏无法拒绝，笑着又道了声谢，和陆希澈挥了挥手，说了再见。

待常夏走远后，一道声音从陆希澈身后传来：“陆希澈，不得了了！”

陆希澈转头看到来人，语气冷了下来：“周存青，你跟踪我？”

周存青“啧”了一声：“哪能啊？我只是刚好路过，一不小心看见了这一幕。”他搭上陆希澈的肩，“怎么，交到新朋友了？”

陆希澈轻轻推开他，没好气道：“那也得人家愿意才行，她是好学生，我算什么？”他说这话时，眼睛有些酸涩。

周存青拍了拍陆希澈的脑袋：“好学生怎么了，你就不能成为好学生了吗？你也不笨。”

沉默了一会儿，陆希澈突然说：“周存青，我记得你好像和我说过你有一个玩得很好的发小？”

周存青大大方方道：“对啊，我们青梅竹马，两小无猜。”周存青是临城人，初中的时候，为了接受更好的治疗，他妈妈才带他来到了南榆，在这里住了下来。

“真好，有一个可以一直惦记的人。”陆希澈感慨道。

“我们都好几年没有联系了，估计她都忘记我了。”想到这儿，周存青苦笑了下，“不过，忘记我也是件好事，至少我死后，她不会那么难过。”

“你别一天到晚把‘死’这个字挂在嘴边行不行？”陆希澈拧着眉训他。

周存青不想再回忆往事，道：“走了，去医院，我也要去检查。”

陆希澈想到他的病，懒得再和他计较："走吧。"

晚风微凉。常夏走到乌衣巷时，手中拿着的小吃还冒着热气，走回来的路上她尝了几口，味道确实不错。快到家门口时，她看见路边有一个半蹲着的身影，她凝神看去："江槐？"

江槐闻声回头，常夏发现他的怀里正抱着一只黑色的流浪猫。小猫似乎有点怕生，原本在吃火腿肠，听见生人的声音后往江槐怀里缩了缩，把头埋起来不理人了。

江槐笑着逗小猫："漂亮姐姐你也怕？"

常夏瞬间脸一红。

因为家里养猫，所以江槐驯起猫来很有一套，他用手挠着它的头，小猫一脸享受。

"你好像很招动物喜欢。"常夏看着他说。

江槐把猫抱到她眼前说："你要不要摸一下，它很干净，估计是刚被遗弃的。"

常夏朝小猫钩钩手指，小猫没有刚才那么怕她了，甚至还用头蹭了蹭她。常夏有点开心："你家是不是养了一只布偶猫？"

"对啊，我打算把这只小黑猫也带回去，好让月亮有个伴。"

原来月亮是他家布偶猫的名字。他所有账号的昵称都是月亮，看来他真的很喜欢那只猫。

"那你打算给它取什么名字？"常夏问。

江槐思考了一下："要不你给它取个名字？"

对上江槐的目光，常夏用笑容掩盖自己的紧张："叫玉兔吧，玉兔和月亮正好做个伴。"

江槐的神情有了一丝微不可察的变化，他的眼眸亮晶晶的："好啊，就叫玉兔。"他肯定地道，"月亮和玉兔，一定会长久相伴的。"

常夏不知道该怎么形容自己此刻的心情，但她相信，这只有了新名字的小黑猫，一定会在江槐家过得很幸福的，因为它的主人是一个温柔又好看的少年。

江槐无意间瞥见她手里拎着的小吃，笑了一下："我就说玉兔怎么突然喜欢你了，原来是闻到香味了。这是今天的晚餐？还挺丰盛。"

常夏反应过来他是在说小吃，笑道："算是吧，朋友送的。"

江槐抱着小猫起身："时间不早了，你早点回家吧，我带玉兔去宠物医院做个检查。"

常夏看了眼时间，跟江槐道了别："好，那我先回去了，你注意安全。"

江槐又逗玉兔玩了一会儿，直到看不见常夏的身影，才喃喃自语道："玉兔。你叫玉兔啊……好巧。"

第六章

新备注·接力赛·水蜜桃

江槐带玉兔做完检查，回到家已经九点。宠物医生说这只小猫状态很好，江槐进屋就没把玉兔关进笼子，家里有很多玩具，水和猫粮也已经准备好，只等着这个新成员加入。月亮看见有新朋友，一开始有些抗拒，但它是只很活泼的小猫，不过眨眼的工夫，就不畏生地和玉兔玩在了一起，清冷的屋子热闹了起来。

江槐躺在柔软的沙发上看着它们嬉戏打闹。没过多久，江槐的手机响了，他看了一眼来电人，点了接通。一道温柔的女声传来："小槐，在干什么呀？"

"累了，在沙发上躺着，您呢？"江槐问。

电话对面的人是江槐的妈妈蒋明依，她二十出头的时候就创办了自己的公司，年纪轻轻就身价上亿，这十几年下来，江氏和蒋氏的合作风生水起，集团里个个都是精英，如今蒋氏更是已经跻身全国企业五百强。

电话那头又传出一道沉稳的男声："累了就多休息，别给自己太大压力，有爸爸妈妈在呢。有想做的事情就去做，爸爸支持你，再怎么不济，咱还有家里的企业。人嘛，生命只有一次，要不留遗憾。"

蒋明依在一旁笑道："你爸太久没和你说话了，一开口就停不下来。"

江如练是独生子，蒋明依也没有兄弟姐妹。江槐作为两个集团的小少爷，从小集万千宠爱于一身，要什么有什么，但他从来没有炫耀过自己的家世，也没有和身边的人提起过自己爸爸妈妈的身份，也就祁温言和程嘉然隐约知道一些。江如练和蒋明依本来想将他带去国外读书，奈何江槐性子倔，非留在南榆不可，他们也就由着儿子去了。

父母上一次和他通电话还是在一个月以前，江槐理解他们的忙碌，主动提起自己的近况："爸妈，我今天收养了一只小黑猫，它很乖，毛也很顺，一来就和月亮打成一片了。"

蒋明依好奇地问："怎么突然又收养猫了？"

江槐解释道："就是看这小猫可怜，像是被人抛弃了，无家可归。"顿了顿又道，"月亮又不会说人话，一天到晚只知道跑来跑去。它最近时不时就会把我的拖鞋叼走藏起来，让我找，捣蛋得很。"

蒋明依心知肚明："你其实是想让小黑猫陪着月亮吧。"

被戳穿的江槐看了一眼地上的小黑猫，笑着问："妈，你想知道它叫什么名字吗？"

"什么名字？"

"叫玉兔。"

"玉兔？这名字好啊！月亮和玉兔，多配！"江如练在一旁插话道。

蒋明依睨了他一眼，心说：你耳朵还真不赖，没开免提都能听见。

江槐笑意未减，故意问道："爸，你之前不是觉得月亮和嫦娥才是最配的吗？小时候还总给我讲嫦娥奔月的故事。"

江如练哈哈大笑："那都是多少年前的事了，你居然还记着。"

蒋明依问他："小槐，你怎么想到起这个名字的？"

江槐无比坦诚地说："是一个女孩起的。"

蒋明依在电话那头发出一声惊呼："女孩？"

江槐解释道："是班上新转来的同学。"

江槐和父母又聊了一些零散日常才挂了电话，月亮和玉兔也早已停止打闹，各自埋头吃饭。江槐起身走到饭盆边，用手机拍了几张照片，打算发给常夏看，点进微信才发现原来自己没有加她好友。

常夏洗完澡出来，打开手机就发现了江槐发送的好友验证申请。她一激动，手机差点掉地上，手忙脚乱地拿稳后，通过了好友验证。常光旻敲门进来给她送新研究的布丁烤奶，恰好看见女儿抱着手机傻笑的一幕，打趣道："学习学傻啦？"

"没有的事！"

"那在傻笑什么？老师表扬你啦，还是同学夸赞你啦？"

"都不是！哎呀，谢谢爸爸的布丁烤奶，我要睡了！"常夏羞恼地说完就跳上了床，扯过被子躺下。

常光旻："别演了，尝完我的手艺再睡。"他嘱咐一声，就放下东西出去了，还顺便帮她关上了门。

等门口没了声音，常夏才重新打开手机，看江槐给她发的信息：看不看猫？

CX：看！

聊天框里立刻弹出几张图片，常夏一张一张点开。

月亮：既然小黑猫的名字是你取的，那你也算是她的半个主人了。

江槐发完这条消息后，就点进她的朋友圈翻了翻。常夏发得不多，多数是分享阳光、日落、美食的日常。江槐发现不少理科A班的同学都在一个月前加了她，而自己居然现在才有她的联系方式。江槐点进备注栏，思索了一小会儿，给她改了一个新的备注，心满意足地弯起笑眼。

江槐退出朋友圈时，看到了常夏的回复：谢谢你的分享，我看完了，它们都很可爱。

月亮：喜欢就好，有空再拍给你看。

月亮：早点睡，晚安。

常夏用被子盖住脸，遮住了发热的耳朵。

深秋时节，窗外的阳光依旧明媚，花坛中的花却早已凋零，树枝光秃秃的，枯叶与风在空中缠绵。而理科A班同学们的心早就飞向了下午将要举办的高三年级接力赛。不得不说，这届高三的待遇是真好，以往除了元旦晚会，其余活动是一律禁止高三学生参加的。

“祁温言，你不要再扭来扭去的了！上课的时候，我往左看黑板，你就往左移；我往右看，你就往右移，你存心和我作对是不是？”段柔没好气道。

“祖宗，我后脑勺又没长眼睛，哪知道你要往哪个方向看？”祁温言委屈巴巴地说道。

“那你来回动什么？有多动症吗？”段柔撑着脸，生无可恋。

祁温言背靠着椅子，微微侧头道：“我活动活动，好准备今天下午的比赛。”

“时间充裕，你好好准备。”低头做题的江槐随口说。

祁温言“啧”了一声：“你写题还偷听我们讲话。”

江槐搁下笔，伸了个懒腰，笑道：“不好意思，刚写完。”

祁温言懒得理这两人，索性回头问常夏：“常夏，你有没有信心跑第一棒？”

常夏哽了一下，指着自己问道：“我第一棒？”

“那我第二棒。”段柔说。

“那我跑第三棒，第四棒留给阿槐。”祁温言说。

江槐无所谓道：“我都可以。”

常夏：等等，怎么就这样决定好了？没人发现她说的是个疑问句吗？

下午三点，激动人心的接力赛拉开帷幕，南榆七中初中部和高中部的学生坐在一起观看这场赛事。赛程进展很快，初中部的比赛结束后，所有人都在等着看破例参加比赛的高三组能取得怎样的成绩。

程嘉然在主席台上坐着，一不留神，手里的笔就被人一把抢走。他回头一看，就见祁温言抱着手臂站在自己身后，额头上绑着一条显眼的抹额。段柔则站在祁温言身后，正用一种看傻子的眼神看着他。

“有何贵干？”程嘉然问。

“你一会儿是不是要念加油稿？”

哦，是来走后门的。程嘉然挑眉接过祁温言递过来的稿子，道：“对啊。”他看了一遍，“写得不错嘛！”

段柔说：“这几份加油稿都是余晓远写的，你觉得祁温言能有这么好的文采？”

祁温言：“你别老损我……”

段柔语气上扬道：“这次不叫‘祖宗’了？”

祁温言：“祖宗，行了吧。”

程嘉然翻了个白眼，收下他们替余晓远拿过来的加油稿后，就将两人打发走了。隔了老远，他还能听见楼梯口处两人拌嘴的声音。

祁温言：“你耳朵怎么红了？”

段柔踩了祁温言一脚：“过敏。”

“那就去医院。”

“没钱。”

“我给你钱。”

“祁温言，你找打啊，嘴皮子痒是不是？要不要我拿个鸡爪给你挠挠？”

两人就这样一路吵闹着回了理科A班的区域。段柔坐到空位上，跟常夏打了个招呼。

江槐见段柔的脸颊像两颗红苹果，转头看了一眼祁温言，问道：“你欺负她了？”

祁温言：“怎么会？我不可能欺负女生。”

“㞞包。”段柔嘲讽一句。

“这叫绅士！”祁温言纠正。

段柔没再出声。常夏、江槐、段柔、祁温言四人坐在一起，像是这场比赛中一道独特的风景线。因为不是上课时间，很多学生带了手机拍照，路过四人的时候，有些大胆的学生就会直接站过去拍他们。常夏有些不自在地侧过头，鼻尖擦过江槐的衣袖时，闻到一股橘子清香。

不知道是哪个班的班主任带了雪糕和可乐给学生降温，看台某处爆发出一阵欢呼，惹得其他班的学生羡慕不已。

“喂喂喂，陆希澈，你走慢点，我跟不上！”周存青在他身后大喊。

陆希澈回头，拧着眉道：“你不好好在医院里躺着，逞什么强？”

陆希澈这个人有点拧巴，如果是他不在意的人，那怎么都撬不开他的嘴巴，如果是他在意的人，就会像现在这样，一脸凶巴巴的，周存青早就习惯了。

周存青说：“我现在生龙活虎的，没必要天天躺在医院里，再不趁这机会出来看看阳光，以后就没法看了。”

“不是跟你说了别说那么晦气的话吗？”陆希澈警告了他好多次，他就是不听。

周存青搓搓手问：“你跑第几棒？”

“第一棒。”

“可以啊。和哪几个班比？”

“我只知道有理科A班。”陆希澈抬头张望半天，忽然眼前一亮，隔着一段跑道，他看到常夏正托着脸，听旁边的人聊天。他赶紧问，“周存青，你拍照技术怎么样？”

周存青疑惑地看着他，答道：“还不错。”

“那你帮我拍张照片吧。”陆希澈说着给周存青递去手机，“你把角度往上移，只拍上半身就行。”

周存青盯着屏幕调整好角度，按了几下拍照键。

“好了吗？”陆希澈问。

“好了。你看看是不是你要的。”

照片中的陆希澈笑容有些僵硬，不过这张脸长得清冷，姿态又好，那笑容反而增添了一点酷拽的感觉。

陆希澈接过手机，将图片放大，背景里是学生休息区，令人意外的是，背景里的女生竟然鬼神差使地看向了镜头。陆希澈将图片保存好，才将手机锁屏，扯着周存青的手臂朝检录处走去。

没过多久，广播响起：“请高三年级参加比赛的同学即刻到检录处检录。”

祁温言放下手中的衣服，提醒道：“走了！”

四人起身，一同前往检录处。在等待的过程中，他们都没有看论坛消息，不知道此刻论坛评论正在不断地刷新。

△这种有颜值有实力的比赛也是给我看到了！

△我赌理科A班必胜！

△跟个票！

△我以为常夏是文静型的，没想到她这么有元气。

四人来到比赛区域，开始热身。

“加油啊常夏，第一棒可是很关键的，我看好你！”祁温言蹲下压着腿，一副势在必得的样子。

江槐只说：“安全第一，尽力就好。”

“夏夏，别紧张，重在参与！但我看好你！”段柔豪爽地搂过她的肩膀，给她加油打气。

学校操场的跑道是标准跑道，四百米一圈，第一棒开跑后，第二棒才可以站在起始位置准备交接。第一棒的选手就位后，常夏站在第七道，陆希澈站在第八道。常夏看见他时，嘴巴微微张大，没想到会和他一起跑第一棒。

开跑前，陆希澈看了眼前方的弯道，微笑着问常夏：“如果这场比赛你赢了，你会开心吗？”

常夏握紧拳头，说：“我赢了不一定会开心。”她侧头看向站在不远处望着自己这边的三个人，常夏弯起唇角，坚定地说，“但是，我们赢了我会很开心。”

这样吗？陆希澈低头自嘲地笑了声。他好羡慕。

“陆希澈，别发呆了，要开始了！”周存青在跑道的一侧向他招手。

“知道了，周存青，你给自己留口气，还有，别喊我大名！”陆希澈喊得很大声，周围的人都听见了。

当“周存青”这个名字传入耳朵，常夏愕然抬头朝旁边那人看去。这个名字，她在临城时听叶穗提起过好几次。

预备的哨声吹响，常夏收回一切思绪，专注于这一程比赛。陆希澈最后瞥了常夏一眼，她很专注。

发令枪“砰”的一声响起，比赛开始，常夏猛地冲出去。她是所有跑第一棒的女生中跑得最快的，不过依然慢了陆希澈一大截。不少学生趴在外围的栏杆上，挥着手为参赛人员呐喊欢呼，然而常夏什么声音都听不见，只埋头向前冲。她跑到理科A班大本营时，余晓远非常卖力地喊：“夏夏！加油！冲啊！”她的声音瞬间点燃了班里同学的情绪，就连吴熙汀都紧张起来，望向那个纤瘦却充满力量的背影。

常夏人气高，跑到哪里，哪里就会响起欢呼声。到了弯道处，她一边调整呼吸，一边急速冲刺，尽可能地为队员争取时间。跑第二棒的段柔已经准备就绪，她眼神锐利，一只手朝后伸出，身体往前倾，蓄势待发。

常夏与段柔交接完后，累得站在一旁用手撑着膝盖大口喘气，高马尾都跑得有些散乱。

“厉害啊，居然把好多男生都超了。”陆希澈走过来，递给常夏一瓶刚拧开的矿泉水，胸膛微微起伏。

常夏在自己的赛段一直处于第二名，交接后，段柔保持着速度，依旧排在第二。她从段柔身上收回目光，想回答却觉得嗓子很干，说不出话，于是接过水，点点头表示感谢。

“慢点喝，你别呛着了。”陆希澈嘱咐道。

常夏笑了笑，没再说话。她的目光转回场中，追逐着段柔不断往前追赶的身影。段柔步伐稳健，呼吸均匀，已经跑了大半圈，而第三棒的祁温言已经就位。两人交接的前一秒，段柔成功追上了文科C班，祁温言紧紧握住接力棒，一转身，像脱缰了的野马般瞬间冲了出去。

段柔走过来找常夏时，陆希澈已经离开。

“爽，太爽了！你都不知道我跑到那边，听到大家喊我的名字时感觉有多激情澎湃。”

“你可是我们南榆七中的名人，当然会有很多人支持你。”常夏说。

等气息平缓过来，两人就退去了跑道外围，等着观看两个男生的发挥。祁温言的状态不错，他冲刺了大半圈，和第二拉开了微小的差距。但可能是起步没控制好，后半程明显步伐慢了下来，不过他依旧在冲刺。第三棒快跑完的时候，程嘉然的声音在广播里响起：“高三理科A班来稿。”他低沉的声音回荡在偌大的操场上，歌曲的鼓点正好卡上祁温言的每一个步伐。

“汗水浸湿了校服，我执笔点墨晕染了稿纸。你在奔跑，我在挥墨，赛场上的风景在镜头中定格，你们的笑脸便是对青春最好的回应……”

江槐穿着橙色的冲刺服站在交接棒处，炽热的阳光照在沾染了汗水的操场上，少年逆着光朝队友微微一笑，灿若星辰。接过祁温言手中接力棒的那一刻，呐喊声在江槐的耳畔响起，他跑在首位，步子迈得很大，感觉浑身的血液都在燃烧。

周围有人在问：“为什么他们都跑得那么疯狂？”

常夏遥遥地望向江槐，心想：因为青春本该这样盛大又张扬。

广播里传来程嘉然的声音，是演讲稿的最后一段话：“未来风华正茂，万丈光芒。少年，请勇往直前，别回头，我在终点等着你！”铿锵的朗读声配合着音乐，瞬间让人感到热血沸腾。

穿着橙色冲刺服的江槐始终冲在最前面，快到终点线时，他张开手臂，将胜利收入怀的瞬间，场上的欢呼声几乎盖过了广播的音乐，全场的人都在为他高呼，太帅了，从常夏跑第一棒开始，理科A班就没有落后过。

常夏、段柔、祁温言一同冲去江槐旁边，要不是碍于两个女孩子力气不够，祁温言真想让她们两个配合着自己把江槐举高扔起来。四人被本班的同学围住，就连程嘉然也跑过来和他们一起庆祝。

同一时间，论坛上是一片哀怨和佩服的声音——

△学习好就算了，体育也强，理科A班的人才们，给条活路吧！

…………

陆希澈和周存青站在不显眼的位置，周存青看见陆希澈眼眸里的浅浅笑意，好奇地问道："喂，大哥，我们班输了你还这么开心？"

文科C班的第二第三棒交接失误，导致第三棒落下了半圈，拿了小组赛的最后一名。周存青觉得很遗憾，陆希澈作为第一棒这么努力，却没有拿到好成绩。但陆希澈心里并没有很在乎这场比赛的结果，他说："我开心又不是因为这个。"

周存青"啧"了一声："我懂。"

高三年级总共有三场小组赛，这是最后一场，随后就是颁奖仪式。理科A班用时最短，是高三年级当之无愧的冠军。按照流程安排，原本是最后一棒作为代表上台领奖的，但江槐不愿意："荣誉是我们一起获得的。"

祁温言扬起下巴："我们作为朋友，当然要一起发光啊！"

于是四个人一起上了领奖台。金牌挂上脖子的时候，常夏感到沉甸甸的。她以前参加过不少比赛，但获得的奖项都属于个人，从来没有像今天这样，和最好的朋友一起拿到团队奖项。一旁的江槐碎发还湿着，脖颈上挂着薄薄的汗珠，他露齿一笑，脸颊上显出两个浅浅的梨涡。

"怎么样？常夏，爽吧？"祁温言说。

常夏笑着点点头。

"是很爽。"段柔赞同道，"但请你现在注意姿势，前面在拍照。"

祁温言听罢，立马把身体摆正。江槐拍了拍他："以后怕是没有机会在这条赛道上比赛了。"他抬头看了一眼蓝天白云，低声说，"好在这一次，没有留下遗憾。"

常夏听见了江槐的声音，顺着少年的目光看去，空中是轻轻飘过的白云和耀眼的太阳。她忽然对江槐说的话有了实感——他们留在南榆七中的时间不多了。

赛道上的围栏还没全部撤走，留下来收尾的学生们谈论声不断，广播站仍播放着有关青春的音乐。这场激动人心的接力赛好像没有留下遗憾，又好像留下了些什么。

步入十二月，风一吹过就凉意刺骨。常夏怕冷，早早换上了冬季校服，还在里面加了好几件衣服。段柔看着她，撇撇嘴说道：“夏夏，你多吃点吧，裹这么多衣服看着还那么娇小。”

常夏看了看自己，又看了看只披着一件校服外套的段柔，心说：人与人的差距真是够大的。“你不是见识过我饭量吗？我平常吃很多的。”可谁让常夏是典型的吃不胖体质呢？

这话听得段柔酸溜溜的，她恨不得将自己身上的肉分一点给她。

南方的冬季依旧有雨，前几天刚下完一场，今天的天仍旧是灰蒙蒙的一片。常夏从小在北方长大，还未经历过南方的冬季，不太适应这里的湿冷，刺骨的寒风钻进衣领，让人浑身发抖。

放学后，常光旻给她发了消息，让她回家的时候帮他买一些水果，他今晚打算做水果捞。常光旻也是个怕冷的，没有工作的时候，他连家门都不愿踏出一步。常夏来到学校附近的水果店，这里店面不大，品种却很丰富。店里人很多，常夏不太想过去和他们挤，就站在一旁，等人少了一点，才打开手机，按照常光旻给她发的清单一一购买。结完账，她提着一大包东西走出门，一不小心撞到了一个人，门口人太多，她头也不抬地下意识连说了几句“对不起”。

擦肩而过时，江槐望着她急匆匆跑去公交站台的背影，低声笑了下。他收回视线踏进水果店，一眼就瞧见了货架上摆着的水蜜桃，不禁走上前。水蜜桃多在夏天成熟，江槐没想到这家水果店冬天卖的水蜜桃居然也又大又粉嫩，看起来很好吃。

售货员看他在水蜜桃前停留了好一会儿，主动上前搭话：“要来一箱水蜜桃吗？今天刚从国外进的货，都很新鲜，保证味甜汁多。”

江槐的确想买：“一箱有多少个？”

“二十四个，大小一样。”

“那来一箱吧。”

江槐又挑了点别的东西，交给售货员一起打包好才结账出门。他一开始打算走路回乌衣巷，常夏的出现让他改变了主意。

常夏在公交站台等了没多久，就看见一个熟悉的身影朝她走来。江槐抢先开口道：“好巧，你也坐公交回去？”他的目光落在常夏手中提的那袋水果上。

常夏愣了愣，随即笑道：“东西拿得太多，走路回去麻烦。”

江槐点点头：“我也是。”他晃了晃手中的水蜜桃，“刚刚去买了点水果。售货员说我运气好，刚好是今天的第五百二十位顾客，就送了一箱水蜜桃给我。”

常夏低头，看到了他手中和自己相同的水果包装袋，心中半信半疑。她不经常光顾这家水果店，还真没听说过有这种活动。

“我不是很爱吃水蜜桃，我记得你说过喜欢这个，要不给你吧。”江槐没有给她拒绝的机会，“我先帮你拿着，一会儿到你家门口再给你。”

常夏呆呆地看着他弯起来的眼睛，没想到江槐居然记住了自己说的话。直到车都来了，常夏还在想这件事情，结果在上车时一脚踩空，脑袋直接撞上了前面江槐的后腰。上车后，江槐找到两个位置，他让常夏坐里面，自己坐外面。常夏捂着脑袋坐下，一言不发。

公交车启动后，江槐才问她：“还疼啊，我的腰是铁做的不成？”

不提这个还好，一提常夏就懊恼不已：“不疼了，就是有点没缓过来。”

江槐看着眼前的常夏，觉得她和自己以往遇见的人不太一样，她有很明确的目标，也一直在朝着目标奋斗，永远是一副元气满满的样子。他想着想着，不禁笑出声来。

常夏好奇道：“你好像经常会莫名其妙地笑一下。”

江槐大大方方地承认，反问道：“常夏，如果现在有一个东西摆在你面前，但这个东西暂时不属于你，而你又非常非常想要，你会怎么办？”

公交车突然一个急刹车，在嘈杂声音骤然变大的车厢内，少女的声音清澈明亮，一字一句砸在江槐的心尖："上天总会眷顾优秀且上进的人，给他们把不可能变成可能、把虚变为实的机会，而我要做的就是把握当下。就这样。"这话不仅是常夏给江槐的回复，更是她自己的行事准则。

公交车到站后，两人一前一后下车，朝乌衣巷走去。

江槐说："你说的话我会记着的，我很期待那一天的到来。"

到了常夏家门口，江槐把手中的水蜜桃递给常夏，走了几步又忽然回头："如果好吃的话，我不妨再去做一次那第五百二十位顾客。"

这话逗得常夏一笑。她答应下来，谢过他后转身拎着东西进了家门。她放下东西就冲去找常光旻，乐呵呵地说："爸，爸！你用力点掐我！掐这儿！"

常光旻有些无语："这是怎么了？"

常夏非要等他动了手，感受到疼痛才喊停，答非所问地喃喃自语："原来不是梦啊。"

"什么梦不梦的？"常光旻拧着眉头不解道。

下一秒，常夏一言不发地冲上二楼，回到自己房间，关紧了房门。

常光旻眨了下眼，感觉有些莫名其妙，他摇了摇头，没再理会，转头去看女儿买回来的水果。水蜜桃？他给常夏发的清单里好像没有写这个吧……常光旻打开箱子拿了几个出来看了几眼，又掂量了下，这水蜜桃的品质还不错。难道是在水果店中了什么奖，得了这一箱水蜜桃，所以才这么开心？

而房间内，常夏躺在床上，回想着放学后发生的一切。离开教室前她特意看了看江槐的抽屉，棒棒糖已经不见踪影。今天江槐送的水蜜桃她也很喜欢，收到的时候真的很开心。那她现在……算不算是离月亮又近了一步？

心念电转间，学习的热情忽然汹涌澎湃，常夏跑去书桌前坐下，拿起笔，准备奋斗到深夜。

第七章

平安夜·过生日·拍立得

之后的一段时间，常夏经常访问江槐的论坛主页。平安夜的前一天，江槐在论坛上分享了月亮和玉兔两只猫的日常。南榆七中的论坛和微博差不多，大家基本上把这里当作了第二个朋友圈。江槐这条新动态一出现，评论区瞬间变得热闹非凡，发布后五分钟，浏览量就破万了。祁温言和程嘉然依旧是捧场王，一分钟内发了二十几条评论，全是惊讶的表情图。

常夏没再翻评论，而是点开了视频。玉兔被江槐养了几个星期后，肉眼可见地胖了一圈。视频里，它和月亮在地上玩着毛球，一黑一白的两个身影在一起玩得很开心。视频最后，玉兔没抢过月亮，扑向江槐的大腿，江槐转身躲开，倒在了沙发里，手机画面剧烈地抖了抖，黑屏了几秒，再亮起时，镜头里只剩一张少年感满满的脸，视频到这里正好结束。常夏呼吸一滞，怪不得这条分享能瞬间爆火，最后的镜头有种在和里面的人视频通话的感觉。

常夏重播了几遍，不知不觉睡了过去，第二天清晨醒来后只觉腰酸背痛。

今天是休息日，晚上是平安夜，即便如此，常夏也没有松懈。中午常光旻上楼叫她吃午饭时，发现她正坐在桌前，戴着耳机小声读英语单词。

常光旻吃惊道："乖女儿，你几点起的？"

常夏摘下一只耳机，淡淡道："八点左右吧。"

"别累坏了，要学会劳逸结合。"

"不逼自己一把，我就容易犯懒，反正离高考没几个月了，再努力一段时间就能放松了。您别担心，我有自己的学习计划，会掌握好分寸的。"

这话成功让常光旻放下心来，毕竟常夏从小到大就没有让人操心过。他道："那你先下来洗个手吃饭。"自从吃过一次常夏给他做的饭后，他就觉得还是自己动手比较靠谱。

餐桌上摆着三菜一汤和一份苹果沙拉。常光旻坐下后对她说："今晚是平安夜，吃完饭吃个苹果，平平安安，健康快乐。"

常夏应了声"好"，又给常光旻夹了菜。常光旻一边吃一边问她："你们寒假放几天？有什么打算？要不要和你新交的朋友一起出去玩一玩？"

"高三课程紧，最多放二十天。我还没问过他们寒假有什么安排，下周回去再问问看。"常夏说。

"有安排提前说，爸爸给你们买票。"常光旻顿了顿，又想到什么，"你记不记得之前你在临城的时候，有段时间是在叶叔叔家里住的？他家的闺女是和你一个班的叶穗。"

常夏当然记得。常夏的爸爸常光旻和叶穗的爸爸叶樊从小一起长大，两人因为求学断联过几年，毕业后常光旻到临城工作，两人才重逢。有一年常光旻要出差半年之久，就将常夏交给叶樊帮忙照顾。叶樊爽快地答应了，说正好能和他女儿叶穗做个伴。

叶穗是个特别有个性的女孩子，虽然有一点大小姐脾气，但对朋友好到没话说。对于常夏的到来，叶穗显得很兴奋，她很久以前就知道爸爸的朋友有个和自己一样大的女儿，她还在临城三中见过对方好几次，只是因为对方长得太漂亮了，她不好意思和对方搭话。后来还是常夏主动搭话，两人聊着聊着才熟络起来，渐渐变得无话不谈。

能在临城三中读书的学生，要么成绩好，要么家里条件好，或者两个都占，但若是再加上长得好、成绩拔尖这两个点，满足的人就不太多了，所以常夏和叶穗也算是临城三中的风云人物。因为关注的人多，各种是非也随之而来。有人扒出了常夏是单亲家庭的事情，常夏也因此在学校遭受了许多异样的眼光。

叶穗看不过去，跑去问她："夏夏，你怎么一点反应都没有？"

常夏抬眼，双眸清澈，表情淡定："我应该有什么反应？我只觉得他们很可怜。"她低着头，继续整理自己的笔记。

叶穗疑惑道："可怜？"

常夏说："整天无所事事，就知道议论是非，反倒对自己的人生没什么规划，这样的人不可怜吗？"这是她的真实想法，她是真的一点都不在乎外界的流言蜚语。

叶穗听罢，也笑了起来，能和这样一个漂亮又坦荡的女孩做朋友，真好。叶穗受她影响，也不再去关注别人如何说。

见常夏盯着碗里的米饭发呆，常光旻伸手在她眼前晃了晃，说："吃个饭还能发呆？"

常夏笑了下："想起叶穗了，爸爸突然问起她，是她怎么了吗？"

"今年北方那边下暴雪，据说为了保障安全，包括临城三中在内的各个学校都改成了上网课，还提前放了寒假。你叶叔叔和我说叶穗想你了，想来南方找你。"

常夏眨了眨眼，问："什么时候？"

"就这段时间吧，你们没有联系吗？"常光旻问。

临近期末，两人都在各自努力，还真没怎么聊过。她拿起手机，正想给叶穗发消息，手机里就弹出一条来自江槐的微信消息，常夏飞快地点开，瞬间瞪大了眼睛，满脸不可思议。

江槐：平安夜快乐，今晚海边有烟花看，去不去？

"你怎么露出这么一副怪表情？"常光旻的眼神快把常夏盯穿了。

常夏摸摸自己的脸，她的表情管理很差吗？怎么次次都被抓包？“饭好吃呀，好吃到心坎上了。”少女眉眼弯弯，喜悦都写在了脸上，“爸，今晚没什么安排吧？”

“我要看球赛，你今晚是有什么事吗？”这段时间以来常夏奇奇怪怪的反应越来越多，已经引起了他的怀疑。

“海边有烟花，我想去看看。”虽然从自己房间的窗户往外看，也可以看见烟花，但到底比不上在海边看来得壮观有氛围。

“和谁去？”

“朋友。”常夏说。

“那去吧，别玩太晚。”常光旻再三嘱咐。

获得允许，常夏给江槐回了信息：**好呀，海边见。**

夜色如浓稠的墨，深沉得化不开。海面上倒映着一轮明月，周围碎光点点。常夏到的时候，海边已经聚集了许多人，附近的墙上贴了一张巨大的海报，上面写着“平安夜烟火大赏，仅限今晚”。

常夏戴了顶黑色贝雷帽，穿着白色羽绒服，晚风吹过时，她不自觉地紧了紧自己的外套。

月亮：**我到了，你在哪里？**

常夏给他发了一个定位。

月亮：**站着别动，我来找你。**

常夏低头等了几分钟，再抬眸就看见江槐从人群中穿梭而过，朝她跑来。江槐穿着一身黑，外套是件羽绒冲锋衣，拉链拉到最高挡住了下巴，额前的碎发被风吹起，眼睛弯如新月。

“我以为你会去那边，没想到你在这里，让你吹了这么久的冷风。”他一脸歉疚地看着她。在江槐的认知中，没有让女孩子等男孩子的道理，何况还是他发出的邀请。

常夏笑了笑说：“为什么要道歉？我刚到没多久。”

见她没有责怪的意思，江槐抬手给她递来一根长得奇奇怪怪的仙女棒，一捆一捆的，一共有十个。常夏从来没见过这种样式的仙女棒，实在无法找到一个合适的词语来形容。

“好特别，以前都没见过这种款式。”常夏低头，小声嘀咕。

“定制的，全世界独一无二。你要不要试一下？”江槐期待地问。

常夏难以置信：“这东西是定制的？那是不是很贵？”

江槐捉弄道：“对啊，特别贵，我为了做这个都快倾家荡产了。不过不要你的钱，我拿这个换你一个承诺吧。”

常夏顺着他说道：“你想要一个什么承诺？”

江槐问：“有什么想考的大学吗？”

常夏毫不犹豫道：“南华大学。”

提到这所学校，常夏眼里溢满了光。南华大学在全国的大学里排名第二，每年招收的学生人数不算多，但人才济济，竞争非常大，想考上是一件很难的事情。南华大学也是江槐从高一时就为自己定下的目标，但就连他也不敢打包票说自己一定能考上。但，更高难度的目标是每个强者的追求。

江槐从口袋里拿出打火机，边帮常夏点燃仙女棒，边笑着说：“我们一起考南华大学。”

火花猝然出现，在黑暗的环境下发出夺目耀眼的光，引得不少人回头看。常夏沉浸在江槐的话中，久久没能回神。原来，他有和自己考同一个大学的计划吗？今晚的惊喜太多，她一时之间不知道该怎么形容自己的心情。少年的承诺值千金，她坚信江槐一定会言出必行。

“妈妈，妈妈！你快看，那个姐姐手里拿着的棒棒好漂亮啊，我也想要！”一道稚嫩的童音传来。

常夏低头看去，这才发觉仙女棒的火花聚集在一处，旋转着朝四面八方散开，仙女棒像是穿上了烟火裙，随着火花的迸发而舞蹈。等到火花逐渐消失，常夏才从剩余燃烧的火焰中认出这是一朵花的形状。

江槐看着她被惊艳到的神情，站在一旁温柔地说：“它有一个特别的名字，你想不想知道？”

常夏拼命地点头。江槐看着她笑着说："叫'冬天是永不消亡的罗曼蒂克'。"

烟火大赏还没有开始，人们被常夏手中的仙女棒深深吸引，有人跑过来问他们这仙女棒是在哪里买的。可惜这是江槐特别定制版仙女棒，想买也买不到，询问的人只能失望而归。

等到仙女棒彻底燃尽，烟火大赏也拉开帷幕。在人们的欢呼声中，天空接连绽开五颜六色的烟花，漆黑的夜空被形状各异的烟花点亮，落下时又如仙女散花。

常夏站在江槐的左边，一抬眸就能看见少年眼里闪烁的星光和脸上的笑容。她愣了几秒，转而将目光移向天空中燃放的烟花。这一刻，烟花漂不漂亮已经不重要了，在看过江槐的玫瑰仙女棒后，她觉得任何烟花都无法与之相比。尽管它已经燃尽，在常夏心中，却如同它的名字一样，永不消亡。

晚上十点，常夏准时踏进家门，洗掉一身的疲惫，爬上床上呼呼大睡。直到第二天的中午，才被叮叮当当的声音吵醒。她穿好拖鞋下楼，一抬头就看见家里的白墙上贴满了装饰，全部是有关于生日的祝福。

常光旻把最后一颗草莓在奶油上放好，余光瞥见常夏下了楼，转头大声说道："宝贝女儿，生日快乐！"

常夏被吓了一跳，这才反应过来今天不仅是圣诞节，也是自己的生日。

常光旻把手头的蛋糕快速弄好，转头递给常夏一个大红包，笑道："学习学傻了，连自己今天过生日都忘记了？"

常夏接过后展开笑颜："谢谢爸。"她刚刚睡醒，脑子还有些钝，"生日不都是晚上过吗，怎么现在就开始布置了？"

常光旻说："你昨晚把手机扔在沙发上了，今天上午有好几通电话打进来，爸爸担心有事，就帮你接了。一个叫段柔的女孩子约你今晚去 KTV 玩，所以爸爸就准备中午和你一起庆祝。"

“你帮我答应了晚上的邀约？”常夏觉得自己这两天过得可太充实了。

“对啊！我还特意问了具体地址查了一下，那是家正规的KTV，还是你那个同学朋友家开的，保证安全。刚好我今天晚上有球赛要看，你就和朋友出去玩吧。”

常夏哭笑不得：“爸，你心可真够大的。”

常夏在常光旻的安排下过了一个简简单单的生日，还尝了尝他亲手做的草莓蛋糕。她夸赞道：“爸，你的手艺又进步了。”

常光旻骄傲地说：“那可不？你爸我曾经可是有着远大的厨师梦的。”

“爸，你打算将自己的厨艺修炼到什么级别？”常夏随口一问。

常光旻脱口而出：“起码以后你婚礼上的蛋糕得由我来做。”

常夏很少在冬天的夜晚出门，连着两天出门更是头一回。段柔把KTV的地址发给她后，常夏用导航搜索了一下，发现走过去大约十分钟，和到南榆七中的距离差不多，只是方向相反。风大天寒，她把手揣进兜里，将半张脸埋进围巾中，只露了双眼睛看着脚下的路。这几天，她可算是见识到南方的冬天有多冷了。

陆希澈推开便利店的门出来透气，呼出的热气模糊了视线，黑暗中，他忽然看见一抹熟悉的身影，下意识上前喊道：“常夏！”意识到自己还穿着工作服，他立马转身想拉开门回去。

一道动听的声音叫住了他：“陆希澈。”

常夏起初还没有认出他，但他的反应太大，她没忍住多望了几眼，男生清冷的侧脸映入眼眸时，常夏的脑海里浮现出段柔曾经说过的话。她主动道：“真的是你啊。你怎么在这里站着？”

陆希澈有些不知所措地搓着手，不知道该怎么向她解释。

这时，常夏的手机响了，她拿出来看了一眼，是一句生日祝福。陆希澈的目光不由自主地落到她的手机屏幕上，眨了眨眼，原来今天是她的生日。这时，陆希澈听到店里有人在找服务员，陆希澈匆匆看了她一眼，来不及道别就跑进了身后的门里。

常夏透过玻璃窗，看见里面的景象，微微拧起眉毛。他为什么会在这里打工？是很需要钱吗？想到他刚才欲言又止的样子，应该是有难言之隐。她收回目光，转身离开了。

KTV 包厢内，祁温言已经为所有人倒好了果汁，四个人坐在沙发的两端，把中间的位子留给了常夏。

段柔今天穿了一件法式赫本风的加绒连衣裙，长发垂至肩侧。她瞥到祁温言打量的目光，开口说道："再看就把你眼珠子挖出来。"

温婉的滤镜瞬间破碎，祁温言说："祖宗，你不说话没人当你是哑巴。"

程嘉然看热闹不嫌事大："不行啊，段柔不说话，你就不会主动和她吵。"

祁温言眼皮一跳："程嘉然，你什么意思？"

"还不够明显吗？"程嘉然笑着用手肘戳了戳江槐的小臂。

江槐轻咳两声，复制粘贴程嘉然的话："还不够明显吗？"

他俩故意串通好的吧！祁温言气呼呼地转头看向段柔，见她表情平静，不紧不慢地喝着果汁，只能安静地缩到一旁。

"余晓远还没来吗？"程嘉然看着手表，"再不来常夏就要到了。"

话毕，门突然被人推开，一个人气喘吁吁地跑进来。真是说曹操曹操到。余晓远提着蛋糕一直跑过来，生怕来晚一秒，今晚的计划就前功尽弃了。原本江槐几个人为了给常夏庆祝生日，费尽心思策划了一个多月，谁知被余晓远无意间听见，秉着多一个人多一分热闹的心态，余晓远被程嘉然拉进了四人小组，想着反正常夏和余晓远玩得也不错，一起过生日挺好的。

余晓远的妈妈是开甜品店的，她手里提着的双层蛋糕是她妈妈刚刚做出来的，上面的水果非常新鲜。她还额外拿了一小袋奶油，这是计划中的重要环节。程嘉然接过她手里的东西，放到隐蔽的角落。一切准备就绪，只等寿星到来。

五分钟后，常夏推开包厢门，看见五个人坐得端端正正，像在接受什么训练一样。

段柔率先向她招手，开口道：“来啦，夏夏，快过来坐。”

常夏见只剩下中间的位置了，只能硬着头皮坐下去，感觉大家的反应都好奇怪。江槐伸手给她开了一罐橘子汽水，是常夏之前见他买过的那款。

“谢谢。”常夏接过，喝了一口，淡淡的橘子香在口腔中爆发，气泡在舌尖跳动。她抿嘴笑了下，紧张的心情被缓解了不少。

祁温言说：“阿槐看不上这里的饮料，特意去便利店买了他最爱的这个橘子汽水。”

常夏放下汽水罐，开始打量这间包厢。面前的投影屏幕放着周杰伦的歌曲 MV，水果、零食、饮料堆满了桌子，极具氛围感的灯球在头顶闪烁着。

常夏想起在 KTV 门口看见的玻璃柜台，上面贴着几张照片，她无意间瞥见照片里有祁温言的身影——他手拿着奖杯，笑嘻嘻地看着镜头，身旁还站着一个高大的男人。想起爸爸说这家 KTV 是段柔朋友家开的，想来这个朋友应该就是祁温言了吧。

常夏原以为大家邀请她来 KTV，是想唱歌放松一下，谁知六个人只是坐在一起纯唠嗑。

“常夏，你还不知道吧……”祁温言语气上扬，吸引着常夏的注意力，等她转头看他才接着说道，“阿槐被吴老师推荐去元旦晚会上表演了。”如果不是祁温言随口问了一句，估计江槐会直接在元旦那天给众人一个“惊吓”。

常夏知道南榆七中每年都会举行大型的元旦晚会，所以并不觉得稀奇，只是追问道：“表演什么节目？还有谁一起？”

“还有我，他表演拿手的电吉他，我表演拿手的架子鼓。”祁温言自信地说。

江槐补充道：“原本想拉上程嘉然一起的，但他学生会的工作实在繁忙。”

程嘉然居然在他的话中听出了一丝阴阳怪气。

“你们要表演什么曲子？”常夏又问。

“这个现在要保密，到时候你就知道了。”祁温言说。

“没几天就能知道了，先来玩游戏吧。”段柔快无聊死了。

余晓远没意见，也附和道：“来来来！”

段柔抛出问题：“那我们玩什么？”

祁温言配合道：“蒙眼抓人的游戏怎么样？”这里的空间大，人也不多，确实很合适。

程嘉然说：“那就黑白配吧，六个人，谁先出局，谁就蒙上眼睛抓人。”

五人齐齐看向常夏，常夏摇头，表示没有意见。

江槐无声地笑了笑：“那就开始吧。”

第一局，六人全出了黑；第二局，六人依旧全出了黑。常夏笑出了声：“这么巧？”

五人对视一眼，没有出声。第三局，五人出黑，常夏出白，显然，她出局了，由她来蒙眼抓人。

常夏天真地以为一切只是巧合，殊不知在段柔帮她绑上黑布时，其他人都在提前安排好的位置上准备就绪了。黑布绑好后，祁温言给段柔使了个眼色，段柔便和常夏说：“开始啦！你先在原地转十圈，十圈后再来抓人。注意安全，我先去躲了！”段柔说完就松开了她，轻手轻脚地跑去了自己的位置。

常夏乖乖地转完十圈，彻底迷失了方向。她努力克服着对未知的恐惧。

江槐一直留意着她的一举一动。他知道常夏怕黑，早就提醒过段柔要把黑布往上蒙一点，给她留点光，又在她转圈之前把她面前的玻璃桌搬开了，并故意发出了些动静，以证明大家都还在这个房间里，没有离去。

段柔和余晓远则跟在常夏的身后，见她快走到包厢中间，程嘉然用唇语询问是不是可以开始了。祁温言迅速朝程嘉然打了个手势，下一秒，常夏脸上的黑布突然被段柔扯了下来，祁温言和程嘉然站在高椅上，朝天花板开了好几捧彩炮，“砰砰”几声，彩带喷射而出，在空中打了几个转，然后缓缓飘下来，落在常夏的头顶、肩上，依附着她，送出真挚的祝福，投影屏幕也瞬间变成了生日祝福。常夏还愣在原地，白皙的脸上已经被段柔和余晓远抹了奶油。

江槐拿起麦克风，随着伴奏开唱：“祝你生日快乐，祝你生日快乐……”

祁温言和程嘉然从高椅上下来后，也开始胡乱抹对方奶油，祁温言还在手里抓了一大把，走过去抹在了江槐的脸上。江槐也不避让，任由他们胡闹。几个人围着常夏，给她唱生日歌，笑容灿烂，姿态滑稽，明明只有五个人在闹腾，却被他们弄出了五十个人的架势。常夏站在几人中间，感动得热泪盈眶，一时之间不知道怎么开口表达感谢。她原以为今晚只是一次普通的邀请，没想到自己竟是主角，滚烫的热泪从眼尾流出，藏进了奶油里，无人知晓。

闹过之后，几人开始轮流送上祝福。

“我这个人呢，不会说什么好听的话，但自从遇见你的那天晚上开始，我就觉得你是个特别好的姑娘。你长得漂亮又肯努力，我想告诉你，常夏，你值得最好的。”段柔很少有这样语气柔和、充满温情的时候。

祁温言说：“那天在烧烤店，段柔说要带一个朋友过来，我一开始还寻思是什么人，居然让她主动去交朋友。现在我终于明白了。”心诚的人最值得信任，而能够吸引到别人的，一定是一个本身就很好的人。

“多余的话我就不说了，你的优秀和努力大家都看在眼里。我见你的第一眼，纯靠直觉，就知道你是个很好的女孩。果然，本人的眼光还是很不错的。”余晓远满意地点点头。

“那可不？常夏，我都有点期待你以后会是什么样子了。”到程嘉然这里，画风突变。

江槐笑了笑，眼眸含着星光，他握着麦克风，缓缓地开口，将常夏送给自己的生日祝福回赠，声音干净低沉："生日快乐，常夏，岁岁常欢愉。"

再一次，又一次。好像她说的话他都会记着，然后用自己的方式回赠给她。常夏不是一个爱哭的人，此刻却靠在段柔的肩膀上泣不成声。不论是谁，在这种情况下，看见大家为自己做了这么多，都会像她一样流下感动的泪水吧。"谢谢你们。"

余晓远把藏在一旁的蛋糕拿了出来，几个满脸奶油的人围坐在一起，互相笑话彼此。

祁温言再次放了一个礼炮，笑着问："'奶油计划'大功告成！是不是没想到我们会知道你的生日啊？"

这个问题，常夏刚才就想问了。

"上个月的时候，有一天，熙汀姐把我们四个都叫去了办公室，她可能是看我们和你玩得好，就想来打探一下你近来的学习状态。这是熙汀姐的习惯，你别介意。然后段柔无意间看见熙汀姐的文件盒上摆着你的个人资料，就记下了你的生日，出了办公室之后，我们就想着给你策划一场惊喜，也算是庆祝我们交到了一个好朋友。谁知被余晓远偷听到了我们的计划，程嘉然就把她拉过来一起了。"祁温言指着蛋糕，说，"喏，这个就是她妈妈做的。"

筹备了一个多月，今天圆满完成了计划，他们别提有多高兴了，成就感一阵阵上涌。

忽然，敲门声响了起来。祁温言疑惑地跑去开门，一个穿着服务员工作服的小哥递过来一盒巧克力蛋糕。蛋糕虽然小，但很精致。

祁温言问："你是不是送错包间了？"

服务员小哥摇头："是一个不愿意透露姓名的男生送过来的，说是给一位姓常的女孩。我翻看了下登记表，发现只有少爷这边有一位叫常夏的女生客人，应该不会错的。"

“你有看清那男生的模样吗？”

“他戴了帽子和口罩，看不清脸，个头和少爷你差不多。”

祁温言接过巧克力蛋糕，说：“知道了，你走吧。”服务员小哥依言为他们掩上门离开了。

剩下的几人在包间里将二人的对话听了个一清二楚，程嘉然狐疑地转头看向常夏，一旁的祁温言抢先问道：“常夏，你在这边还有别的朋友？”

“夏夏要是有其他朋友，难道我们会不知道吗？”段柔瞪他。

祁温言无所谓地“哦”了一声，问：“那你们说这巧克力蛋糕是谁送的？”

“还有谁知道你今天过生日？”余晓远问常夏。

除了常光旻、叶穗，以及在场的这几人，应该没有人知道她今天过生日才对。今天中午常光旻已经给她庆祝过了，叶穗也不是遮遮掩掩的人，何况她是女生，也不符合刚刚那位小哥说的。还有谁呢？常夏想了半天也没有想到，最后只能说：“我不知道。”

“不知道就放在一边，先不吃了吧。这种来源未知的东西，万一被有心人放了点什么进去，可是很危险的。新闻里这种借着熟人名义来害人的事情数不胜数，还是要有点防范意识。”程嘉然这话说得有道理，祁温言见常夏没有意见，就将巧克力蛋糕放去一旁，没再理会。

小插曲过后，几人继续庆祝。他们说，今晚谁被抹的奶油最多，谁就是最幸运的人。常夏作为寿星，理所当然被抹了最多的奶油，全脸只剩下一双透亮的杏眼和红润的嘴唇还露在外面。江槐和她相视一笑，说她像个雪宝。常夏丝毫不在意形象地哈哈大笑。

“好笑吗？”江槐故意绕到常夏的身后，准备吓她。

常夏以为江槐要往自己的头上抹奶油，索性弯腰从他的手臂下方溜走。江槐笑着追问道：“我这个样子好不好笑？”

常夏看着和自己一样，只露出一双眼睛和一张嘴巴的江槐，忍俊不禁道：“好笑，特别好笑。”

少年笑了："我还有一个祝福送给你。"

"什么？"包厢内的音乐刚好到了高潮部分，常夏没听清他说了一句什么。音乐结束后，江槐伸出干净的手，拍了拍常夏的脑袋，对她说："天天开心。"

常夏的生日已经过去将近一个星期，周五放学前，段柔坐在常夏旁边，眼睛一眨不眨地盯着她，问："夏夏，你没事老摸自己的头干什么？再摸可就要秃了。"

这种情况已经持续一周了，以至于这一周，只要下课她就盯着常夏看，今天她盯了常夏一整天了，终于忍不住了。

常夏把手放下来，不自在地笑了笑。

生日那天晚上，常夏原以为江槐在自己的头发上抹了奶油，实际却根本没有，导致她这几天一想起她被江槐摸了头，还有那句"天天开心"，心就怦怦跳。

"喂喂喂，你有没有听见我刚才的话？"段柔用奇怪的目光打量了她一眼。

常夏一本正经地胡说八道："多摸摸头有助于思维的扩散，能更好地思考。"

她说得认真，以至于段柔差点就信了。

另一边，祁温言打了个冷战，再一次偷偷跟他们说："一会儿下课都留下来别走，有大事要干。"

"又来？你一天天事怎么这么多呢？"程嘉然露出嫌弃的表情。

祁温言捂着自己的心脏，可怜巴巴地说："嘉然，可以不爱，请别伤害。"

程嘉然压根不想再理他。江槐深吸一口气，表示自己已经习惯了。而每次发生这种事情时，最容易爆炸的段柔踹了祁温言的椅子一脚，无语道："正经点。"

"你不听不就行了？"祁温言和她杠上了。

段柔又踹了一脚："你正经点，不然别怪我没提醒你。"

祁温言侧头，嘚瑟道："我正经点你就能接受是吧？"

"祁温言，你在说什么？要不要上讲台和大家分享一下？"数学老师笑眯眯地站在他旁边，全班人也开始起哄。

祁温言没想到都下课了，数学老师还没走，吓了一跳，猛地往江槐身上一靠。

"这么能闹腾，期末考试我期待你的成绩！"

祁温言伤心欲绝，理科A班的数学老师可是南榆七中出了名的严厉，万一考砸了……

段柔幸灾乐祸："都叫你正经点了，你不听，倒霉了吧。"

祁温言心道：祖宗，放过我吧。

放学时分，周存青收拾好书包来找陆希澈一起去医院。也不知道是不是因为天气冷了，周存青最近变得不怎么爱走动，整天窝在教室里，连吃饭都提不起精神。

陆希澈一边把书塞进书包里一边说："你最近没怎么剧烈运动，挺好的。"

周存青笑道："我的情况我自己清楚，你别老是一副忧愁的样子。"顿了顿，他又叹了口气，说，"你也别太勉强自己，我看你每次明明都已经很累了，到星幕那儿还要强颜欢笑，好让她安心，实在不行就休息几天。"

陆希澈起身，背起书包淡淡地看向周存青："我是她亲哥，她是我在这世界上唯一的亲人。"

"这些我都知道，我只是……"周存青的话说到一半，就被陆希澈打断："你也是我在这世上唯一的朋友。"

周存青脚步一顿，双眼有些酸涩。他没有继续刚刚那个话题，而是问："那常夏呢？她不也是你的朋友吗？"

陆希澈嗤笑一声："谁知道呢？我这人贪心，一旦拥有了什么，就不甘愿只能现在拥有，我这样的人是不是很恶心？”

“呸呸呸，说什么呢？哪有人说自己恶心的？”周存青翻了个白眼，“再说了，大家都是一样的，你何必贬低自己？”

陆希澈没再反驳。他从很早以前就知道，这个世界上，人和人之间从来都是不一样的。

两人离开时，特意路过了理科部。陆希澈抿着唇，目光涣散，低头不语。周存青看着他的背影，无奈地跟在了他身后。

冬季昼短夜长，才傍晚六点，天就黑了一大半。等到教室里的学生陆陆续续走光，祁温言才掏出藏了很久的东西——拍立得。常夏不禁想起初中时，常光旻也曾给她买过一台拍立得，常夏很喜欢，但后来搬家的时候找不到了，她为此还苦恼了一阵。

祁温言调试好拍立得相机，跟大家说：“来来来，商家送了十张相纸，我全部带过来了。今天是今年的最后一天，大家配合一下。”他拦住准备下楼的余晓远，笑呵呵道，“班长别走，帮我们拍个照吧。”

余晓远问：“有我的份吗？”

“有，送你一张当辛苦费。”

余晓远爽快地答应：“好啊，那我要常夏和段柔一起拍。”

余晓远先帮他们拍了两张五人照。刚好走到教室门口的陆希澈和周存青一怔，没再继续往前，而是躲在一旁，探出个头偷偷观看。

“他们在干什么？”周存青站在陆希澈身后，看得不是很清楚。

陆希澈说：“在拍照。”

周存青还想再看，陆希澈已经转身走了。他连忙拉住对方，压低声音问：“刚来就走？”

“再不走就赶不上公交车了。”陆希澈平静地道，他眨了眨发涩的眼睛，浑身疲惫，“今天太累了，走吧，下去了。”

说话声都这么低沉，看来他是真的累了。周存青主动关心：“累成这样，要不要我背你走啊？”

“这倒不必。”

“嫌我力气小？”

“不是。”

“嫌我比你矮一厘米？”

“不是。”

“嫌我比你瘦？”

陆希澈瞥了他一眼，无可奈何道：“都不是，别问了。”

教室里，祁温言问道：“还有一张，谁还没合影？常夏和江槐是不是还没一起拍？”

余晓远猛地点头。

“来来来，站好了！”祁温言指挥，开始倒数，“三！二！一！”

“咔嚓”一声，画面定格。常夏愣在原地久久没有回过神，她扭头去看江槐，发现他的脸似乎有些红。

“夏夏，你快来看！”段柔喊她。

“这也太好看了吧。”余晓远惊叹。

常夏走过去，弯腰看向桌上的拍立得相片。相片中，女生扎着高马尾，露出了饱满的额头，少年笑眼弯起，嘴角浮现出两个小梨涡，姿态散漫地伸出骨节分明的手指，反手比了个“V”，少了几分只在朋友面前才会有的乖痞，多了一些温柔。

“江槐，你这就有些过分了吧？常夏也是，美得无法无天！”祁温言的马屁很周全。

余晓远笑着打趣：“你们真是一点活路都不给别人留。”说完，她就拿着那张属于她的相片离开了。

常夏盯着那张相片，心里甜滋滋的。

除了送给余晓远的那张相片，其他的大家一起收了起来，让祁温言统一保管，他本人也没什么意见。收拾好东西，几人各回各家，江槐最后一个离开。

路上，江槐追上祁温言，搂过他的肩膀，小声和他说：“我和你商量个事……”

第八章

电吉他·小青梅·滑雪场

跨年夜这天晚上，大家都在朋友圈卡着十二点发送祝福，平常不怎么熬夜的常夏也破例熬了一回。祁温言在群聊里给每个人都发了专属红包，程嘉然直接开了个视频通话。常夏怕冷，早就缩在被子里裹成一团，看到有视频通话，她点了进去，但没开摄像头，随后便把手机放在一旁，静静地听他们聊天。

程嘉然：“祁温言，你最近怎么这么大方？”

祁温言：“怎么了？这可都是我自己攒的。”

江槐：“苟富贵，勿相忘。”

祁温言和程嘉然很有默契地说：“阿槐，这话难道不应该由我们来说吗？”

段柔忍不住开口道：“说什么呢？我还指望着成年后整天躺在家里，靠你们这群朋友养着呢。”

这幻想太过美好，常夏都不忍心打破。

祁温言笑道：“祖宗，你的思想真是超前。”

“别聊这个了，我看朋友圈全是放烟花的视频，可我这边一个也没看见。”程嘉然住在市中心，那里不让放烟花。

祁温言和段柔听到他的话，也纷纷拿着手机凑到了自家窗前，漆黑的夜空中只有闪烁的星星，看不见一点烟花的影子。

“江槐、常夏，你们是不是都住在乌衣巷啊？那边靠海，是不是能看见烟花？”祁温言问。

常夏翻了个身，透过窗户看见隐匿在楼层里的半个烟花影，好半天才闷闷地说：“对呀。”

“你要睡了？”江槐听她语气里似有困意。

电流划过耳朵，常夏打起精神道：“没有，可能是因为听筒被被子压住了。”

江槐闻言笑了一下：“还有一分钟就是新年了，说完新年快乐，我就挂了。”

“谁不是呢。”祁温言说。

常夏看着即将跳转的时间，心中思绪万千。

来南榆的这几个月，常夏过得比以往要开心太多。在临城三中的时候，只有叶穗会为她拍手叫好，而面对更多人的嘲讽，虽然她可以做到淡然处之，甚至回撑一句“留着点口水吧，我们道不同，不相为谋”，但她内心其实是渴望和需要更多健康的社交的。

而这里不同，这里没有流言蜚语，没有是是非非，只有用真心换真心。每当回想起这三个月以来和朋友们的相处，她就会觉得像梦境一样。原来，她也可以拥有很多很多的朋友，拥有她想要以之为目标的人。

不同于表面的温柔乖巧，常夏实际上是个心如磐石、稳如泰山，却又很容易满足的姑娘。叶穗曾形容常夏：“没有人能打败她，能超越她的只有她自己。”也正如这句话所说，有人想将她拉下地狱，她偏要扶摇直上，变得无坚不摧。

新年的钟声敲响，外面的烟花声扩大了好几倍，夜空都被烟花照亮。手机里传来大家的祝福。

“新年快乐！祝愿我们今年高考成功上岸！”段柔说。

“新年快乐！祝愿我们今年依旧生龙活虎，年年有今日，岁岁有今朝！”程嘉然说。

“新年快乐！我说个近点的吧。”祁温言说，“祝我和江槐今晚演出顺利！”

“新年快乐，祝我们都能得偿所愿。”江槐笑着说。

“作为学生会主席，我今晚会坐在第一排，一定给你们把场子热起来！”程嘉然也是个捧场王。

常夏慢了半拍，说：“那我祝大家新年快乐，万事如意。”

送完祝福，五个人相继挂断电话。常夏把手机放在一旁，一秒入睡。

新年的第一天，大家到了教室就开始互相祝福，说着新年快乐。常夏收到了不少同学送的糖果和饼干，里面还夹杂着一些信件。

段柔看见后笑着打趣道：“你不打开看看？”

本来学习就够忙的了，常夏可没精力再想别的。她带着期盼的眼神看段柔：“你要是闲着没事干，可以帮我把这些信送回去。”

“我很乐意替你解决这个烦恼，放心，交给我吧！”段柔信心满满。

放学后，段柔带着常夏去找给常夏送东西的三人。整个南榆七中，谁不知道高三理科A班的段柔脾气暴？他们看见段柔在，自然没敢造次，只能以笑来掩饰尴尬，恨不得赶紧溜走。

段柔搞定之后拍拍手，朝常夏走过去，一身轻松地说：“解决了！”

常夏给她竖起一个大拇指，在她眼里，这样潇洒的段柔简直酷毙了。

“那我们走吧，去会场看表演了。”段柔说。

段柔一路上都在和常夏形容南榆七中的会场有多大，说得常夏满心好奇，她还一次也没去过呢。

两人到达会场的时候天色渐暗，会场大门已经打开，一进到里面，常夏就被惊艳到了。她觉得段柔说得保守了，整个会场像个正式的歌剧厅，座位由高到低分布，入口在高处。这时，会场两旁的灯光还没亮起，舞台上的红幕合着，透着一丝神秘。进场后从上面往下俯视，如同身临歌剧表演的现场。

高三理科 A 班被安排在第六、七、八排，视野极好。可惜的是，这次晚会，校领导不允许学生携带手机进场，说不尊重舞台上表演的同学，这样一来，他们也没办法拍照或者录视频了。不过好在学校另外安排了专人进行全程拍摄录制，演出结束后，论坛上肯定会有相关的照片和视频公布出来。

常夏和段柔找到位置坐下后，程嘉然拿着节目单过来找她们："阿槐和祁温言的节目是压轴节目。"

"你看见他们彩排了？"段柔好奇地问。

"哪能啊？今天下午我愣是一个人都没见着。"

程嘉然这么一说，常夏和段柔的期待值瞬间增加了不止百倍。那可是南榆七中的两大风云人物，常夏有预感今晚会很热闹。

距离演出开始还有十五分钟，常夏准备去下洗手间，她怕开始后再去会错过精彩的节目。常夏和段柔说了一声，就起身往后台的洗手间跑，结果发现卫生间门口有二十几个人在排队。常夏毅然选择换个地方，转头往教学楼赶。

从教学楼的卫生间出来之后，常夏看了一眼手表，还有八分钟，时间绰绰有余。她刚从一楼拐角走出来，就迎面撞上了飞奔而来的陆希澈。男生没来得及急刹车，侧身扶住一旁的白墙才借力停下，堪堪躲开她。

常夏下意识地想拉住他，看他站稳了，就把手收了回去："你没事吧？"常夏注意到陆希澈的手掌红了一大片。

陆希澈将目光从常夏的手上收回，甩了甩手，笑笑说："没事。"

男生的黑眼圈特别重，双眼发红，一看就是没休息好。而且看他的样子似乎很急，常夏不好再多说什么，嘱咐道：“你小心点，我先回会场了。”

陆希澈点点头，在她转身迈步离开时又喊道：“等等。”他哑着声音开口，“新年快乐。还有，元旦快乐。”

常夏微笑道：“新年快乐，陆希澈，希望你今年可以一鸣惊人，高考上岸。”

南榆的冬天如此寒冷，像是在预示着有什么事情即将发生，然而刚刚常夏的一句祝福，让陆希澈感到了一丝温暖。

“你没事了吧？没事我就先走了。”常夏看他还在原地发呆，补充道。

陆希澈点点头，目送常夏走远才掏出一直在响的电话，一边接通一边往外跑。听筒里传来声音：“是陆星幕家属吗？患者现在的状况不太稳定，请你速到医院四楼的 403 重症病房，商讨是否签字进行第五次化疗。”

陆希澈焦急地说：“我签，我签！请先帮她做手术，我一会儿就到医院大楼交钱。”

而后，教学楼里只留下一串急促的脚步声。

由于中途耽误了一点时间，常夏回到会场时第一个节目已经开始。段柔看见她终于回来了，悬着的心这才放下，她说：“我正想着去后台看看你在不在呢。”

常夏笑了下：“后台洗手间的人太多了，我去了教学楼那边。”

“回来就好，先看表演吧。”段柔拍了拍她，转头看向舞台。

第一个节目是南榆七中乐器社团的表演，段柔是个捧场王，不管节目是否有趣，她都会在结束的时候带头鼓掌，这一点倒是很像祁温言，常夏心想，看来人和人在一起待久了，真的会被同化。

“你老看我干什么？我脸上有东西？”段柔瞥见她一直在看自己，不禁摸了摸脸。

常夏笑着摆手："没有，只是突然发现你和祁温言有点像。"

"我和祁温言像？哪里像？"

"很多方面，说不上来的感觉。"

晚会看到一半，坐在两人后面的余晓远有些按捺不住地上前趴在两人中间，问："江槐和祁温言的节目还不出来吗？"

不止余晓远一个人期待，整个南榆七中的人都在等着这个节目。

"主角都是最后一个出场的，懂不懂？"段柔说。

"行吧，等就对了，可惜拍不了照片。"余晓远拧着眉头说。

后面的几个节目是配乐比较舒缓的舞蹈。段柔打了个哈欠，说："怎么越到后面越无聊？要不是还有最后一个节目撑着，我得睡过去。"

话音刚落，又一个节目结束了，主持人走上舞台道："美好的时光总是短暂的，晚会即将迎来最后的，也是大家最期待、呼声最高的节目！"主持人故意停顿几秒，给全场留下欢呼的时间，"有请高三理科 A 班的江槐、祁温言同学，为我们带来电吉他加架子鼓版本的 *I Wanna Be Your Slave*！"

红幕缓缓打开，起初只能看见一片黑暗，议论声渐渐小了下去。前奏响起的那一刻，一束蓝光从上方打下来，华丽的舞台中央显现出架子鼓的影子。随即，蓝光切换为金光，两个颜色交错闪烁，光柱下出现了一个男生。祁温言身穿黑色卫衣，脖子上挂着一条十字架金属链，台上的他笑容肆意张扬，手持鼓槌，挥棒的手大开大合，敲出激烈的节奏，将现场的气氛推向高潮，他整个人光彩夺目，几乎和舞台融为一体。

"太帅了！"余晓远朝舞台大声喊道。

紧接着，舞台侧边喷出白雾，江槐从白雾后面散漫走出，肩上挂着一把蓝白相间的电吉他。他身穿白色卫衣，微长的刘海垂至眉梢，笑眼里溢满了随性，左脸颊上画了一个十字架，和祁温言脖子上的链条看上去是同款，野性和乖痞相结合，让他焕然一新。

江槐骨节分明的手在电吉他上弹出一个个音符，顺滑明亮的旋律，搭配着各种混响，透着一股醇烈。透过麦架，江槐的声音带着一股蓬勃的少年气传播开来。蓬松的黑发跟着身体晃动，灯光恰到好处地勾勒出他修长的身姿，他半眯着笑眼掠过观众，然后回头，和祁温言相视而笑。

电吉他与架子鼓相得益彰，将这首歌演绎得淋漓尽致。两个男生的笑容实在迷人，摇滚风更是带动了全场的气氛，台下的大家也沉浸在节奏中，身体不自觉地跟着摇晃起来。

歌曲最后，祁温言敲出一串密集的鼓点，江槐指尖滑过和弦，两人凑到麦克风前，笑着唱出最后一句歌词，结束了这场表演。

“啊啊啊！太会了！全场最佳！我评的！”不知道是哪个班的人，尖叫声撕心裂肺。

常夏第一次亲眼见证他们的高人气，意犹未尽地盯着台上，看着他们谢幕离去。回头看见段柔一脸沉醉的样子，戳了戳她：“回神，结束了。”

段柔闻言，笑着说：“确实好看嘛。”

元旦晚会结束后，因为表演人员要拍大合照，所以常夏和段柔先行离场，各自回家了。

一到家，常夏就迫不及待地打开南榆七中的论坛。她没猜错，他们的节目果然爆了。她点进一个词条浏览，词条内的三张照片的抓拍角度极好，构图也格外优秀，她毫不犹豫地将这几张照片保存了下来。

常夏不是很懂音乐，但并不妨碍她喜欢音乐，今晚的这个节目又带着独有的浪漫气息，让她的灵魂被持续分泌的多巴胺影响，仿佛意识和躯体都得到了升华。

常夏刷了会儿论坛，洗漱完后，就心满意足地睡去了。

对高三年级的学生来说，元旦晚会是他们高中生涯里的最后一次课外活动，之后就要全力以赴冲刺高考了。南榆七中的期末考试在一月中旬结束，然后就是一个不长的假期。放假前的最后一天，祁温言趴在桌子上，手脚都不想动一下。他感叹道："还有几个月就能解放了。"

为了这次期末考试，他们几个废寝忘食，经常熬到凌晨才睡，好在成绩出来之后，努力没有白费，甚至被吴熙汀表扬了好几次。

"时间不等人。"江槐在说这话时，手上还在不停地演算。论努力，江槐比任何人都更胜一筹。明明都已经是第一名了，却好像一旦停下来就会失去什么似的。

"哎，你先别写了，说个题外话。"程嘉然看了看江槐，劝道。

江槐闻言一笑，放下笔，挑了挑眉。

段柔打了个哈欠："你说，别吊人胃口。"

程嘉然问道："你们见过雪吗？"

除了常夏，其余三人皆摇头。

"我从小就在南方长大，一次也没去过北方。"段柔说。

"我也是。"江槐和祁温言同时说道。

"我从小在北方生活，来南方是因为爸爸的工作有调动。"常夏说，"所以之前的冬天我经常能见到雪。"

段柔的眼里流露出羡慕的光。

"我刚刚看见微博推送，说是临城那边建了一个很大的滑雪场。"程嘉然说着，把图片放出来给大家看，"怎么样，是不是很心动？"

图片中的滑雪场建在半山腰上，山顶上民宿层层环绕，黑白相配的格调简约大方，常夏一眼就认出这是自家老爸设计的建筑。

"常夏，你不是临城人吗？有没有放假回去一趟的打算？"程嘉然问她。

常夏摇摇头，她家没什么亲戚，过年应该没有回去的计划。不过，程嘉然这样问，倒是让她猜出了原因："你该不会是想让我当导游吧？"

程嘉然说："聪明！劳逸结合，去那边放松几天感觉应该挺好。"

滑雪场所在的那个地方，常夏也已经很久没去过了，也不知道现在通往那边的道路有没有发生变化，但托爸爸的福，她对滑雪场的整体布局还算熟悉，于是问道："你们是想放假的时候去临城玩？"

祁温言："去玩玩也不是不行。"

段柔："你知道这对一个南方人来说，诱惑有多大吗？"

就连江槐也说："我也挺想去的。"

常夏想起前几天爸爸还问过她要不要和朋友一起出去玩，而且之前说叶穗要过来，但到现在也没联系自己，说不定是不过来了，于是她笑了笑，答应下来："那我们年前去吧，人不会太多。不过那个滑雪场是限流的，必须要提前一个星期买好门票。门票的事交给我，我们到时候微信聊。"

大家纷纷点头同意后，常夏就把这个棘手的事情承包了下来。

最后一节课，吴熙汀带着寒假作业走进教室，嘱咐了几句，等学生们领好寒假作业之后，就放人离开了。高三生终于迎来了他们高中生涯的最后一个长假。放学路上，常夏听见好几个人在抱怨作业太多了。她抿嘴一笑，对此早已习以为常。

走出校门，车流量不算大。常夏在路口等待红绿灯时，余光看见有一道清瘦的身影突然出现，然后自己的双眼突然被人遮住。一个百灵鸟般的声音在耳边响起："夏夏，猜猜我是谁？"

突如其来的见面太过惊喜，常夏的嘴角抑制不住地上扬，不过，常夏还是故意说道："你是谁啊？"

听到这话，叶穗果然不爱听了。她放下手，绕到常夏的身前，看见她明媚的脸蛋之后，原本的那一点点憋屈彻底烟消云散："我的天，夏夏，你好像胖了点，你的下巴不像在临城时那样尖了，气色也好了很多。南榆七中的伙食是不是特别好？"

叶穗一连串的话把常夏逗笑了，她为朋友的到来感到开心："你什么时候来的？"

“我来南榆一个星期了，一直没和你说，就是想给你个惊喜。你也是，都不联系我一下。”叶穗撇撇嘴。

叶穗长了一张乖巧脸，性格却不怎么乖巧，虽然在学校里她一直保持着安静内敛的状态，但出了校门，真实的她却是个傲娇的大小姐，这一点只有和她亲近的人才知道。高二时，叶穗的爸爸叶樊去参加家长会时，听说自己的女儿在学校时一直安静，当场愣在了原地。

不过这位大小姐对朋友是真的好，常夏起初以为以叶穗的性格，待人会有些疏离，没想到在相处过程中，两人越玩越好，无比腻歪，她还发现叶穗说话的时候总是夹着点撒娇的味道。

常夏无辜地眨眨眼。最近她一直在全力冲刺期末，也就没什么时间和她联系，此时难免有点心虚，半天憋出一句：“太忙了。”

好在叶穗也不是个爱计较的人，很清楚常夏是什么性格。

常夏刚想问她要不要一起回家住，顺便吃晚饭，常光旻的电话就打了过来。常夏按了接通，对面传来常爸爸的声音：“喂，见到穗穗没？”

“见到了，就在我旁边呢。”

“那晚上你们两个自己出去吃，我在医院，一时半会儿回不去。”常光旻说。

常夏一怔，神情变得有些焦躁：“您怎么了，是不是又崴到右脚了？”

常光旻的右脚有旧伤，两年前在一个工地考察时，一根钢管松动，突然倒下，恰好砸在了常光旻的右脚上，导致他右脚脚骨断裂，在家休养了大半年。

“是右脚，但……”

常光旻还没说完，常夏就焦急地打断了他：“哪个医院，地址发我。”她不给常光旻拒绝的机会，直接挂了电话转头和叶穗说，“抱歉啊，穗穗，我要去一趟医院，今晚不能陪你吃饭了。”

叶穗摆摆手，今天上午，她和常光旻说好了下午来接常夏放学，常光旻还邀请她今晚在家吃饭，没想到现在突然出了意外。她道："吃饭是小事，我陪你一起去。"

"好。"

市中心医院离南榆七中不算远，为了节约时间，常夏叫了一辆出租车，十分钟后两人抵达医院，付了车费就急匆匆地跑上了骨科门诊所在的四楼。四楼很大，肿瘤科、心脏科和骨科的门诊区和病房区是连在一起的，常夏和叶穗绕了快五分钟还没有抵达常光旻说的C区。

"陆希澈，你想烫死我啊！"一个穿着病号服，长得干干净净的男生抱怨道。

陆希澈穿着单薄的黑衣，瞥了他一眼，平静道："我没叫你现在喝。"

周存青撇撇嘴，很不服气。两人刚要拐进病房，就见两个女孩从拐角处快步走了过来。周存青眼尖，拍了拍陆希澈的手臂："喂喂喂，你快看前面那个是不是常夏！"

陆希澈下意识抬头往前一看，女生穿着南榆七中的冬季校服，身影娇小，扎着高马尾。陆希澈淡淡地吐出两个字："是她。"

周存青看他没什么反应，干脆道："算了，你一会儿去找星幕玩吧，不用管我。"

陆希澈没说好也没说不好，但是没走。周存青没再说话，目光追随着常夏身旁的女生。她穿了一件淡绿色的羊毛大衣，头发过肩，有些卷翘。是错觉吗？他总觉得这个女生很像自己的一个熟人。

"在看什么？"陆希澈问他。

"你记不记得我跟你提起过我小时候有个很好的玩伴？"周存青愣愣地问。

"记得。"

"我好像看见她了……"

见周存青还在看，陆希澈抬手掰正他的脑袋，把他拽进了病房：

“别发神经，你那个朋友不在南榆，再盯着人家看就该挨揍了。”

周存青哼了一声，不情不愿地回到病床上。门外，叶穗的身影从病房门前一闪而过。

常夏找到常光旻时，他正躺在病床上闭着眼睛休息，右脚已经包上了厚厚的绷带，模样惨不忍睹。

常夏把书包放下，坐在陪护椅上：“爸，您不是说不严重吗？”

常光旻嘴硬道：“还行吧。医生说住个两三天就能出院了。”

常夏微微松了口气：“那这几天我就坐在这里陪着您。”

常光旻知道常夏这孩子性子倔，没有反驳。

叶穗也说：“常叔叔，那我给您和夏夏送三餐，要不我叫我爸也过来一趟吧？”

叶穗的爸妈也来了南榆，只不过夫妻恩爱，叶樊天天带着老婆出门游玩，直接把女儿扔在了一边。每当叶穗想跟着的时候，他开口就是“你去找常夏玩去”，叶穗有时候都怀疑自己是不是亲生的。

常光旻“哎哟”了一声：“别叫，别叫，省得他跑来跑去的。”

常夏拿过一旁的杯子，起身说道：“我去帮您接点热水。”她看了一眼叶穗，后者没有跟着去，选择留下来陪常光旻唠嗑。

这座楼大到离谱，四楼的饮水机靠近楼梯口，常夏需要绕过长长的走廊才能抵达。等她好不容易走到饮水机跟前，却发现要排队，只得默默等待。

十分钟后，她接好水返回。经过心脏科、肿瘤科的病房区的时候，常夏看见不远处的手术室门口，一个女人带着孩子跪坐在地上，望望关闭的手术室，双手合十，对着医院的天花板默默祈求。

常夏收回视线，不敢再看下去。

忽然，一个光头的小女孩跌跌撞撞地朝她跑来，常夏本想侧身躲过，谁知小女孩自己绊到了自己的脚，不受控地撞上了常夏的大腿。她手中的热水没拿稳，晃了出来，常夏用手护住了小女孩的头，于是一大半的热水都洒在了手背上，幸好不是开水。

“陆星幕，你跑什么！”陆希澈急匆匆赶来，手里还拿着一袋葡萄干。他抬眼发现眼前的人是常夏，愣了一瞬，视线落到她有些泛红的手背上，再看地上一摊水，瞬间就知道是怎么一回事了。

“陆星幕，你给姐姐道歉。”

常夏立马猜到了这个小女孩的身份，只是她没有想到陆希澈竟然还有个妹妹。

“没事没事，不用道歉。”常夏顺势拍了拍陆星幕的小光头，无声地安慰着小女孩，“小孩子嘛，你不要和她计较。”

陆希澈用手按压着眉心。这时，跟在他后面的护士也赶了过来。陆希澈蹲下，和陆星幕平视，轻声开口：“星幕乖，跟护士姐姐回去打针，打完针就可以吃你最喜欢的葡萄干了。”

男生清冷的面孔在妹妹面前变得柔和，常夏静静地看着他。现在的陆希澈和学校里的陆希澈是截然不同的，毕竟一个是哥哥，一个是被取笑的差生。

“我不要，我不要，哥哥总是骗我！说好了上次是最后一次打针，为什么又来？哥哥是大骗子！”陆星幕抱紧常夏的大腿，以此来寻求帮助，逃避打针。

陆希澈欲言又止。常夏看出他的窘迫，微微弯腰和小女孩说：“哥哥希望你能健健康康、快快乐乐地长大，所以你要乖乖治好病，这样就不用再打针啦。”

小女孩聪明得很，瞬间就知道这个姐姐跟哥哥是一伙的，她泄气地嘀咕着：“都是骗子。”最后，陆星幕神情难过地被护士拉走时，还回头看了陆希澈一眼，流下一滴泪。

陆星幕被带走了，陆希澈却没有第一时间跟上。他留在原地，看着常夏说：“你的手没事吧？”

常夏微微一笑：“你别担心，一点都不疼。”她看着陆希澈吞吞吐吐地问，“你妹妹……”

陆希澈没打算隐瞒她："我爸妈离婚的时候，星幕只有两岁。"陆希澈平静地陈述着，"后来，星幕被发现脑子里长了一个恶性肿瘤，治愈率几近于零，就没人愿意养我们了。"

常夏倒吸一口凉气。

"她是我唯一的亲人了。常夏，我想你应该已经知道我在做兼职的事情了，我甚至想过退学去打工，毕竟我本来就不是学习的料。我也是没办法，有了钱我才能给星幕治病。"陆希澈顿了顿，"医生说，她活不过三个月了，化疗也只能让她看起来精神状态好一些……我这个做哥哥的真是没用，她说得没错，我就是个骗子。"

可即便被生活压断了脊骨，陆希澈也从未想过放弃妹妹。

常夏听完，眼睛有些酸涩，心底生出复杂的情绪。明明他也只是个半大的少年，在同龄人还在学校里和人嬉戏打闹时，他就早早地将自己伪装了起来，竖起尖刺应对外人，只将最温柔的一面留给了他的妹妹。常夏和陆希澈没有多少交集，他们甚至不算是朋友，但在这一刻，她对他有了一丝更深的了解。

"所以，常夏，拜托你不要把这件事情告诉别人。"陆希澈说。

常夏点头："我会的，你放心。"

陆希澈低头看着鞋尖，奇怪自己为什么会对她生出一种信赖，但或许没有下一次了。

思绪乱飞之际，他感觉到自己手里被人塞了东西，回过神来时发现手里攥着两张钞票。他还没来得及拒绝，就听常夏快速说道："我来的时候看见医院外面有挺多小吃的，你之前请我吃了很多东西，这次换我请你吧，钱不多，你收好，给你妹妹买点东西。我赶着回去看我爸爸，有什么下次再说。"常夏绕开陆希澈往回走，走了几步又转过头，对上他深邃的眼眸，"一切都会好起来的。"

一切都会好起来的……真的会吗？陆希澈低头看着那两张钞票，稀里糊涂地想到了圣诞节那天晚上自己送去的巧克力蛋糕。

常光旻在医院住了三天，叶穗说到做到，这三天里，三餐从不间断，带来的菜品也没有重复过。出院那天，常光旻躺在病床上等护士来换最后一次药时，随口问道："怎么样，寒假有没有约同学一起出去玩啊？"

常夏点点头，她本来想晚上回家后再和常光旻提，既然他现在问了，她干脆道："有，我和我的几个同学约了一起去临城玩三天。"

前几天常夏跟叶穗也提过这件事，叶穗附和道："他们准备去那个滑雪场。"她一拍手，"对啦，夏夏，今年临城的滑雪场活动搞得很盛大，很多人慕名前往，门票要提前预约抢购，你抢票了没有？"

糟了，这几天光顾着照顾爸爸，把这件事给忘了，她还说要给其他几个人一起买票呢。她赶紧打开手机找到订票软件搜索，发现果然已经没票了，当即心下一沉。

叶穗见她这样，知道情况不妙，问道："你们几个人去啊？我手里有六张门票，是我爸爸的朋友送的。"

"真的吗？"常夏瞬间双眼放光，带着祈求的眼神看着叶穗。

"对呀，蒋氏集团的千金和我爸爸是合作伙伴，今年他们合作了一个大工程，蒋家顺手送了六张门票给我爸爸。我爸爸说他用不着，就全给我了。前两天你说要带朋友去临城，我就想着说不定能用上。"

常夏听说过叶穗口中的蒋氏集团，滑雪场山顶的民宿就是蒋氏投资建的，名气很大。常光旻一听她们说要去临城那个滑雪场，羡慕得不行，那边游玩项目多，还可以在民宿住，只是可惜他脚崴伤了，不能陪同。

"穗穗，我们一共五个人，要不你和我们一起去吧，正好六个人。"常夏提议道，"其他几个人都是很好的人，也很爱热闹，我想你也会喜欢他们的。"

叶穗想了想，觉得多认识几个朋友，顺便打听一些常夏在这边的日常，应该也不错，于是便答应了下来。叶穗能跟着一起前往，常夏自然是开心的，不过她也得跟其他几个人商量一下。只是这个门票有了，还得解决民宿的问题。常夏打开微信，找到群聊，发出消息：门票有了。

下一秒江槐就发了一句：民宿已经订好了。

程嘉然：你们两个……厉害。

段柔：佩服。

CX：另外想跟大家商量一下，多带上一个我的女生朋友，可以吗？她叫叶穗，门票也是她友情提供的。

祁温言：可以啊，欢迎欢迎！

其他几人也都 OK，事情就这么定了下来。

"夏夏，你叫他们发下身份证号码，我去帮你们买机票。"常光旻说完，常夏点点头，又去群里发了消息。

常夏都没完全回过神来，就已经在十分钟内快速解决了一件大事。叶穗看着常夏，给她竖起大拇指："看来你转来南榆七中是对的，搞得我都不想在临城三中待下去了。"

常夏笑了笑："就剩半年啦，坚持住！我已经和他们说了你也一起去的事情了。"

叶穗笑嘻嘻地说："行，到时候我和你一起住。"

等常光旻换好药，穿好衣服，三人一起离开了病房。

肿瘤科这边，陆希澈刚帮周存青打包了一碗皮蛋瘦肉粥上来。周存青喝了口粥，笑着评价道："挺好吃的，下回再给我买。"他看陆希澈苦着个脸，本来应该被安慰的人反倒成了安慰别人的人，"怕什么？大不了死一回，来世再相逢，你我还做好兄弟！"

周存青的先天性心脏病是家族遗传病，周存青的父亲临终时，一直对周母和仅两岁大的周存青很是歉疚："是我不好，如果有下辈子，我们还做一家人，到时，我一定会给孩子一个健康的身体。"

周母曾经恨过他，可是随着时间的消磨，恨意慢慢消散，逐渐被想念代替。如果周父还活着，孩子也健健康康的，他们一定是快快乐乐的一家人。可惜这世上没有如果。

周存青住的是双人病房，周母时常过来看他。周家只是一个普通家庭，这几年为了帮他治疗，周母跑了很多城市寻求名医，但最后得到的回复都是无能为力。周母每次来都会在外面整理好情绪再进来，离开时也会在外面偷偷抹眼泪。这些，陆希澈都没有和周存青说过。

周存青不能平卧，只能靠在竖着的枕头上，时间久了脖子就会酸痛。他揉了揉脖子，苦笑着说："突然想起来，我以前挺讨厌皮蛋瘦肉粥的味道的。"

陆希澈在一旁问："为什么？"

周存青弯着嘴角回忆道："刚上初中那会儿，因为治病，营养有点跟不上，我那个发小就每天给我带早餐，天天都是皮蛋瘦肉粥，搞得我夜里做梦都是皮蛋瘦肉粥。离开临城前，她问我什么时候回去，我说我不喜欢吃皮蛋瘦肉粥，得再过几年才能回去，结果就再也没有回去。离开之后，再没人给我送皮蛋瘦肉粥时，我却越来越想念那个味道。"周存青低着头，翻搅着碗里的粥。

陆希澈说："当时为什么没有说实话呢？"

周存青嗤笑一声，说："你又不是不知道我是个什么情况，先天性心脏病，随时都有可能因为心力衰竭死掉，说了又能怎么样呢？多一个人难过罢了。"

陆希澈反问他："可那个人再也见不到好朋友了，你又怎么知道她不会因此而难过呢？"

周存青拿着粥勺的手一顿。病房门没有关严，通过缝隙能清楚地看到外面来来往往的人群，眼见着一道人影闪过，周存青突然不管不顾地翻身下床，甚至忘记了自己在打着点滴，针头因为他的动作骤然脱手。

陆希澈被他吓住了，以为他丧失了理智，紧跟着冲到门口："喂，周存青，你干什么？"

周存青没有跑远，而是定在了病房门口，目光直直地望着前面的背影。陆希澈顺着他的目光看过去，是常夏，她身边还有一个女孩，那个女孩留着过肩长发，一张脸生得乖巧。

“我……看见……她了，她在这里，她居然来了南榆！”周存青有些口齿不清，声音带着哭腔，激动得全身都在颤抖。

陆希澈：“她就是你的那个朋友？”

周存青：“对，我没看错，那就是叶穗。”她在外面总是话很多，会习惯性圈住别人的手臂晃，那是自小就有的习惯。

这是陆希澈第一次听说“叶穗”这个名字，他看着眼睛一眨不眨的周存青，心头五味杂陈。

另一边，叶穗打了个喷嚏，鬼神差使地回头看了一眼，她总觉得有人在盯着自己。然而，她的身后只有忙碌的医生和护士，还有穿梭在走廊里的人。

而周存青早在她回头的那一瞬间转身躲进了病房，没让她看见自己的模样。

“周存青，看完了就给我回去躺着，你还要不要命了？”陆希澈的脾气有点暴躁。

周存青张了张口，默默地回到床上。自己生病这件事原本只有周母知道，陆希澈会知道，是因为他发现了自己的行踪，自己没办法才告知他的。周存青不想被别人知道自己的情况，只想安安静静地过完这一生。

见陆希澈没再计较，周存青的思绪又飘去了刚刚的女孩身上。原来他之前没有认错，原来叶穗和常夏是好朋友，原来这个世界这么小，周存青还以为自己死之前都不会再见到她了。

“为什么不去见一面？”陆希澈问他。

周存青笑道：“怎么见？”他晃了晃自己的病号服，“这样见吗？”

陆希澈无话可说。

周存青对陆希澈说：“让她忘记我是件好事，至少我死后，她不会那么难过。”

已经淡去的东西，何必强求对方再次记起？他也只不过是万千世界里最平凡的一个人罢了，就这样挺好的，他不希望被她看见自己狼狈的模样。

去临城前的几天，叶穗一直住在常夏家，常光旻即使脚崴了也闲不住，出不了门，就拄着拐杖在厨房里忙东忙西，研究出来的美食每天都不重样。叶穗的脸肉眼可见地圆了一圈。

“常叔叔，您是不是想去当美食家啊？”叶穗吃着新鲜出炉的炸牛奶，好奇地发问。

“哪能啊？夏夏爱吃甜品，我学一学罢了。再说了，能吃到一个著名建筑师为你们做的美食，那可是一件很难的事。”常光旻眉飞色舞地说。

叶穗给他竖起一个大拇指，身体靠近常夏，在她耳边说：“幸福啊。”

常夏给她一个大大的笑容。

“吃完了就上去收拾行李，你们明天要早起去机场。”常光旻嘱咐道。

两人点点头。

第二天一大早，两人快速洗漱穿衣，打包好常光旻提前热好的早餐，准备出发。因为要赶最早的一班飞机，两人出门的时候还不到六点。常光旻从二楼慢慢走下来，常夏抬头看着他，不放心地问道：“我不在的这几天，你自己换药可以吗？搞不定就叫一个护工。”

这话把常光旻逗笑了：“当我是小孩呢？你就放心去吧，不用担心我。”他催促道，“行了行了，快走快走，再不走飞机就不等你们了。”

常夏点点头，跟在叶穗后面离开了。

南榆市的机场很大，常夏和叶穗下车后，拖着行李箱往值机柜台走。常夏问她：“你真就这样把你爸妈抛弃在南榆不管了？”

叶穗无所谓地说：“也不看看是谁先抛弃谁的！”

“那他们知道你和我回临城了吗？”

“知道啊，打电话跟他们说了，他们要在南榆一直玩到过年才回去，叫我和你们分开之后就直接回家待着。”

听出叶穗语气中的无奈，常夏向她投去一个幸灾乐祸的笑。

两人都是第一次独立坐飞机，费尽全力办好值机，开始茫然地找登机口。正当常夏晕头转向的时候，就听见有人喊她：“常夏，这里！”

常夏抬头，看见了站在不远处的几个人正朝她挥手。常夏弯唇一笑，带着叶穗往那边走去。原本叶穗还顾忌着自己和常夏的朋友不熟，想着多少保持一下形象，谁知碰面后再难淡定，她吃惊地说了句：“夏夏，你朋友吃什么长大的？全是俊男靓女啊！”

四人齐刷刷地看向她。被几人盯得有些不好意思，叶穗默默咽了咽口水。

常夏赶紧介绍道：“这就是我之前说的那个临城的朋友，叶穗。她刚好来南榆找我，她是土生土长的临城人，知道我们要去临城玩，不仅帮忙解决了门票，知道的好吃的好玩的东西也比我多，可以给我们做小导游。”

叶穗隔着衣服戳了戳她的手臂。

段柔走上前，朝叶穗扬了扬下巴，她不太擅长跟女孩子相处，但因为这是常夏的朋友，她想试一试：“我叫段柔。”

在叶穗的印象里，大多数南方女孩长相偏温婉，段柔这种英气逼人还带着攻击性的美人，在她看来简直是仙品。她露齿一笑，道：“你好，我叫叶穗，叶子的叶，麦穗的穗。”

不等常夏开口，段柔身后的几个人纷纷开始自我介绍。

“我叫祁温言，很高兴认识你。”

“程嘉然。”程嘉然朝叶穗点点头，“这次的旅程就拜托小导游了。”

叶穗摆摆手，客气道：“应该的，应该的。”

“我叫江槐，槐夏的槐。”站在最后面的少年开口。

叶穗刚过来就注意到他了，长得好看，气场又强，很难让人忽视他的存在。

众人各自介绍完，叶穗贴心地提醒道：“走啦走啦，该登机了！”她这个导游，从现在开始，就要尽职尽责。

南榆飞往临城需要四个小时，大家起得早，大多数人上了飞机后就开始补觉。常夏没什么困意，无聊地四下打量，目光扫过斜前排的江槐时，发现他正闭着眼睛、戴着耳机听歌。碎发掩盖下的侧脸线条流畅，皮肤白皙，长长的睫毛在眼睑处投下阴影。不知道是不是觉得冷，羽绒冲锋衣的拉链被他拉到最高，遮住了半张脸，只露出一双眼睛。

常夏收回目光，看了看左手边的段柔，她睡得很沉，右手边的叶穗则把头埋在了颈枕里。

飞机上不能上网，常夏无聊地戳着手机，打开相机，准备拍点照片。一位空姐推着推车从过道上经过，她没留神，将空姐拍了下来。她低头将照片删掉，等人走过了，才重新举起手机，却在看向手机屏幕时吓了一跳——镜头里，江槐朝她看了过来，几秒后又收回视线，闭上了双眼。

“一次外向换来终生内向。”叶穗不合时宜地睁开眼，在一旁无情地嘲笑她。

常夏又被吓了一跳，低声问道：“你什么时候醒的？”一点动静都没有。

叶穗轻哼了一声，没有多解释。

四小时后，飞机在临城安全落地。常夏关掉飞行模式，给常光旻报了个平安。几人取完行李后便坐上电梯往地下车库走。出口外，一辆宽敞的七人商务车早已等在那里。司机贴心地为大家拉开车门，又装好了行李，等几人都上了车，司机又贴心地为他们关上车门，上车开往目的地。

“我的天，叶穗，你好牛啊。”祁温言乐呵呵道。

叶穗谦虚道："没有啦。"

开往滑雪场的路上，车里都是叽叽喳喳的声音，四个没到过北方的人问东问西，就连江槐也不例外。常夏和叶穗耐心地给他们介绍了一遍，全程聊得热火朝天。

江槐盯着常夏看了几秒，突然低低地笑了一声，说："头发，要被你吃到了。"

常夏用手指摸了摸嘴角，把碎发拨开，抬头正撞上了江槐含笑的眼眸。她羞恼地不再说话。

江槐问："怎么不继续讲了？"

常夏把脸转向车窗，道："困了，想休息一下。"

过了一会儿，江槐看她真睡过去了，细心地将车里的一张毛毯盖在她身上，加入了其他人的聊天。

抵达滑雪场后，江槐叫醒常夏，六人一起下了车。一踏进园区，六个人就被这里给惊到了。滑雪场的周围群山环绕，形成一道天然的屏障，晴空之下，眼前是一望无际的白色世界，在蓝天的映衬下，像一幅栩栩如生的画卷。几个南方人迫不及待地抓起路边的雪，玩起了打雪仗。

程嘉然朝祁温言的后背丢去一个雪团，转头又换了目标去攻击江槐。

江槐侧身一躲，威胁道："程嘉然，你完了。"他蹲下身，双手抓了一大把雪追着程嘉然跑。

在场地外玩了一小会儿后，六人验了门票进了滑雪场。为了能尽快开始滑雪，他们简单吃了点东西，便先把行李放在了寄存处，然后去雪具店租了各类滑雪用具。费力穿好滑雪服、雪裤和雪鞋，几个人晃晃悠悠地拿着滑雪板乘坐缆车上了初级赛道的预备处。常夏和叶穗有滑雪经验，但不多，只能勉强稳住速度，另外四个人则是碰也没碰过这种东西。

场地内人特别多，初学者们大多摔得四仰八叉，各种姿势都有。

祁温言之前还幻想着自己能像电视里看到的那样，三百六十度空中转体，稳稳落地后继续前进，现实是，他刚固定好滑雪板，稍稍往下滑了一点点，就立刻害怕地叫出了声。

段柔适应了两三分钟，脚底不再打滑后，就戴上黑色雪镜，开始跃跃欲试，还不断在祁温言眼前挑衅："就你这样，恐怕我滑到底了，你还没出发呢。"

祁温言不服气地笑了笑，滑雪而已，他会害怕？怎么可能！他把白色雪镜戴好，又快速穿戴好手套，勾唇笑道："你可能没听过我的名号，"祁温言活动一下筋骨，用力向下一滑，"我可是'不败之神'！"

有那么一瞬间，段柔觉得这样的祁温言像是动漫里的热血少年走出了屏幕，她爽朗一笑，也跟着滑了下去。

叶穗望着那两抹逐渐变小的身影，打心底里佩服他们，第一次滑雪就有胆量滑全程，勇气可嘉。她在心里祈祷，别受伤就行。

另一边，江槐向常夏请教完如何穿戴滑雪板后，就开始自己尝试着站立、滑动雪板。常夏看他摆弄得有模有样，好奇地发问："你知道怎么滑？"

江槐摇摇头，说："视频熟练，没有实操过，在回忆动作。"

学霸不愧是学霸，观察力和学习能力总是超于常人。就他刚刚的那几个动作，常夏还以为他学过滑雪呢。

江槐又说："我没滑过，要不常老师教教？"说完讨好一笑。他没戴雪镜，一双笑眼弯弯，漂亮得不像话。

常老师？这个称呼弄得她紧张到手心出汗。常夏愣愣地笑了笑："倒也不用这么客气，而且我也只是会一些皮毛。"

"没关系，那也比我强。"

常夏强行镇静地教了他几个基础动作，江槐学得快，没一会儿就掌握了基础，可以慢慢滑动。程嘉然看常夏这么会教，也想过去凑个热闹，叶穗眼疾手快地把他拉走，单独授课。

“一会儿你试着往下滑时，注意膝盖要微屈，身体前倾，双臂前伸呈环抱状，记得目视前方，不要看脚下。”常夏耐心地说。

江槐选的是双板，比较容易保持重心稳定不摔倒，但常夏仍然怕他滑倒，伸手虚虚地护着。江槐看了一眼比他矮一头的少女。她的脸被山顶的冷风吹红，配着她那双澄澈的杏眼，看起来楚楚可怜。

江槐从口袋里掏出一个面罩递给她：“戴上吧，别吹伤了。”

常夏摸了摸自己的脸，后知后觉有点刺疼：“谢谢，我也带了，在叶穗那里，我去找她拿。”

她转身准备要走时，却被江槐拉住了手腕：“别走啊，没有你在，一会儿我自己不受控地滑下去了怎么办？”

常夏低头看了眼那只骨节分明的手，微微抿着唇。江槐再次把面罩递了过去，常夏这才注意到这副面罩是粉色的，和自己滑雪服的颜色一模一样。

“你喜欢粉色？”常夏直白地问。

江槐心虚地碰了碰通红的鼻尖，目光飘忽不定：“随手买的，我用不上，给你吧。”

常夏接过面罩，说了句“谢谢”。礼物成功送出去，少年别提有多开心了。

常夏戴好面罩，只露出一双亮晶晶的眼睛，问：“试试滑下去？”

她的声音不太，又隔着面罩，江槐没听清她在说什么，于是弯下腰询问：“你刚刚说什么？”

常夏眨了眨眼，盯着他的耳垂，重复了一遍。

江槐轻笑一声：“我有点害怕。”

他们在的这个雪场虽然是初级道，但坡度不算小，从上往下看确实很陡，对初学者来说有一定的困难。

常夏开玩笑道：“槐神不是无所不能吗？别害怕呀。”

江槐直起身体，目视着前方，眼神坚定，伸手肆意又张扬地指了指终点处，朗声说道：“对啊，我无所不能。可是……”他回头看向常夏，“我一个人玩多没意思。”

常夏下意识地答应了他，原本有些恐惧的心理也被他发出的邀请压了下去。

橘红色的阳光笼罩着山顶的松林，北风呼啸，少年少女踏着滑雪板，慢慢穿梭在人群中。在太阳下，两人周身仿佛镀上了一层光圈。江槐将雪板控制得非常好，好到出乎常夏的意料。她透过雪镜看向江槐，少年勾唇朝她一笑。她听见江槐朝蓝天喊了一声：“这种感觉实在是太爽了！”

这里不是学校，不在课堂，但常夏总觉得，无论身处何地，江槐似乎都完全适配那句“恰同学少年，风华正茂”。

两人一左一右，逐渐加速向下，丝毫不知身后白雪飞扬，引得众人纷纷注目。

“那不是常夏和江槐吗？”祁温言以为自己看错了，还揉了揉眼睛。

段柔看了一眼屁股还扎在雪地里的祁温言，无语地对他说：“你看看人家，简直帅爆了！”

祁温言拍拍屁股站起身时，常夏和江槐刚好抵达终点，在他们面前稳稳停下。两人将雪镜往上一抬，露出含笑的眼睛。

“怎么样，是不是特别刺激？”江槐问常夏。

何止是刺激啊，常夏都不知道该怎么形容自己现在的心情。

“看到没，我俩厉害吧？”江槐很少在其他人面前夸耀自己，这次多少有些例外。

“看看人家滑的，再看看你滑的。”段柔还在埋汰祁温言。

十几分钟前，祁温言胸有成竹地喊完口号，铆着一股劲儿就开始往下冲，结果没过几秒就鬼哭狼嚎，然后开始重复摔了就站起来、站起来再摔倒的状态，模样异常惨烈。

祁温言哭丧着脸：“还好穿得够厚，不然我这屁股就别想要了。”

“让开！让开！快点让开！我要撞上去了！”四人闻声回头，就见程嘉然面容狰狞地向他们冲了过来。两个男生反应快，赶忙拉着女生往一侧退开。程嘉然当着四人的面，在挣扎大叫中翻倒在地。

祁温言捂着肚子哈哈大笑："你知道你现在像什么吗？像个蛤蟆，哈哈哈。要不是没带手机，真想把你现在的样子拍下来发到学校论坛上。"

程嘉然气笑了，坐直身体，道："有你这样损好兄弟的吗？"

常夏四处张望却不见叶穗的身影，于是问道："叶穗呢？"

程嘉然闻言回头找寻，没找到人。过了一会儿，叶穗姗姗来迟，不等大家问出声，就听她对着程嘉然说道："吓死我了，我一个没注意，你就滑下来了，追都追不上。"

程嘉然站起身，不好意思地低下头，说："我想着自己先练练，没想到越来越快。"

叶穗看人没事，这才松了口气。

祁温言笑够了，也关心地问程嘉然有没有受伤。程嘉然有点记仇："祁温言，你有没有听过一句话？迟来的深情比草都贱。"

祁温言："什么歪理？！"

"行了行了，既然人齐了，就再去滑几次吧！"段柔迈开步子，走在前头。

剩下几人相视一笑，眼中闪烁着斗志。

第九章

鬼故事·倒数日·放理想

夜幕降临，天空像一张黑色的天鹅绒帷幕，白天的喧嚣不再。滑雪场晚上八点关闭，大家一直玩到最后一刻才离开。滑雪场外有专门的车辆将游客送往山顶民宿，六个人将装备归还后就乘车出发了。

路程不远，大约十分钟后抵达目的地。

祁温言率先下车，抬头一看。藏匿在雪松柏林里的民宿豪华大气，每栋楼都像一座白色的城堡，浩瀚星空下，周围亮起的吊灯将这里渲染出仙境一般的氛围。

祁温言张大嘴巴："这里比宣传图里还要惊艳！"

常夏也惊呆了，定在原地没有动，想到这里是她爸爸设计的，顿时升起一股自豪感。

"走了，里面暖和。"江槐的声音从后面传来，他路过常夏时放慢步子等了一会儿。几个人依言陆陆续续走进里厅。

建筑内部很简约，装饰以暖色调为主，在冬日里传递出温暖的气息。里厅一侧挂着民宿简介，祁温言溜达过去，不可思议道："哇！这里写了民宿是由国内著名建筑师常光旻先生设计的。好巧啊，常夏，建筑师和你一个姓。”

常夏听到爸爸的名字，探头过去瞧了一眼，拿出手机，淡定地拍了一张，随后发给了常光旻，她没有跟大家解释实情：“哇，那真的好巧。”

祁温言含笑打量了她一眼，他还是第一次听见常夏用这种僵硬的语气说话。知晓一切的叶穗在一旁添油加醋：“哇，真的好巧啊。”

这两人在唱什么戏，神经兮兮的。

江槐没跟他们一起观赏，去前台办理入住，跟工作人员沟通了几句后，回头朝他们道：“把你们的身份证给我一下。”

几人把身份证递过去后就站着闲聊，下午玩了半天，没什么力气再闹了。工作人员扫描常夏的身份证时，很意外地抬头看了看面前的这些人，江槐递过去一个询问的眼神，工作人员问：“哪位是常夏？”

“是我，怎么了？”常夏有点蒙。

工作人员笑道：“你是常光旻先生的女儿，在我们这里有免费提供的服务。”

“什么？你爸爸是常光旻？！”不知情的祁温言、程嘉然、段柔三人异口同声道，把工作人员也吓了一跳。祁温言看常夏的目光都染上了敬佩，怪不得她刚刚是那样一个怪语气。

“你爸爸真的是那个国内大名鼎鼎的建筑师吗？！”段柔再三确认，常夏哭笑不得地点点头，段柔晃了晃她的肩，“你怎么不早点告诉我们？”

常夏说：“我爸说，我家的这个情况没什么可炫耀的，我能达到什么高度，还需要自己努力。再说了，你们也都没有问呀。”

段柔叉着腰道：“你爸这观点行啊。唉，你有没有听过一句话？‘有的人出现在你生命里，会给你带来动力与价值’。”常夏一头雾水地看着她，段柔接着说，“你都已经是赢在起跑线上的人了，还那么刻苦用功，我以后一定奉你为我的榜样，天天缠着你，让你陪我学习。”一旁的祁温言和程嘉然已经不知道该怎么评价了。

常夏疑惑地问道："这个消息很夸张吗？"她看江槐一脸淡定，平静得像是早就知道了一样，再看另外两人，显得江槐沉稳许多。

几人平复心情，等待办理入住的过程中，祁温言和程嘉然窃窃私语。前台的工作人员办理完毕后，绕出岛台，一边往里走，一边给几人示意："江少这边请。"

"江少！"段柔震惊开口，音量在空旷的大厅异常响亮。

江槐微笑地看着她们。

工作人员满面春风笑着回应："是的。江少，这边。"

"停！你最好先给我说清楚！"段柔连受两次打击，不依不饶地盯着江槐看，她想起了什么后，又转向平日里最八卦的祁温言和程嘉然，"你们是不是早就知道了？"怎么感觉今天在场的人里只有她一个人对朋友一无所知？

被捅破了身份，江槐苦笑着揉了揉眉心："我们回房间放好行李，洗漱一下，坐下来好好聊可以吗？"

段柔这才放他离开。

安置好后，江槐把大家聚到一层客厅，客厅里没有开大灯，只亮着一盏沙发旁的地灯，四周有些昏暗，茶几上放了一些食物，有鸡翅、比萨这种不太有味道的东西，都是工作人员特意准备的。中间烧着一个暖炉，六个人搓着小手围在一起，一边吃东西，一边听江槐讲自己的家世。

江槐讲完后，叶穗比段柔还要震惊："你居然是蒋明依和江如练的儿子！"滑雪场门票就是蒋氏千金蒋明依给叶樊的，她没想到，爸爸口中那个很厉害的人的儿子现在就坐在自己面前。

常夏本人也很吃惊。她之前只是猜测江槐家应该挺富足，毕竟能买得起乌衣巷的房子的人家里不会太差。但她不知道他有钱到这种地步，也难怪他能这么快订到民宿，这差不多是他自己家了。只在小说里见过的男主角设定就这么摆在眼前，常夏咽了咽口水，他居然都不拿出来炫耀。

江槐不是小说里的人，也不参演电影，他就是现实生活中一个低调行事，默默努力，从不以家世背景来压榨老师和同学的人。他不属于刻板印象中的富二代，性格张扬但待人温柔，从不满足于现状，一直朝着更盛大的未来前进，他是真正意义上的天之骄子。所以，就算江小少爷这个身份公开了，常夏依旧会把他当成江槐看待。只是少年摇身一变，成了她爸上司的孩子。这么看来，她和江槐之间有着不小的差距。

其实平安夜那天晚上，江槐问她想去哪个大学。常夏说想去南华大学的时候心里没多大底气。那可是南华大学啊，每年的招生名额只有八百个。其中有一半是留给竞赛生的，有少数是留给保送生的，纯靠高考成绩还是有点悬，更何况她在数学方面有些薄弱，而南华大学可是一所注重全面发展的学校，常夏怎么可能这么有信心?

不过，知难而退不是她的作风，再说了，要是真的能跟江槐上同一所大学，她会开心得起飞。为了实现愿望，她一刻也不能放松！常夏扭头看了一眼自己的榜样。江槐洗完头发没有吹干，这会儿额间的碎发还湿哒哒地贴在脑门上。

江槐无意间抬眼，撞上了常夏的目光，朝她笑了一下。常夏不自在地扭头和旁边的叶穗聊了几句。

气氛短暂地宁静了一会儿，段柔最后实在按捺不住，压着火气："好啊，你们一个两个的，今天才把事情告诉我。"段柔站起来，双手叉着腰。她穿了一件纯棉的黑色睡衣裤，在昏暗的环境下，像黑夜中持美行凶的恶霸，她指了指祁温言和程嘉然，"江槐，我把你当朋友，你居然连这种事情都不告诉我，只告诉了这两个人！"

祁温言和程嘉然缩在软榻的边缘一动不动，开始装睡。

"他们也没知道多少。"江槐耸耸肩。

段柔深吸一口气："那也总比瞒着我好！"祁温言偷偷摸摸睁开一只眼睛，观察了一下这位祖宗现在的神情，以为她会继续骂几句，谁知跟自己的猜测毫不相干，“我要是早知道你是江小少爷，高一高二那会儿出去就报你的名字，能省多少口水。”

程嘉然完全没法继续装睡，跟着祁温言一起哈哈大笑，江槐听完愣了愣，拍手叫绝，就连常夏也赞了一句：“不愧是你。”

江槐开玩笑道：“还好没告诉你，不然两个集团的名声就要被你败坏了。”

段柔握紧拳头吓唬他，江槐配合地遮住了脸，段柔这才消气了。段柔的妈妈是名模特，爸爸是娱乐圈小有名气的导演，表哥是流行歌手，工作性质原因，段柔和家人一年都见不了几次面。她刚认识常夏没多久就和常夏说了这件事，当时常夏还夸她道：“原来你妈妈是模特呀，难怪你高高瘦瘦的，气质这么好。”

段柔满心欢喜，扬起头笑道：“那是。”现在回想起来，才感觉自己对他们真是毫无保留。她不是斤斤计较的人，听他们说完也就过去了。

六人住的是这边的独栋别墅，一共三层，一层客厅、厨房，二层和三层都是卧室，阳台外还有一个露天温泉。为了听江槐的“演说”，他们还没有逛过这里。

故事会结束之后没有人说话，空旷的客厅里静悄悄的。安静下来之后，常夏有些害怕：“话说回来，我们为什么不能开着灯聊天？”她的声音明显有些颤抖。

江槐起身道：“我去开灯。”

最近的电源开关在楼梯口，江槐刚走两步就被祁温言叫停。他回头，听见祁温言说：“别开灯啊，这种氛围多适合讲鬼故事。”

别看常夏怕黑，但她其实又菜又爱玩。之前借住在叶穗家时，两人经常凑到一起聊天，聊着聊着，叶穗就会给她讲鬼故事，虚构的东西被她讲得无比夸张，常夏听得魂儿都快飞了也不喊停。幸好她不太信这些东西，因此平时也没有做过噩梦。

这个提议让叶穗生了兴致，她兴奋地弹了起来，看向众人。大家都没有反对祁温言的建议，反正待着无聊，不如试一试。江槐不动声色地跟段柔换了个位置，惹来段柔的不满：“你干什么？”图谋她的位置？想都别想！

“你不怕？”江槐挑眉问道。

段柔支支吾吾：“鬼故事而已！有……有什么好怕的！”还死鸭子嘴硬。

江槐白了她一眼，没再多说，但他其实知道段柔的胆量。高二的一次露营活动中，少年心性作祟，一身反骨的几个人心血来潮，祁温言吹个口哨，提议道：“去不去山林里探险？”

“走！”剩下几人异口同声，丝毫没有犹豫。

空地中央的帐篷里传来同学们的欢声笑语，四个人躲开老师的视线，绕到一条穿进山林的小道上。露营选的这片山林很安全，四个人打着手电筒摸索着前行，隐隐约约能瞥见丛林里有萤火虫在飞。夏夜里的萤火虫多得很，它们自由自在地飞来飞去，山林里刮起了风，段柔的长发被吹得凌乱，她眨了一下眼，萤火虫消失不见，风也停止了。段柔脚步一顿，不敢再上前。

“怎么不走了？”祁温言在她后面问。

段柔小声问道：“你们没听见哭声吗？”

祁温言看了程嘉然和江槐一眼，小声说道：“没有吧，那不是夏蝉的叫声吗？”

段柔依旧觉得背后发凉，她原地待了片刻，开始缓慢后退，撞到祁温言时下意识抓住他的手臂，拉着他就往回跑，一边跑一边喊：“有鬼！”

江槐和程嘉然哭笑不得地停在原地，淡定地抬起手电筒往段柔和祁温言折返的方向照。跑得比兔子还快，哪还有什么人影。再往下一照，看见了祁温言遗落的一只鞋子。

那次的山林探索以失败告终，也是自那之后，他们知道了这位天不怕地不怕的祖宗居然怕鬼，尽管段柔始终坚信自己听到的是哭声。

纯属自己吓自己。之后他们每次聊到妖魔鬼怪的话题，段柔听到必躲得远远的。

这人的嘴不是一般的硬，听她不承认，江槐毫不留情地戳穿道：“不换的话，后果自负。”

段柔挪到祁温言边上，小声警告他：“别讲得太吓人，不然别怪我不客气。”

祁温言一拍胸脯：“放心。”

常夏看了一眼刚坐下的江槐，捏了捏衣角。

祁温言咳嗽几声，坐直了身体道：“我要开始讲了哦。”

五人屏息凝神，是熟悉的开头——

“有一天，阿明一个人在家看电视。突然！”祁温言的声音放大了一倍，段柔打了个冷战，“他听到了一个古怪的声音。声音越来越大，越来越清楚，好像有人在叫他的名字。”

常夏能感受到身旁叶穗的兴奋。

“阿明非常害怕，但他又忍不住好奇，于是他跟着声音走到了楼上，发现声音的主人竟是一个年轻女子，她满脸是血，眼神恐惧。女子跪坐在地上，向阿明伸出一只苍白的手，她哀求道：‘阿明，请你救救我。’阿明心里一阵发寒，这个女子为什么会出现在这里？为什么她会认识自己？可阿明决定帮助这个女子，于是他伸出了手……”

程嘉然笑着打断：“这个阿明没脑子吗？在这种情况下还要拉一个来路不明的人。”

祁温言无语：“闭嘴！别破坏气氛！”

“就在这时！”祁温言站了起来，语气激动，段柔冷着脸，早已习惯了他的一惊一乍，“女子突然发出了一声尖叫，她五官扭曲，面容可怖。”祁温言手舞足蹈，模仿着女子的叫声，其余五人一脸麻木地像是在看一个失去控制的僵尸。

“阿明吓得连连后退，却发现自己的手卡在了女子的手中，无法拔出。”祁温言把手放在程嘉然怀里，做着拔萝卜的姿势，“阿明用尽全力挣扎，但女子的手越握越紧，阿明感觉自己的手快被她夹碎了。”程嘉然配合着他演了一段。这哪是讲鬼故事？这分明就是在演一部喜剧片。

“终于，阿明用尽最后的力气，成功把手从女子的手中拔出，退后几步。就在这时，阿明突然感到一股冷气袭来，呼吸瞬间受阻，体力也在快速耗尽。那名女子盯着他，扭曲的脸上露出了一丝笑容。阿明意识到自己遇到了一个恶灵，恶灵缓缓朝他靠近，可他的身体被一股无形的力量压制，无法动弹。阿明觉得自己无路可逃了。就在恶灵准备攻击的那一刻。”祁温言倾身向前，挨个看过每一个人，然后一字一顿道：“门铃突然响了起来！

段柔没忍住叫了一声，扯过毯子抱在怀里。常夏一动不动，呆坐在原地。

“别怕，故事都是假的。”江槐的声音在耳边响起。

常夏呼吸一滞，说：“我不怕。”怕江槐不相信，她重复了一句，“我真不怕。”

“嗯，你真不怕。”江槐点头。

常夏有些泄气，他好像并没有相信。

祁温言还在继续：“阿明整个人猛地从噩梦中惊醒，发现自己正躺在床上，浑身是汗。才意识到刚才的一切只是一个噩梦。”

“只是个梦啊，没意思。”丝毫没被吓到的程嘉然说。

祁温言坏笑道：“阿明走到门口……”

“还有？！”段柔服了。

“阿明走到门口，打开门，门外站着一个他从未见过的年轻女子。女子微笑着说：‘你是阿明吧？我听说你在找人求助。’”

这故事的走向不太对劲。尽管常夏知道这是假的，但是在这种黑暗的环境下，难免会心生恐惧。

“阿明吓得不知所措，他想起了刚才的噩梦，问：‘你是谁？你怎么知道我的名字？’”祁温言捏着嗓子，变换了一个声线，“女子的微笑变得扭曲，她缓缓地伸出手，说：‘阿明，请你救救我！’”

讲最后一句的时候，祁温言突然转头冲着段柔喊了出来，段柔“啊”的尖叫出声，同时响起的还有一阵门铃声。

等等，门铃声？在门外？不会吧。

段柔已经顾不上保持形象，猛地缩进毯子里。房间里只有微弱的灯光，常夏看向黑洞洞的大门，心里有些发慌。祁温言也有些坐不住，客厅里一时间鸦雀无声。大晚上的，这就有点瘆人了。

门铃声停止，改成了敲门，程嘉然骂了一句：“有病啊！”

这招还真有效，敲门三声后，门外没了动静。

“真有鬼啊。”叶穗哆哆嗦嗦地说。

常夏皱眉道：“怎么可能？”

另一边的段柔已经把祁温言骂了个狗血淋头：“叫你大晚上讲鬼故事！现在好了！人家找上门来了！”

就在六人以为不会再有事情发生时，电话座机响了起来。

“这……这个电话铃声跟……跟催命符一样，就不能换一下吗？”段柔害怕的同时还不忘吐槽。

“你别吓唬自己，其实没什么……”祁温言安慰段柔的话说到一半，房间陷入了黑暗，仅剩的光源也没了。程嘉然壮着胆子离开组织，跑去按电源开关，按了几下没反应，他又跑回沙发旁。

常夏在黑暗中往旁边摸索着抓住了点什么寻求安全感，隐约猜到了身旁的人换位置的原因，她轻轻地说了声：“谢谢。”

下一秒，房间里的灯光全部亮起，常夏不适应地眨了眨眼。六人蒙了几秒，电话铃声再次响起。只不过这次是几句自动播放的留言：“由于天气寒冷，出现电路短路。请客人们少安毋躁，光源会在五分钟后恢复。在此期间，请勿踏出房门。深夜叩扰，深感抱歉，望体谅。”

原来如此，虚惊一场。

“所以，刚刚那些声音都是工作人员的提醒弄出来的吗？”段柔闷闷地说。

“估计是吧。”程嘉然抻了抻揉皱的睡衣。

祁温言僵硬的四肢终于得到解放，他本来不害怕的，但是因为段柔的反应，增加了一分恐惧。开灯后他看了一眼旁边的段柔，她现在狼狈至极，眼角还有泪痕，和以往的样子截然不同。

唯一还能笑出声的是叶穗：“好刺激！有种玩恐怖密室的感觉！”

月黑风高夜，鬼故事还和现实对应上了，都不知道是运气好还是运气差。段柔发誓她再也不会听鬼故事了。

这场意外告一段落，大家吃完夜宵后就相继回楼上准备休息。上楼梯时，叶穗发觉常夏神情恍惚，笑着问道：“你后劲还没散啊？”

常夏抿着唇没有说话。叶穗看了她一会儿问：“你在高兴什么呢？是因为今天发生的事吗？”

果然是自己的好朋友，太懂她了。常夏把叶穗拉进自己的房间，给她讲自己这半年的经历。在临城三中时，常夏就像个只会学习的机器，三中的环境压抑，但南榆七中不同。叶穗能看得出来。教学模式合理，校园氛围良好，同学关系融洽，叶穗想，常夏现在的状态，可比在临城三中好多了。何止是叶穗没有想到，就连常夏自己也没有想到。

聊了一会儿，叶穗想起了什么：“对了，你在南榆七中有没有听过周存青这个人？”

她一提这个名字，常夏就想起了住在叶穗家那会儿，叶穗经常跟她说起周存青，给她看他初中时的照片，还给她讲两个人相识的过程。

“我跟你讲，我小时候有个好朋友，叫周存青。不过，他是个骗子，说好了半年回临城一次找我玩，现在五年过去了，我人影都没见着一个！最可恶的是，联系方式都不给我留一个。”叶穗语气里带着滔天的怒火，脸上却是挂着笑意的，所以常夏知道叶穗并不真的讨厌她口中的这个朋友。

叶穗偶尔会和常夏讲起她和周存青小时候的事。他们一起玩泥巴、踩水坑、丢手绢、捉迷藏……但要说他们是怎样认识的，那大抵是叶穗很不愿意回想的事。

七岁那年夏天，天空湛蓝，飘着几朵白云，树上的知了叫个不停。叶穗在家待不住，莽莽撞撞地爬到别人家的果树上摘果子吃，被树枝勾住了裙摆。叶穗僵在原地不敢动，既害怕一动就摔下去，又怕裙子被划破。

“你站在上面做什么？”树下冷不丁传来一个声音，把叶穗吓了一跳，她没站稳，从树上摔了下来，手里还死死握着一枚果子。

周存青眼皮跳了跳，没想到她会掉下来，连忙跑过去扶她。

“不就摘了一个果子，你至于吓我吗？”小女孩鼓起双颊，满脸怨气。她模样乖巧漂亮，脾气却怪得不行。

周存青无语片刻，他还是第一次遇见这种不讲道理的人。他本来不想再管，却瞥见女孩膝盖上渗出了血。周存青和她对视了一眼，转身就往家里跑。叶穗看了一眼他跑的方向……该不会是要向家里人告状吧？

倒霉，实在是倒霉。叶穗艰难地站起身，想赶紧逃离这个地方。身后传来一句：“喂！停下！”

叶穗被这一吼，真的停住了。她心想：“完了完了，他不会带上他的家人出来抓我了吧。”

她眼泛泪花回头，却只见周存青提了个小药箱，绕到她面前，将手中的布垫垫在地上，按着她的肩膀让她原地坐下。

叶穗感到意外，又觉得不好意思：“那个……其实我……”好半天都憋不出下一句。

周存青眨了下眼，说：“你忍着点疼。”他拿出棉签，蘸取碘伏帮她的伤口消炎。一张干干净净的小脸，做起事来认真极了，他的眼睫毛很长，跟女孩子一样，一扇一扇的。

贴好创可贴后，周存青扶她站了起来。他比她高出半头，于是低眸问她："你刚刚想说什么？"

然后嘴里就被塞了个果子。它还没熟，周存青觉得自己一定是脑抽了才会咬开它尝味道。酸死了！小男孩拧着秀气的眉毛，表情痛苦。

叶穗哈哈大笑起来，抬起伤腿，跳着落荒而逃。一边跑一边喊："我想说的是，谢谢你啦，果子送你吃，不用客气！"周存青收拾好地上的杂物，站起身看着逐渐消失的背影笑了。

这就是他们的初见，但叶穗并不是很想回想。偷摘果子被抓包，爬树被看见还从上面摔下来，往对方嘴里塞酸果子，初遇时做的每件事都蛮不讲理，可以说没有留下一丁点好印象。

常夏听她讲过很多细节，只是每次讲到初中，周存青离开了临城再也没有回来，叶穗就不再继续讲下去了。

"夏夏，他在南榆七中过得怎么样？"叶穗托着脸问，这个消息，还是她打听来的。

常夏愣了愣，不知道怎么回答。她和周存青没什么交集，只在接力赛那天，陆希澈在她旁边喊出了这个名字时才将这个人和自己听来的故事对应起来。他长得高挑，爱笑，在人群中很打眼，是个开朗的少年。这是常夏对他的初印象。她想了一会儿，如实回答："我好像就见过他一两次。他很爱笑，身边有一位好兄弟。"

叶穗弯起嘴角："真好，他小时候总是板着张脸，难看死了，所以我就告诉他，要多笑一笑，才能没有烦恼，长命百岁！"一提到往事，叶穗就停不下来，"既然他不回临城找我，那我就等高考结束后到南榆找他。一定要把他揍一顿这事才算完。"叶穗一副势在必得的样子。

常夏笑着问她："不嫌时间太久吗？"

叶穗挠了挠头道："也不差这几个月了。"她顿了顿，问，"你呢，高考后有什么打算？"

常夏道："有一个，不过还在努力。"

叶穗："那就祝你好运！"人生在世，不留遗憾就好。

"嗯，穗穗你也一样。"常夏看了眼手机显示的时间，"不早了，快回去睡觉吧，明天还要早起。"

叶穗打了个哈欠，说了句晚安，就帮常夏关上门离开了。

三天的旅程很快结束。最后一天，叶穗带他们去临城周边逛了逛，买了些特产，然后一路将他们送去机场。分别的时候，叶穗说："高考后，我一定会再去南榆找你们玩的。"她朝他们挥手。

"好啊，到时候，由我来当导游，带你玩遍南榆！"程嘉然拍着胸脯说。

"一言为定！"

"一言为定！"

和叶穗道别后，五人就登上了飞机，四个小时后落地南榆。夜幕降临，常夏拖着行李箱回到家里。打开门，常光旻正在客厅里，嗑着瓜子为喜爱的球队呐喊："必胜！必胜！"

听见开门声，他转头道："回来了？"

常夏把行李箱放在一旁，直直倒在沙发上，有气无力地"嗯"了一声。

"去旅游累很正常，怎么样，玩得开心吧？"常光旻起身去厨房给她倒了杯热水。

临城和南榆的温度天差地别，常夏穿了两件棉服，后知后觉热的发慌，她一边脱外套，一边说："挺开心的。"

常光旻点点头："开心就好，快上楼洗漱休息。你爸我要在楼下熬夜追球赛。"

常夏笑了笑，问道："你脚伤好了？"

"没好啊。"常光旻说得理直气壮。

"熬夜伤身。"

"就一会儿。"常光旻像个老顽童。劝不动，常夏放弃挣扎。

从临城回来没两天就是除夕，乌衣巷的家家户户换上了新装，贴着对联，一派喜气洋洋。大年初一的时候，常夏被鞭炮声吵醒，她推开窗户往下看，小街上的行人来来往往的，很热闹。

吃过早饭，常夏点开南榆七中的论坛，大家纷纷庆祝着新的一年的到来。常夏习惯性地点进江槐的主页。破天荒的，居然有新分享。

月亮：**各位，新年好！**

评论是一水的祝福，全是“槐哥新年好”。

祁温言和程嘉然玩起了当下流行的梗，发了一串用文字符号组成的小火车，上面闪烁着一句：**阿槐，过年好啊过年好**。

好奇怪，明明是文字，隔着屏幕仿佛能听见这两个活宝的声音。常夏没有跟风复制，在键盘上打出一行字，犹豫了一会儿才发出，刚好是第一万条评论：**月亮，新年好！**

这条评论很快被新的评论吞没，她长舒一口气，退出论坛，没再登录。

寒假剩余的几天并没有轻松到哪里去。吴熙汀在班级群里发了开学考的内容，常夏早睡早起，回归到三点一线的日常，睡觉、吃饭、学习，为开学做准备。

二月中下旬，南方沿海地区的温度逐渐回暖。树木枝丫横斜，在春光里蓄势待发。雨过天晴，嫩芽随风摇曳，在地上交错出光影，如诗如画。南榆七中迎来了春季开学季。

按照惯例，开学便是为期两天的开学考，常夏准备得当，轻松应对。

公布成绩的那天是个极为特殊的日子。这次的成绩并不像以往那样张贴在公告栏，而是把成绩单分发到班主任手上，由班主任公布。

一大早，吴熙汀握着成绩单走进教室，笑得灿烂，理科 A 班学生的成绩就没让她失望过：“看来大家假期也没有放松啊，这次的年级前三依旧在我们班。”大家相视一笑，肯定是江槐、常夏、程嘉然这三人，“哦不。”吴熙汀推了推眼镜，“准确来说，应该是年级前二在我们班。”

下面七嘴八舌了起来——

“常夏和程嘉然并列第二啊？”

“不会是江槐和程嘉然并列第一吧？”

“不可能吧……”

说什么的都有，听得常夏心一紧。

江槐手里转着笔，抬头看了一眼她的后脑勺，漫不经心地勾唇一笑。新学期换了位置，现在常夏和段柔坐在了江槐和祁温言的前面。

吴熙汀给众人解开了谜底：“江槐和常夏并列第一，两位同学均为 697 分。程嘉然排名第二。”

班里沉寂了几秒，祁温言带头鼓掌，侧头对江槐说道：“看来以后年级第一的称号不单是你一个人的咯。”

江槐毫不介意：“挺好的。”轻飘飘的三个字，却很有分量。

这个成绩刚好是去年南华大学理科录取的最低分数。常夏听到后，紧绷的身体松懈下来，看来寒假最后的冲刺没有白费，更重要的是，她这次居然能和江槐并列第一，这是她没有想到的。

“常夏，你倒是好，把第二名还给我，跑去和江槐一起当第一名了是吧。”程嘉然轻哼一声。

常夏挠了挠头，轻声说了句：“不好意思。”

程嘉然被她淡淡的语气刺激出了苦瓜脸，祁温言和段柔在一旁无情地嘲笑他。江槐没多大反应，好像早就猜到了会是这种结果，毕竟两人原本的差距就不太大，他笑眯眯地倾身向前，朝常夏说：“保持。”顿了顿又道，“或者超越吧。”

常夏愣了愣，小幅度地点了点头。

“夏夏，你怎么能这么厉害！”考试成绩与排名每出来一次，段柔就夸她一次。

常夏说：“勤能补拙。”道理谁都懂，但长期坚持做一件事真的需要毅力与恒心。

临下课之际，吴熙汀通知道："今天呢，对我们高三生来说是个极为重要的日子。下午举办百日誓师大会，在大操场集合，不要迟到了。"

班级内一片感叹声，大家或多或少猜到了一些。

常夏搁下笔，抬头看了眼挂在白墙上的电子日历。原来，时间过得这么快啊。

操场两侧的梧桐树冒出新芽，鸟儿停在枝头不停地鸣叫。春回大地，万物复苏，冬季远去，一切又从头开始。

下午的阳光慷慨地洒在每个角落，校园里处处欢声笑语，洋溢着青春的气息。常夏按照规定，穿着蓝白相间的校服，走到理科 A 班队伍的最后。段柔看见了她，招着手叫她过去。常夏站到段柔旁边，发现段柔居然把长发梳成了低马尾，额前落下几缕碎发，平添几分柔和的美感。祁温言和程嘉然个子高，十分显眼，但周围没有江槐的身影。程嘉然解释道："阿槐今天去做学生代表了，不跟我们一起站队。"常夏点点头，段柔也是刚听说这个消息，满脸诧异。

各班清点好人数之后，百日誓师大会正式开始。大家先是集体唱了国歌、校歌，然后是领导发言。

或许是因为知道这是自己唯一一次参加誓师大会，同学们不再像之前一样懒散，都目视前方，站得笔直。教学楼里飞奔出一个身影，男生头发凌乱，校服扣子没扣好，衣领敞着。他气喘吁吁地跑到文科 C 班停下，被班主任瞪了一眼才站进队伍里。陆希澈刚从医院赶到学校，幸好赶上了百日誓师大会。他把校服扣子扣好，缓了一会儿，感受到一道目光，他下意识地扫视了一圈，发现是常夏在看他。

陆希澈的脸色不太好，常夏皱了皱眉，看见对方挤出了一丝笑容。

广播里传来校领导的发言——

“……如果汗水书写青春的符号，我想那应该是省略号，因为你们的青春有着无限的可能。前方的道路是怎样的，我不知道。但你们还年轻，有资本去看一看，你们如今所走的每一步都通往未来。然而，时间如同白驹过隙，从不等人，机会就摆在你们的面前，你们必须逼自己一把，去努力争取！同学们，当太阳再次升起时，就把昨天忘掉，崭新的一天有着不一样的征程！请相信自己，你一定行！最后一百天，倒数开始！”

领导发言结束后，江槐从侧边上台，双手接过麦克风后，走到指定位置，顿时成为万众瞩目的焦点，他举起话筒，开始今天的发言：“老师、同学们，下午好，我是高三理科A班的江槐，是本次百日誓师大会的学生代表。”

这一幕似曾相识。常夏望着台上的人，恍惚间感觉时间回到了几个月前，她也是站在与现在差不多的位置，看着他在台上发言。唯一不同的是，当时的江槐穿着礼服，而现在的他穿着校服。常夏想，仿佛她转来南榆七中是昨天发生的事。

“啧啧啧，你们看，阿槐多威风啊，什么时候我们几个也能站上去威风一下。”祁温言向往道。

“你多努力。”程嘉然拍了拍他的肩。

“让夏夏上，你们两个就大可不必了。”段柔在一旁说。

祁温言和程嘉然异口同声道：“为什么？”

“你俩上去演一部喜剧片，影响多不好。”她忘不了讲鬼故事的那一晚，他们实在搞笑。

祁温言和程嘉然对视一眼，会心一笑，不再说话。常夏止住笑容，把目光转向台上的江槐。

少年的声音极为悦耳，他讲完发言的内容顿了顿，视线扫过各班班牌，最后落在理科A班的方阵上，朗声道：“全体同学，举起右手，跟我庄严宣誓。”在场的高三学生动作整齐划一，“愿我们以渺小启程，以伟大结束。拼搏百天，奋斗百天！”

“宣誓人，江槐。”

全场复诵，每个人都坚定有力地念出了自己的名字，每个人的眼里都有股势不可挡的冲劲儿。

突然，高台上爆发出一声巨响，十二道彩炮蹿上天空，两台无人机相继起飞，到达一定高度时，机身落下两条横幅，红底白字，一条写着“须知少年凌云志”，另一条写“曾许人间第一流”。

各班班长挥舞起本班独有的班旗，按照体育老师的指令绕操场跑圈。余晓远扛的班旗足足有两米高。她跑得很快，蓝绿色的班旗在风的助力下完整地呈现在大家视线内，旗子中间印着“高三理科A班”，下面写着“必胜”二字，周围散落着五颜六色的手掌印。那是他们趁着午休时间印上去的。

本以为跑完一圈就完事了，没想到学生们自发玩起了班旗接力赛，一个人体力不支就换下一个人上。江槐刚回队伍就被祁温言和程嘉然拉去跑了一圈，回来的时候还带着两个粉色的气球，给常夏和段柔一人分了一个。

“这是干什么的？”段柔问。

“每班都有，老师说可以拿马克笔在上面写东西，最后会一起放飞。”祁温言在一旁说。

这等同于放飞理想。

程嘉然迫不及待地打开笔帽，盘腿坐在地上，一笔一画地往气球上写字。江槐从兜里掏出一支黑色的笔，祁温言看了他一眼，笑着伸出手，刚想说“谢谢”，就见他的手拐了个弯，递给了一旁的常夏。

常夏惊讶地接过，说了句“谢谢”。

祁温言的手僵在半空中，引来段柔无情的嘲笑。

常夏思索了一小会儿才下笔：披星戴月走过的路，一定会繁花满地。

江槐赞道：“不错啊。”

常夏微微一笑，把笔递还给江槐。她看着他校服的衣角，嗅着熟悉的橘子香味，问："你呢，打算写什么？"

江槐的声音是笑着的："我有没有和你提过，我这个人其实挺狂的。"

常夏愕然抬眸。

"靠家境背景只能风光一时，我不喜欢这样。"江槐看着她的侧颜，继续道，"我要的是风光一世。"

广播里播放的音乐鼓点正好卡上她心跳的节奏，常夏蜷了蜷手指，只觉得心脏好像被人狠狠捶打了一下。

"所以，我打算只写一个字。"

"什么字？"

"赢。"

他们的对话被另外三人听见，祁温言调侃着接话："常夏，这人老会装了。"

段柔却不那么认为："那不叫装，也不叫狂。"

"那叫什么啊？"程嘉然还在奋笔疾书。

"这叫青春。"常夏细语道。

人们说，一个人无法同时拥有青春和对青春的感受，所以他们要做的就是把握当下。

"少年不被定义，我们就是青春的代名词。"段柔一手牵住粉色气球，一手搭上常夏的肩膀，十分认同她给出的答案。

祁温言说："那阿槐可要赢在盛夏里咯。"

江槐笑着纠正他："是我们。"

"啥？"祁温言一时之间没有反应过来。

段柔听懂了江槐的意思，拍了拍祁温言的手臂："他的意思是，我们都要赢在盛夏里。"

"来啊，同学们，我数到三，大家就一起放飞手中的气球，一起放飞理想！"广播里传来校领导的声音，"三！"

祁温言不紧不慢地在自己的橙色气球上添上一个感叹号。

“二！”

程嘉然和段柔相继写完。

“一！”

常夏凑过去看了一眼余晓远的气球。

“放！”

数千只气球飘到空中，什么颜色都有，场面壮观到引得无数同学掏出手机拍照。

“你写了什么？”常夏问余晓远。

余晓远笑着大喊：“阳光万里，终将上岸！”

“看到没，我的气球比你的飘得高。”祁温言幼稚的心性跟小孩别无二致，他朝段柔扬了扬下巴。

段柔嗤笑一声，但没有攻击他：“你在上面写什么了？”难得的好声好气。

祁温言笑道：“不败之神祁温言！”

又是不败之神，那天他在滑雪场的时候就这么说过，结果一路都在跌跌撞撞，他后来还强调：“我只是摔了，不是败了。”从哪里跌倒就从哪里爬起来，祁温言一直都是这样一个人，“不败之神”这个称号跟他还真是契合。

“你呢，是不是也要告诉我你写了什么？”祁温言笑问。

段柔闹别扭：“没写什么。”

祁温言“哦”了一声，显然不信：“你是不是写了四个字，得偿所愿。”

段柔瞪大眼睛，吃惊道：“你怎么知道？”

祁温言心虚地刮刮鼻子：“偷看到了。”

段柔给了他一拳：“知道你还问！找打啊！”

“别那么凶嘛，”祁温言努努嘴，不怕死地说道，“你的愿望里有啥？”

段柔梗着脖子没说话。

“嗯……那……我有话说。”祁温言磕磕绊绊地起了个头，他虽然天天跟段柔吵架，但其实很珍惜和这帮人的友谊，“我想……想说，虽然我的成绩在你之后，但接下来的冲刺阶段我会好好努力，和你们考同一所大学！”祁温言终于说完，看着段柔。

“好，一言为定。”段柔郑重道，她起先面对这个阵仗有点慌乱，现在已经平静下来，无比坦荡道，“这算不算一种约定？”一起去成为更好的人。

“算！”祁温言激动地回答，“那你‘得偿所愿’的这个愿望里到底有什么？”

“一个是成绩，另一个嘛……高考完后再告诉你。”

祁温言笑着点头：“约好了啊。”

同学们在横幅上签上了自己的名字后，百日誓师大会就结束了，返回班级的路上，常夏碰见了陆希澈，她原本只是想和他打个招呼就走人，但她想起了什么，又把他给叫住了：“陆希澈。”

陆希澈闻声回头，眼底顶着两个大大的黑眼圈，他哑着声音问：“怎么了？”

常夏走近，小声问：“你妹妹怎么样了？”

陆希澈怔了怔，没料到她会关心这个，摇了摇头，没有说话。之前陆希澈和常夏说，陆星幕只剩三个月的时间了，数一数，时间快到了吧。她抿着唇，不知该如何问出口，想了想，转移了话题：“你在气球上面写了什么？”

“写了‘加油’。”

常夏笑道：“那你要加油呀。”

陆希澈弯了弯唇，说了一声“好”。

常夏朝他周围张望，终于把想问的问了出来：“你之前不是有个朋友叫周存青吗？他没和你一起走啊？”去临城旅行快结束的时候，叶穗请她帮忙多打听一点周存青的情况，常夏今天没见着周存青的人影，索性过来找陆希澈问。

陆希澈垂眸，他能猜到常夏是替谁问的，但是实情不能讲，他装模作样地指了指楼上："人有三急，他去洗手间了。"

这样啊，常夏点点头。

陆希澈不想骗她，但常夏是叶穗的朋友，她知道了就等于叶穗知道，陆希澈不想让叶穗知道这个消息，他选择替周存青保密："没什么事的话，我就……"陆希澈的话说到一半，手里被塞了什么东西。

最后一节自习课的预备铃声响起，周围的同学大部分已经散去，常夏没有什么想再问的，又不好直接走，顿时尴尬得手无处安放，只能插进兜里，结果摸到两颗奶糖，是今早从家里带出来的："一颗给你，一颗归你妹妹，我就先走一步啦。"常夏说完，就跑上了楼梯，马尾在拐弯处一甩，随即消失不见。

陆希澈看了眼手中的奶糖，上面残留着一丝温热，他的目光下移，发现自己鞋尖前有一个黑色的东西，低头捡了起来。

常夏一口气跑到五楼，发现自己兜里放着的备用黑色皮筋不见了，快上课了，她懒得折返回去找，便不在乎地甩甩头，回到位置上坐稳。

第十章

漂流瓶·不知名·玉兔谜

百日誓师大会的现场被许多同学拍下来发到了论坛上，话题足足挂了一个星期，热度才减半。

高三冲刺阶段，学校调整了以往自愿上晚自习的制度，从这周开始，要求所有高三生都必须上到七点才能放学回家，超出这个时间的另谈。最后一节自习课快下课的时候，常夏写完了最后一张数学试卷，转头去问段柔今晚要不要一起去外面吃饭。常光旻的脚伤刚好几天就去了外地工作，常夏吃了几顿外卖不想再吃了。然后看到段柔正在和祁温言一起讨论题目，就没打扰他俩。临放学的前几分钟，段柔和祁温言终于解出了答案，各自舒了口气。

班内很安静，常夏放松身体，往后一靠，听见了江槐收笔的声音。下课铃声响起，江槐的声音也跟着出现：“晚上要不要一起出去吃个饭？”

“难得啊，你个学习脑还会想着出去吃饭？”程嘉然逗他。

江槐压低声音道：“民以食为天。”

这个提议正中下怀，常夏立马来了兴致。段柔先她一步问：“去哪儿吃？”

“看群聊。”江槐刚刚在五个人的群里发了一张图片，图片上面写着“沙滩风情，QC 乐队惊喜加盟”，下面写了“自助烧烤，人均六十元”。

QC 乐队是一支由大学生组建起来的七人乐队，五女两男，实力非凡，有自己的原创歌曲，在南榆很有名气。这么大个便宜，不捡白不捡。

“去啊，必须去！今晚要好好饱餐一顿。”祁温言这次居然没有用他的大嗓门。

“走呗，明天是周末，不用早起。”段柔起身，活动了一下筋骨。

程嘉然放大图片看了一眼：“还挺近啊。就在阿槐家前面，过个马路就到了。”

“那走吧。”常夏是第一个背起书包的。

江槐挑了挑眉：“你好迅速。”他都还没收拾东西。

常夏有点饿，背起包和段柔先一步走出了教室，到外面等，江槐收拾的动作加快了一点。

晚八点，沙滩。

夜里的海风呼啸，椰子树在风中摇曳，隐隐能看到一丝墨绿。白色的浪花攀上海岸，有节奏地拍打着礁石，沙滩上支着几顶米色的帐篷，周围绕了一圈灯，非常有氛围感。

来到这个地方，常夏忽然想起平安夜那天晚上在这附近放过的仙女棒，当时没有下到沙滩，只在白色围栏上走了走。

香喷喷的烧烤将常夏的思绪拉回，她听到“啪嗒”一声，江槐开了一罐橘子汽水放在她面前。可能是被晃过，气泡不断涌出。

“我记得你过生日那晚说这个还不错。”江槐找出纸巾，擦了擦手，坐在沙滩椅上，“现在的天气有些凉，我只拿了常温的。”

常夏脸一热，说：“谢谢。”

“趁热吃。”祁温言手里拿着一大把冒着热气，色泽鲜亮的羊肉过来，找了个空位放好。木桌上已经摆满了食物，大部分是锡纸包裹的蒜蓉茄子和金针菇。大家一边分食，一边讲着这几天的趣事。

祁温言吃了几口，突然拉着程嘉然站起来，说：“我俩给你演一下我们刚才听到的。”

什么事情用耳朵听了还能演出来？

江槐困惑地看着面前的两人，就见他们翘起兰花指，开始了表演。

“哎，你看那个男生！好帅啊！”祁温言看着江槐，笑着说，段柔筷子上夹着的金针菇都被他吓掉了。

“对呀对呀。”程嘉然夹着声音配合。

“要不要去加个微信？”

“没看见他穿着校服吗？”

“怕什么。”

常夏笑得没心没肺的，江槐被这两人的表演无语到了，白了他们一眼，催促道：“再不吃就吹凉了。”

常夏听完，往嘴里塞了两块肉。江槐教育完那两个人，回头看见她像只仓鼠一样，两颊圆鼓鼓的，笑着打趣道：“慢点吃，别噎着了。”两个小梨涡一闪而过。

“哎，这个好吃。”祁温言指了指一个没被光顾过的包装袋。

“那个好吃啊。”段柔点评另外一份。

程嘉然两碗水端平：“这肉都挺嫩的。”

江槐吐槽道：“幼稚。”

这时，沙滩中央搭建的小型舞台上响起了一阵嘈杂的声音。他们的位置在正中间，一抬头就能看见亮起的大屏幕。

“QC 乐队要出场了！”周围一些迷弟迷妹扛着相机凑上前，大声欢呼着。

舞台上的灯光依次亮起，五名穿着制服、背着乐器的女生走到各自的位置上，两名手持麦克风的男生站在舞台中间靠前的位置，分别是乐队的主唱和副主唱，他们的头发挑染了好几种颜色，舞台的光打在上面，显出一层熠熠生辉的银泽。

好张扬的舞台风格，怪不得有那么多人喜欢。

主唱握着话筒出声："今晚，献上一首全新的单曲，《热烈》，希望大家喜欢。"

音乐声响起，歌曲节奏轻快，大屏幕上滚动着字幕和专门制作的 MV。

追逐着少年的身影，盼望他能带来惊喜，热烈从不脱离夏天，心跳同频无法停歇。

这四句常夏尤其喜欢。如果问她一年四季她最喜欢哪个季节，她会毫不犹豫地选择夏天。一切都是那么的美好。

明明是首唱，整首歌的过程中，台下的观众却像是早就熟知了一样，挥舞着手臂，慢慢跟着字幕哼唱。他们从音符中感受到了这首《热烈》的意义，是在歌颂花样年华，追忆他们逝去的青春。观众的反应很激烈，既是在与青春说再见，也是在与过去的自己问好。

表演的最后，两位主唱喊道："这场表演有个额外设置的惊喜，大家想不想知道？"

"想！"台下的人声嘶力竭地吼着。

"那么在场的各位，请弯腰翻找沙滩椅的下方。"

祁温言听得投入，也是最快反应过来的一个。他弯下腰，到处翻找，在段柔的沙滩椅下发现了东西，并把"惊喜"挖了出来。那是一个蓝色漂流瓶，瓶身晶莹剔透，里面放着一张手掌大小的卡片。

"惊喜是有限数量的漂流瓶，大家把想写的东西写在卡片上，然后放进漂流瓶里。记得盖紧了瓶盖再放回海里，海水会带着你们的愿望飘向远方。"

不管愿望有没有实现，这都是一个很美好的回忆。

这个出其不意的惊喜让大家非常开心，常夏见已经有人去到浅岸边放下了漂流瓶，无数的瓶子在月亮下反射着晶莹的光，像星星坠入海里。

在祁温言斟酌写什么好时，江槐和常夏心有灵犀，想到了同一个答案。

“友谊天长地久。”

“友谊万岁。”

祁温言采纳了他们的建议，段柔和程嘉然也没意见。祁温言拿起笔，在卡片上画了五个向阳奔跑的火柴人，火柴人各有特点，常夏一眼就找到了扎着高马尾的自己。祁温言在卡片上面写了江槐和常夏说的两句话，把卡片装进漂流瓶，五个人一起走到海边。浪花拍打着瓶身，里面存放着五个人的友谊，它会飘去远方，去到不为人知的角落，十年、百年、千年。

春日的海风温度宜人，段柔张开手臂，长发被吹得凌乱。她把手比成喇叭状，朝着无边无际的海面上大喊：“愿我们势不可挡，愿我们一直奔跑，跑到故事的尽头！”

周围的人都被她张扬且热血的声音感染，纷纷效仿，朝大海呐喊。

祁温言不赞同地说：“我们的故事可没有尽头呀。”

在心比天高的年纪，故事是看不见尽头的。

“那就祝愿我们老了也能一起坐着轮椅到沙滩上来玩。”江槐说出的话总是让人心向往之。

程嘉然双手抱臂，笑问：“然后呢？”

“然后，”常夏上前一步，“我们等待凌晨五点半的日出，等待早餐店开门，等待准备去上学的孩子，告诉他们青春只有一次，要好好珍惜。”

程嘉然叹息：“你们有没有遗憾？”

“会不会遗憾我不敢保证，但后不后悔，我要自己决定。”江槐说。

“看你这语气，好像有故事。”程嘉然扬起眉毛。

江槐说：“当然咯。”他望望天空，忽然问道，“你们之前问我为什么不去市中心住，而是选择了乌衣巷。”

江槐笑了笑：“上学期有个同学在论坛上发私信问了我一个问题，我的论坛名为什么要叫‘月亮’。我说，因为月亮纯净，美好，令人向往，因为月亮代表我的心。”

“所以，你住在乌衣巷，是为了更加靠近可望而不可即的月亮？”

“聪明。从我家里落地窗往上看，天气好的时候就能看见月亮。小时候有一次夜晚，我在郊外和爸妈走散了，是月亮的光带我找到了爸妈。不要觉得这个故事荒谬可笑。”说这话的人自己都笑了，江槐捋了把头发，继续道，“后来我妈妈和我说，月亮孤独又冷傲，它悬挂在天上，只有它既能发光，又能照亮旅人前行的路。她问我以后想不想成为这样的人。”

常夏没有看他，而是望着海上已经凝成一点的漂流瓶，思绪早已飘到去年，江槐在领奖后的那一番简短的发言。

心向远方自明朗，不惧岁月更迭长。

他不仅自己上进，也想拉别人一把。他夺目耀眼，也把光亮带给了许多人。他总是充满朝气，浑身散发着积极的正能量。他向往月亮，殊不知自己在不知不觉中已然成了它。

玉兔奔月，她曾在便利贴上写过的四个字。

别人都喜欢追逐太阳，可她偏要做特殊的那一个，她要去奔向独一无二的明月。

“月亮那么美好，会有人朝他而来的。”常夏轻声嘀咕着。

快十点时，常夏回到了家。校服染上了烧烤的味道，她脱掉后快速洗了个热水澡，又把衣服扔进洗衣机里，倒了点橘子味的洗衣液，味道虽然和江槐身上的不太一样，但总归是橘子味的。

常夏抱着手机上床躺了会儿，放空大脑，想到了江槐在海边说的话。常夏心血来潮，点开论坛，找到了和江槐的私信。她的账号只加了段柔一个，只私信了江槐一人，其余的地方空空如也，连主页的自我介绍都没有。江槐可能加的人不多，但每天私信他的人绝对爆满。

常夏输入了一行字，又觉得不好，删删改改，磨了五分钟才确定。她点击发送，过了几秒，显示发送成功。

玉兔：今晚的月亮好明亮，你看见了吗？

一分钟后，聊天框里弹出了江槐的回复：嗯。

好冷淡。

江槐把手机放在桌面上，盯着这个账号名出神，“玉兔”？和小黑猫的名字一模一样，真是巧了。他平常不怎么在论坛上和陌生人聊天，但这个账号问的问题是关于月亮，而不是围绕着他本人的，着实勾起了他的兴趣。两人上一次的对话停留在半年前，时隔半年再次找上他，让江槐都开始怀疑对方是不是学校论坛的智能账号，纯把他当成一个解闷工具。

常夏对着手机屏幕，在输入框敲出自己的心里话，是那句她在海边时，小声说的话：你说，月亮会不会有一天向我奔来？

借物喻人是写作中常用的修辞手法，但常夏又怕江槐发现使用这个账号的人是自己，犹豫了半天，最后还是硬着头皮选择了发送。

江槐秒回了一个问号……好尴尬。

常夏嘴角抽了抽，把手机关机放在一旁，闷在被子里吐槽了一百遍。

江槐等了好一会儿对方都没有再发信息过来，干脆退出论坛，随手拍了几张小黑猫趴在他腿上的照片，打开微信，把照片发给常夏。

连着好几条消息的振动让常夏回过神来，她心想，这么晚了谁还会给她发消息？还是掀开被子，点开了微信，看到置顶的红点后，她瞬间睁大眼睛。一共七条消息，六张是图片。

月亮：胖了。

CX：好可爱。

江槐又发了几个视频，常夏逐一浏览。视频里的少年只露出半截手臂，骨节分明的手握住逗猫棒，一上一下地逗小猫玩。

月亮：胖了跳不起来。

CX：给它买台跑步机。

月亮：有趣。

江槐没有再发，常夏也不再打扰。她心满意足地闭上眼，做着好梦睡去。

凌晨的医院急诊依旧人多，有老人带小孩的，小孩哭着喊爸妈的，刷卡机嘀嘀地响的，还有鞋子摩擦地板发出的刺耳的声音。相反，四楼的肿瘤科病房如死一般沉寂。陆希澈垂头坐在折叠椅上，默默背诵着英语单词。

病床上的人微微一动，连带着输液的管子也晃动了一下。陆希澈抬头，发现陆星幕睁着眼看向他。她脸色惨白，相当虚弱。

“怎么没睡？”陆希澈压低声音问。

陆星幕的语气里听不出什么情绪：“哥哥，我睡不着。”

“为什么睡不着？”陆希澈把英语课本放下，起身摸了摸她的头。

“我想回家了。”陆星幕闷闷道，“我好想像别人那样去学校上学，去游乐园玩旋转木马，在下雨天踩水坑，交好多好多的朋友。”

陆希澈抚摸她的动作没停，抿着唇不说话。

“但是，应该没可能了。”陆星幕自言自语。

都说人离死亡最近时会有所察觉，像是回光返照。陆星幕还小，不懂得这是什么意思，她只是睡饱了，想和哥哥聊天。

陆希澈依旧默不作声。

陆星幕的情况他一清二楚，疾病命中注定一般落在她身上，谁也无力更改。老天真是残忍，把一个活泼爱笑的小女孩硬生生折磨成这样。他亲眼看着她日复一日变得死气沉沉，再也开心不起来。

陆希澈的眼泪在眼眶里打转，陆星幕忽然说："哥哥，你上次带给我的大白兔奶糖是从哪里来的呀？"她哥哥从来不会买糖，因为他不喜欢吃，她就也不提。那颗大白兔奶糖包裹着一层糯米纸，甜甜的，陆星幕是第一次吃。

"一个……朋友。"陆希澈说。

"是谁呀？"陆星幕问。

陆希澈抓了一把头发："说了你也不知道。"

陆星幕眨了眨眼："那我猜猜呀。是那天在公交站台看见的漂亮姐姐吗？"陆星幕记得非常清楚，那是她见过最漂亮的女孩子。

陆希澈没想到陆星幕对这件事还有印象。他愣了愣，轻轻地点了一下头。

"漂亮姐姐的学习成绩是不是很好呀，所以哥哥现在也开始发奋图强了。"

陆希澈每天都来看她，手里总是拿着课本翻看，记笔记。只要她不动不说话，他就一直埋头学习。有一次，陆星幕故意不发出任何动静，偷偷睁开眼睛看他。见他皱着眉头，拿笔戳着下巴，用力地思考。他的校服都没来得及换掉，认真的模样反常极了。她知道，哥哥以前是不怎么上进的。

陆希澈想到开学考，常夏和江槐并列第一，多耀眼的成绩，而自己只能在后面追赶。他想，如果没有常夏鼓励的小纸条，他或许早就退学出来打工了。

"为了前途而努力。"陆希澈说。

陆星幕露出一个浅浅的笑容："哥哥，你一定很想和那位漂亮姐姐当好朋友吧。"

陆希澈一怔，嘴硬道："小孩子别胡说八道。"

"我没有。"陆星幕说，"我看见你的手机壁纸了。"

陆希澈再次一怔。他的手机壁纸是接力赛那天周存青帮他拍的，陆星幕眼尖，一眼就看出了重点。陆希澈微不可察地吸了口气，假装训斥道："小孩子懂什么？"

"我懂得可多了，以前哥哥给我讲了很多睡前故事。"小孩子表达得不准确，但也差不多，可惜……

"行了。"陆希澈催她，"快睡觉吧，梦里还有很多童话故事等着你。"

陆星幕摇着头，不肯闭眼，她嘟囔着："下辈子我也想成为童话故事里的公主，还要带上哥哥你一起。"

陆希澈不知道她今晚为什么和他聊这么多，有些疑虑，却无处寻觅，于是哼笑道："我可不做公主。"

"我知道。"陆星幕撇撇嘴，"我的意思是童话故事太美好啦，我们下辈子可以少受些苦，可以快快乐乐地长大。"

寂静了一秒，两秒，三秒，陆希澈握住她的小手，莫名红了眼说："好。"

"哥哥别哭哦，星幕一直都很坚强的。"话是这样说，可陆星幕自己都在抽泣。

她是年纪小没错，但不是什么都不懂。她知道自己能做前几次化疗都是因为哥哥出去打工赚够了钱；她知道，哥哥每天一放学就来医院陪她，等到第二天清晨才匆匆赶回家，洗漱一番又赶往学校。

他们家在一个破旧的居民楼里，哥哥省吃俭用，总把最好的留给她。她的房间里摆着精致的洋娃娃，衣柜里有漂亮衣裙，而哥哥穿来穿去都只有那两三件衣服。他吃的东西很简单，却总会轻声细语地告诉她，点心准备好了，吃的时候小心点。

他们从前的生活过得很紧巴。她曾问哥哥，为什么要取"星幕"二字给她当名字。陆希澈说："星星在夜幕中璀璨耀眼，你在哥哥这里也是。"

他那样好，为什么生活要这么对他？甚至自己也会伤他的心。好烦，为什么他们的命运如此不堪？陆星幕从小就在想这个问题。

"哥哥，化疗好疼。"

"嗯，哥哥知道。"

陆星幕的眼泪从毫无血色的脸颊上滑落，滴到了陆希澈的手背上："我不想再去了。"

"好。"星幕以后不会再痛苦了。

"我还想留长头发，要哥哥替我扎麻花辫。"

"好。"

"我明天想吃大白兔奶糖。"

"好。"

现在，陆星幕说什么他都会答应她。陆希澈只希望今天凌晨，陆星幕只是想找他聊天而已，他不愿去想另外的可能。

"哥哥，我听说，人死后会变成一只蝴蝶。"陆星幕没问真假。

放在膝盖上的英语课本掉落在地，陆希澈没有去捡，透过妹妹没有星光的眼眸，难以置信地听着她继续说，他大概猜到她为什么睡不着了。

陆星幕继续说："蝴蝶飞呀飞，是不是就会停留在哥哥的肩上？"

她这会儿开始昏昏欲睡了。生命早就走到了尽头，她撑着，只是想把以前没说过的话全部说出来。

陆希澈喉咙干涩，发不出声音。

"哥哥别再那么辛苦啦。"陆星幕露出一排小牙齿，对着他勉强一笑，"我困啦，先睡咯，晚安，哥哥。"

晚安，哥哥，如果上天眷顾的话，我们下辈子还会再见的。希望下辈子我们出生在一个幸福美满的家庭，我可以整天当你的小尾巴，我们会拥有很多的爱意与朋友。

陆星幕盯了他好久，在脑海里把他的模样描绘了一遍，然后缓缓闭上眼。

陆希澈知道，再也不会有一双亮如星辰的眼睛笑着望他，嘴里喊着"哥哥"了。

陆星幕去世了，在凌晨，夜深人静的时刻，她终于解脱，去到一个没有痛苦的世界。

这个结果陆希澈其实早就料到了，可他还是抱有希望，希望最后会有转机。可惜，命运从不会眷顾他。这世界上，最后一个与他有血缘关系的人，还是离开了他。

遗体火化后，陆希澈抱着装有陆星幕骨灰的小罐子，为她立了一块墓碑。

陆星幕生前吃了太多苦头，所以他买了各式各样的糖果放在她墓前；陆星幕生前没有朋友，所以他在墓碑旁种了几株小花，这样一来，尽管她长眠于此，也不会再感到孤独。

天空湛蓝，南榆市春暖花开，偶尔有几只飞鸟掠过，停在枝头，叽叽喳喳地叫个不停。

陆希澈回到医院，在交完全部的住院费，准备离开时，被一个声音叫住了，陆希澈看到来人是平常负责照看陆星幕的护士，微愣了一下，点了点头。

“这是在她枕头下找到的东西。”她把东西递给他后又说了句，“节哀。”

这是一张被折起来的白纸，上面的字迹歪歪扭扭，有几个字还用了拼音代替。

虽然哥哥是说 Huang 精，总爱 Pian 我不会再有下一次化疗，但他还是全世界最好的哥哥。

哥哥要长命百岁。

陆希澈看完泪如泉涌，他掩面站在医院一楼走廊的中间，浑身颤抖，白纸的一角被他的泪水浸湿。

大片大片的阳光洋洋洒洒地照在医院的大门口，陆希澈孤零零地站在原地，不知所措地看向前方。和他年纪相仿的男生肩头坐着个扎着双麻花辫的小女孩，她一手拿着棒棒糖，一手挥舞着洋娃娃，动来动去，稚嫩的声音里满是欢喜。

“我终于出院了！”

男生弯起眼睛一笑，抬手抓住她乱晃的小腿：“走啦，回家。”

他们迎着朝阳，毫不留恋地离开这里，去迎接他们的新生。

陆希澈收回视线，将白纸折好，放进兜里，走向了和他们相反的方向。那里没有光，只有一个出口。

嘈杂的声音渐渐从他耳边消失，风刮得他的脸生疼。陆希澈这才发觉自己这副模样有多狼狈。

看完纸条，他心里的最后一根弦也断了。

原来，春天这样一个生机勃勃的季节，也会对一个人如此残忍。

三月中旬，南榆七中刚结束一模。成绩单一张贴出来就引起了热议，论坛上更是讨论得热火朝天。

△我的天，陆希澈这次英语居然考了90分！我记得他以前都考三十多分的。

△真的假的！不会是抄同学的吧。

△楼上的是傻子吗？考场上有两个监控，监考老师也在场，想作弊都难，你又不是没在考场。

△可惜了，就英语提了分，其他的科目还是惨不忍睹。

△还有时间嘛。

段柔低头翻看着评论，没忍住道：“陆希澈？有点厉害啊。”

“功夫不负有心人。”常夏点头说道。

前几天她在楼梯口碰见陆希澈，他剪了个寸头，露出饱满的额头，相比于之前的清冷痞帅，现在的他流露出一种不属于这个年纪的哀愁。他双眼浮肿，变了许多，不再是以前那个想笑就笑的男生了。

“你……”常夏欲言又止。

“星幕她……她上个星期去世了。”

常夏瞪大眼睛，踉跄了一下，道：“你还好吗？”这太突然了，对陆希澈的打击也太大了。那个漂亮又顽强的小女孩，就这样再也无法出现了。

陆希澈和常夏讲了陆星幕的病情，她听完后才知道原来事情从一开始就无法挽回了。

“她说大白兔奶糖很好吃。”陆希澈说。

“那……你下回替我多带点给她吧。”常夏叹息道。

陆希澈说了句“好”。

人死不能复生，常夏只能劝陆希澈节哀。

陆希澈的状态恢复得一般，但他还是在一模里取得了很大进步。他真的有在好好努力，这一点所有人都看在眼里。

这天，上完数学课后理科 A 班终于迎来了一节久违的体育课。

前一节课刚下，祁温言就拉上江槐和程嘉然下去打球放松，段柔有点拉肚子，一时半会儿还出不来。班上的人基本已经走光，只剩下余晓远和常夏。

常夏收拾好桌面，拉开书包想把手机放好时，垂眸看见夹层里还剩下一根棒棒糖没有送出去。她轻咬下唇，将它拿出来，刚好江槐不在，要不就赶紧送出去吧。常夏一边想着一边起身，挪到江槐的座位旁，手还没伸到里面，余晓远就透过窗户喊：“夏夏，我们一起走吧！”

常夏手一顿，磕磕绊绊道：“哦……哦，来了。”她没来得及放到最里面，棒棒糖躺在抽屉外沿。

常夏走出几步路，懊恼地回头看了一眼，这也……太明显了吧。

“看什么呢？走啦，再不走就要迟到了，我可不想被罚做五圈蛙跳。”余晓远说。

常夏在心里衡量了下，好吧，还是蛙跳更恐怖点，于是她抓住余晓远的手腕，以百米冲刺的速度赶到了操场。

体育课下课，常夏迅速返回教室，她原本打算把棒棒糖往里推一点，谁知，段柔正坐在座位上，目不转睛地盯着她。

段柔挑眉：“冲上来的？”她看常夏一副半死不活的样子。

常夏放弃挣扎，只好道："口渴，上来喝水。"

段柔"哦"了一声，就开始在她耳旁叽叽喳喳地讲话："以后早餐还是得吃点干净卫生的，我再也不会被路边摊诱惑了，害得我拉了一节课，肚子到现在还隐隐作痛。"

常夏正要回应，就听见教室外面传来对话的声音。

"阿槐的球技还是那么好。"

"他能打爆你。"

"你们两个，是该多练练了。"

"哈哈哈。"

常夏对上江槐的目光，他的头发湿哒哒地贴在额前，眼睛很明亮。

"阿槐，谁又给你放你爱吃的糖了？"祁温言眼尖，惊呼道。

常夏收回视线，转头拿出背诵提纲开始漫不经心地看着，她的眼睛落到了文字上，心里却在想着另一件事情。

江槐回到座位上，祁温言又说道："居然没有署名，有趣。"

原来如此，怪不得江槐没有送还这些糖。

江槐喝了口水，淡淡道："你还挺关注我的啊。"

祁温言摆手说道："哪里的话，我想看不见都难吧。"

程嘉然在旁边笑得直不起腰来："既然这样，我现在有点低血糖，你不吃就给我。"他摊开手，向江槐索要。江槐反手拿了块巧克力给他。

程嘉然挑眉，意外地看着他："这么不乐意？"

江槐不置可否："人家给了我就归我了，哪有拱手让出的道理。"他的语气里带点傲娇，拿过棒棒糖往书包里一扔，哼着小调儿，心情很好的样子。

其实江槐对这根棒棒糖更多的是好奇，究竟是谁三番两次的给他送东西，还不留名字？

"好好好，你的，你的。"祁温言不争不抢，他拿起桌上的巧克力，还故意在程嘉然眼前晃了几圈，"反正我有零食可以吃。"

只有程嘉然受伤的世界达成了。

“夏夏，你很热吗？”段柔侧头，发现常夏脸上显出了不正常的红晕。

常夏“啊”了一声，抬手遮住脸，才发觉烫得要死：“嗯……有点，过一会儿就好了。”

几秒后，头顶有凉风吹过，她抬头，发现是江槐开了风扇，脸上的温度很快降了下去。

一模过去后是四月份。梧桐树的枝丫上已长满绿叶。微风吹过脸庞时，已然有了夏天的味道。

常夏抱着英语书从吴熙汀的办公室走出来，刚才英语课上她有道语法选择题没听懂，一下课就去了办公室，这会儿还没上课，她避开那些追逐打闹的同学，往教室走去。

阳光明媚，走廊一片金黄。她绕过拐角，忽然听到了什么声音，抬头循声看去。理科 A 班的教室里，程嘉然手里握着不知从哪儿来的竹蜻蜓，刚要放飞就被祁温言抢过，他嬉笑着说：“你这手摆得不对，应该这样。”说着他的手一搓，竹蜻蜓不但没飞起来，还打到了他的脸。

江槐笑了笑，把竹蜻蜓要了过去，他用掌心贴着棒子，手抬高轻轻一转，竹蜻蜓顺势升起，又被穿堂风带偏了方向。

“这样才对。”江槐说。

程嘉然耸肩嘴硬：“太久没玩，手生了。”

“我只是没做好准备。”祁温言撇撇嘴。

竹蜻蜓落在常夏脚边，她刚要捡起，一只白皙纤细的手先她一步将其拾起，段柔起身，勾着常夏的肩膀朝他们三人走去：“有好东西玩不分享？”

祁温言看见段柔，立刻道：“这不是你不在嘛。”

段柔轻哼了一声，问：“学校附近开了家麻辣烫店，全场七折，要不要去吃？”

到了冲刺阶段，用脑过度成了日常，就很容易饿，所以最近他们经常放学后约饭，尝试不同的东西，当然，也仅限这个月，毕竟后面都要换成清淡的饮食，把肠胃调理好，以防在高考时出什么差错。

祁温言第一个说去，程嘉然跟票，江槐无所谓，只剩下常夏没表态。

“怎么样夏夏，你去不去？”段柔追问。

常夏摇摇头，说：“我答应了爸爸今晚回家和他吃饭。”

常光旻工作上出了些意外状况，导致他昨天才回来，常夏已经好久没和他吃过一顿饭了。

段柔一听，随即道：“那你陪常叔叔吧，我下次再请你吃。”

常夏的家庭情况他们都知道，所以也不好多说什么。

“好。”常夏应道。

七点放学后，常夏回家，另外四个人背着书包步行到附近的麻辣烫店。

店的面积不大，好在有两层楼，店里的生意极为火爆，他们去时就只剩下楼上的一张桌子了。坐下后，段柔找来店员点单。

这家麻辣烫店刚开没多久，深受南榆七中学生的喜欢，店内也坐了不少穿着南榆七中校服的学生，大家相互看一眼，默契地收回视线。

程嘉然无聊地刷着手机，不一会儿就看到了一条最新论坛帖子。标题是“偶遇”，配了一张他们四人的照片。

△帅哥美女都在哪家店啊？改天我去尝尝。

△看店里的装潢，应该是学校附近新开的那家麻辣烫店。

△羡慕偶遇，南榆七中太大了，我一星期也没碰着一次。

麻辣烫上齐后，程嘉然给大家看了一下这条论坛帖，祁温言看完后，还在下面评论了一句：不仅如此，还有学生会会长的贴心服务。

程嘉然看到，扭头瞪了他一眼。

祁温言开始嗦着麻辣烫里的粉丝，余光看见段柔一直低着头，没动筷子，不知道在做什么，问道："怎么不吃？"

段柔托着脸说："我在翻论坛评论。"

祁温言好奇道："哪条？"

"江槐发新年好那条。"

这都是两个月以前的事了，祁温言想。

被点名的江槐手中的动作一停，不明所以地问："你翻评论干什么？"都是花里胡哨的祝福，他懒得一个个翻看。

"刚看到个截图，说有两万多条评论，有不少外校的学生，我看看都有哪些是。江槐，你挺出名啊。"两万多条评论，足足有南榆七中两倍的人数，已经是破纪录了。

江槐但笑不语。

段柔翻到第九千九百九十九楼，全是新年祝福，没什么新鲜的东西，她正打算退出，视线锁定在一条"月亮，新年好！"的评论上。段柔眨了眨眼，看见自己给这个账号的备注后有一瞬间没反应过来。她缓缓抬眼，看向在座的另外三人问道："你们有加常夏的论坛账号吗？"

程嘉然茫然，反问道："常夏有论坛账号？"他压根不知道。

祁温言问："你有？"

段柔说："她刚注册的第一天我就加了。"她又看了一眼江槐，江槐摇头，表示没有加。

段柔把自己的手机推给他："夏夏有在你的论坛下评论，我还是第一次看见有人这样称呼你。"

江槐呆若木鸡。拿过手机一看，月亮？是因为那天他们在海边的对话，所以她才用了这个称呼吗？点进常夏的论坛账号，江槐的大脑瞬间一片空白，瞳孔微微一缩，难以置信地又看了一眼，是玉兔，没错。江槐打开自己的手机，翻到和她的聊天框对比确认。常夏从去年的九月底就开始找他聊月亮。可为什么没说明呢？江槐皱起眉毛。他不禁开始回想自己和常夏的交流——

江同学，我很好奇，你的论坛昵称为什么叫“月亮”？

纯净，美好，令人向往。

“看见星星了吗？”

“没看见。”

“那你再找找月亮？”

“怎么样，好看吗？”

“月亮……一直都很好看。”

“要不你给它取个名字？”

“叫玉兔吧，玉兔和月亮正好做个伴。”

“月亮那么美好，会有人朝他而来的。”

今晚的月亮好明亮，你看见了吗？

嗯。

你说，月亮会不会有一天向我奔来？

想到这儿，江槐深吸了一口气。原来如此，原来如此。他把手机还给段柔，没有加常夏的论坛账号，担心她感觉尴尬，而祁温言和程嘉然则果断地添加了她为好友。

常夏的论坛账号里弹出两个好友申请。她点进去一看，发现是祁温言和程嘉然。他们是顺藤摸瓜找到的还是找段柔要的？他们现在不是在一起吃饭吗？这么巧同时加她……江槐不会也知道了她的论坛账号了吧？常夏咽了咽口水，眉头微微皱起。

“别皱眉，会变丑的。”常光旻坐在沙发上，提醒了一句。

常夏整个人陷在沙发里，舒展了一下眉头。

“怎么，冲刺阶段压力大啊？回家就别想东想西的，休息好才是关键。”常光旻啃了口苹果，优哉游哉道。

这位著名建筑师可随心所欲了，有关于建筑设计的工作他想接就接，不接就拒绝，没人奈何得了他。他说，奔波了半辈子，下半辈子要让自己过得自在些。何况他并不缺钱，存款把常夏养到六七十岁都够。

常夏笑他懒，却又觉得这种生活也不错。

她与常光旻的相处，更像是挚友，而不是父女。

常夏不再去想论坛账号的事，揉了揉眼，起身说了一句："我去睡了。"

常光旻点头，说："好梦。"

月光昏暗，星星稀疏，医院的病房里很安静。

周母用热毛巾帮周存青擦了擦手，轻声说道："我今天做了你爱吃的糖醋排骨，好歹吃点。"她说着把餐盒拿了出来。

周存青这几天食欲不振，下巴明显尖了些，往常那双含笑的眼睛暗淡下来，整个人没什么精气神。他不是想绝食，而是真的没胃口吃东西。

"以后煮点粥就行，你腿脚不便，在厨房站久了会累，别操心我。"周存青这样说着，又不想拂了母亲的心意，硬着头皮吃了几口，最后小声说，"还是儿时的味道。"

周母名林羡，四十多岁已是半头白发。她为儿子的先天性心脏病奔波数年，没有一刻停歇。林羡很累，但她从来不说，她总是强撑着笑容，想把自己最好的一面留给儿子。她也会哭泣，但从来不在周存青面前流泪。

林羡看他吃得这么少，心像是被揪住一样疼："小青，再多吃点吧。"

周存青摇头，闭了闭眼，又睁开，看见林羡抬手触碰眼角，用指尖把一滴泪悄悄刮走。周存青别开目光，鼻头酸涩。

"希澈这孩子每天都来，碰上你在睡觉，他不想打扰你，在这儿待了几分钟就走了。这孩子现在剪了个寸头，变得更英俊利落了，说是要从头开始。”林羡跟周存青说着陆希澈的近况。

周存青知道这事，陆希澈常来看他，他也知道陆星幕已经离开了这痛苦的人间，去到了无拘无束的世界。他想，自己在不久后也会这样。他想起了陆希澈和他提过的约定。

“周存青，我会努力学习，考上理想的大学，你最好活到我成功的那一天。”

第一次他说一言为定，第二次他没有说话。陆希澈只当他是默认了，等他走后，周存青才无奈地笑了笑。

他望着天花板，淡淡道：“妈，人的生命到了尽头，哪还能走回原来的路，你没必要再把钱花在我身上了。”

林羡答非所问：“我今天去墓园看你爸了。”

周存青的睫毛微微一颤。

“他那里环境很好，陪着他的人有很多，我似乎能听见大雁替他给我传的话，他希望你好好活着，不用去陪他，我说好，小青一定会好好活着的。”

周存青勉强弯唇，说：“我自己的情况自己还不知道吗？”林羡这番话何尝不是在骗自己呢？

从他得知自己有先天性心脏病且很难活过十八岁之后，他就明白了自己只是人间的过客，一来一去都耗费不了他太多的时间。好像这样也不错，他一开始就是这么想的。

可是后来遇见了叶穗，于是他收起了这样的心思，开始想要努力活下去。可活下去太难太难，他的能量有限，擦不出太大的火花，只能在努力和颓废中反复挣扎，救不了自己。

原来，被病魔缠身却想要活下去的人会活得这样艰难。周存青在意识到这一点的那一刻苦笑一声，眼角笑出了泪花，他无奈，只能选择离开。

转学后，周存青没想到自己还能再收获这样一个朋友，一个懂得彼此的人，他和陆希澈成为朋友是必然的，周存青心想，他们很像，即便面对苦难，依旧乐意对别人展露笑颜。

起初有人拿陆希澈倒数的成绩来取笑他，他不以为意，跟着大家一起大笑，以此来掩饰自己难过的情绪。周存青也一样，不顾性命安危也要驰骋球场，输了被人奚落，赢了被人说耍伎俩，但他从来都是笑着面对，接受所有的恶语。

两人也因此相识，成了知己，挺好的，周存青满心欢喜，但并没有打消悲观的活法。

但这种状态又是从什么时候开始慢慢变化的呢？是陆希澈发现他有先天性心脏病的那一天，他们吵了一架，具体吵了什么，周存青已经记不太清了。他只记得，陆希澈和他说了一句让他心头一震的话。

“我真的把你当兄弟了，你要好好活下去。”

这是陆希澈和他说过最正经的话，因为陆希澈太知道一个重要的人的离去对另一个人来说打击有多大，这是他的亲身经历告诉他的。

思及此，周存青的眼眶积聚了越来越多的泪水，仿佛在下一秒就会滚滚而出。

“小青，好好活着。”

“周存青，好好活下去。”

他再也忍不住了，心中思绪万千，胸膛不断地起伏。

“妈，原来活着是件这么难的事。”起码对于他来说，一天比一天生不如死，“你为我操劳了大半辈子，以后自由点，就算是替我自由点，放弃我吧。”

林羡一听，激动地道：“小青，你在说什么呢！妈怎么可能放弃你，你是我的孩子啊！”

“但就是因为我是你的孩子，我才不想看见你为了我东奔西跑，这么辛苦的样子！”周存青任由眼泪浸湿病服，“我不希望自己是个累赘，希望我的母亲不要再过这样的生活，你别为了我一个将死之人而耗尽心血。”

“可是妈……妈也只有小青了，我只要小青健康、开心，这比什么都重要。”

医院的电子钟到了整点开始播报，整间病房安静了下来。

周存青“嗯”了一声，极力忍住哭腔说道：“最后的时间里，你什么都不用管，什么都不要做，你好好陪在我身旁，我就会很开心了。”周存青不知道自己是怎么说出这番话的。他不甘心却又无能为力，他眼神空洞地望向仪器上自己的心率。

良久，林羡颤着声说：“你还有个朋友，在我们的家乡临城，你不回去了吗？”

周存青忽而笑了笑，泪珠滑进他的嘴角：“妈，她说我是骗子，我认了。”他骗了他们，也骗了自己。

“小青怎么会是骗子。”林羡从不在周存青面前流泪，这次却破例了。

周存青摇摇头，不再解释，他把脸侧到一边，说：“妈，我累了。”

林羡抹着眼泪，起身帮他整理好被子：“好，你睡，妈在一旁守着你。”

周存青没再说话，他合上眼睛，脑海里不断浮现许多往事。他的手藏在被子里，偷偷地，紧紧地攥着一个东西。

第十一章

振心跳·赴高考·喜欢你

二模考完，又过了一个星期，就到了四月底。夏天来临，同学们都已经换上了清凉的短袖。

学校旁边开了一家小卖部，名叫“解忧”，里面卖的东西杂七杂八，什么稀奇古怪的东西都有，不管是哪个年级的学生都不会空着手从里面出来。

教室里，程嘉然坐在座位上，正和江槐说着这事：“一会儿放学，我和祁温言、段柔一起去‘解忧’买东西，你要不要一起？”程嘉然也向常夏发出邀请，“你呢，来不来？”

常夏说：“我要找老师问问题。”

江槐说：“做值日。”

“行。”程嘉然摊手，“那有什么要买的吗？我们帮你们带点回来。”两人说没有。

下课铃响起，他们三个背起书包就跑，程嘉然冲在前头，一眨眼就没了影，甚至还能听见走廊上的脚步回声。

“程嘉然！你堂堂学生会会长，怎么一点带头作用都没有！”祁温言嘲笑他。

程嘉然道："我这也是另一种带头作用。"

段柔就笑起来。

常夏不明所以，下意识地回头问江槐："程嘉然跑这么快干什么？"

江槐笑道："'解忧'人多，里面又刚好有他喜欢的歌手的限定唱片，他怕晚去一会儿就被抢没了。"

常夏恍然大悟，正想转回身整理等下要去找老师问的题目，看见江槐从书包里拿出了一根棒棒糖，慢条斯理地拆开包装，把糖放进嘴里叼着，然后起身去后门拿了一把扫帚开始做值日。

不对劲，很不对劲。常夏觉得江槐这个星期非常奇怪。不知道是不是自己过于敏感，总觉得江槐在她面前吃棒棒糖的频率变高了。常夏抿着唇，低头笑了笑，心像窗沿挂着的风铃，风一吹就叮当作响，久久不能平复。

江槐打扫卫生的间隙，看见常夏抱着笔记走出后门，往办公室的方向走去。糖的甜味在舌尖蔓延，两个梨涡挂在唇角两边，不知道的人还以为他学傻了，做个值日都那么开心。

天色逐渐暗下来，教室里只剩下了江槐一个人。没过一会儿，常夏问完题回来，发现教室还亮着灯，她先在后门探头看了一眼里面，发现江槐正戴着耳机，背靠着椅子，翻着一本书。

常夏轻手轻脚地走向座位，不想打扰他，但夹在书页上的笔却像是在跟她作对，"啪嗒"一声掉落在地，江槐回头，撞上了常夏的目光。他摘下半边耳机，笑着说："你回来了？"

常夏表情一凝，江槐这是在等她吗？

"我在等你。"江槐合上书，看着她说。

"你在等我？"常夏的脸迅速染上一层薄薄的绯红，她重复了一遍。

江槐觉得好笑，说："嗯，有事和你说。"

该不会是要和她聊论坛账号的事吧，都过了一个多月了，他还记得呢？然而并不是。

“二模成绩出了，你知道吧。”江槐的声音响起。

这个啊，常夏悬着的心放下了。

这次二模，她除了数学，其余的科目都有所上升。数学是她的弱势科目，每次分数都很难突破130分。这次二模更是连120分都没达到，再这样下去，南华大学这个目标只会离她越来越远。

常夏点点头，又听江槐说道：“我在老师那边看到了你的数学答题卡，基础很扎实，但答题不够灵活，这才拉低了你的正确率。”常夏认真地听着江槐分析自己在数学上的问题，没想到他下一句居然是，“你要是不介意的话，我可以帮你补习数学。三模一定帮你把数学提到130分以上。”江槐语气很认真，常夏的基础很好，找对方法很容易就能得到提升。

常夏听到这话，受宠若惊地看着他。江槐的数学就没有低于140分过，如果江槐帮她补习数学，没准儿真能提高她的数学成绩。但常夏心中还是有些忐忑，她在不知所措的时候就会习惯性地用手指捏衣摆。常夏不确定地问：“会不会太麻烦你了？”她怕自己会干扰到江槐的复习进度。

江槐笑道：“不会。”

常夏不太好意思，但他的态度看起来也不像是在开玩笑，于是她轻声说：“那我需要给你点什么作为报答吗？比如学费？”

江槐散漫地说：“不用。”顿了顿，他似是想到了什么，改口道，“再说吧。”

“好。”

这事就这样定了下来。

江槐把第一次补习的时间定在了周六下午，地点在乌衣巷的一家咖啡厅。他做事注重效率，提前花了一天时间把高中三年的数学知识点列了五大张纸，还找了近几年的高考例题，准备先让常夏做一遍。然后带着这份材料，提前来到咖啡厅。

他今天穿了件潮款白T恤，搭配黑色长裤，柔软的碎发垂在额前，白净的脸上没有一丝瑕疵，鼻梁高挺，嘴角挂着若有若无的笑意，是那种让人眼前一亮的长相。

服务员看他模样年轻，上前道："这位同学，我看你坐了蛮久的了，要不要点些东西？"

江槐沉默了几秒，说道："要一杯冰咖啡和一杯热巧吧。"

"好嘞。"

服务员离开后，安静的咖啡厅里响起了"欢迎光临"的声音。

江槐的位置正好面对着门口，他一抬头，就看到常夏背着白色书包急匆匆地向他跑来。少女白皙的脸蛋上浮起红晕，杏眼澄澈，她穿着一件浅绿色的过膝连衣裙，搭配了白筒袜和皮鞋，干净素雅，明媚乖巧，又带了几分元气。

"抱歉，我来晚了。"常夏大口大口地喘气。

她准备出发的时候接到了叶穗的电话。叶穗从开学初就没再联系她了，今天这一通电话八成是想找自己问问周存青的事。

常夏在学校的时候没有特意去找过陆希澈，大多时候都是在理科部走廊偶然碰见的时候，打完招呼，顺便问一下周存青，陆希澈像是已经习惯了她这番操作，也不多问什么。他现在不怎么爱笑了，但还是会在回答她时弯起嘴角："他啊，最近上课老犯困，在老师办公室呢。"

"他啊，这几天都请假了，发热没来。"

"他啊，被人叫去打球了。"

"他啊，在教室里跟人聊天呢。"

"他啊，帮我去交语文作业了。"

常夏只能从他口中听到一点周存青的事，消息有几分真几分假她不确定。文理分部离得远，她从开学初就没再见到过周存青。常夏对陆希澈很信任，他和周存青是好兄弟，陆希澈也没有理由骗自己。

常夏有想过去文科C班瞧上一眼，好给叶穗一个交代。但冲刺阶段学业紧张，她每天能抽空去趟厕所都已经是一件艰难的事了，更别说跨越一条长廊去文科C班了，更何况，她不认识周存青，且已经从陆希澈口中得知了一点消息。所以，常夏如实地将自己知道的和叶穗分享。

叶穗兴致勃勃地在常夏耳边说着老生常谈的话："等我高考完就提着大刀去南榆揍他！"揍他这个骗子。

因为这通电话，常夏在家耽误了好一会儿，这才出门晚了。常夏满脸愧疚地又说了一句："抱歉啊，让你久等了。"

江槐不想让她感到自责，说道："没事，我也刚来几分钟而已。"

服务员过来送饮品，看了男生一眼，说："请两位慢用。"

江槐淡淡地"嗯"了一声。

常夏落座，江槐扬了扬下巴，让她先选，常夏选了热巧克力。

江槐拿过冰咖啡，看她脸色缓和了不少后，才开口道："你先看看我列的知识点，不会的圈出来，我再给你深入梳理。"

常夏低头道："好。"

半小时后，常夏把知识点递给江槐，他大致浏览了一遍就摸清了她的弱点，然后问道："你带了高中三年全部的数学书了吗？"一轮复习，回归课本是很有必要的。

常夏点头："带了。"语毕就从书包里把课本和资料都拿了出来。

江槐接过，轻声说："你先准备一下，一会儿我们开始梳理。"

常夏从头到尾都没敢和他对视，只当现在的江槐是老师，而自己是他的学生。"那我去上个洗手间。"

"嗯。"江槐也没抬头看她。

服务员为常夏指了洗手间的方向，她说过谢谢后径直走了过去。江槐仔细看了看她在书上做的笔记，非常详细，如果肯花时间去钻研每一条公式的推理与运用，她的大题得分率肯定能再上一个台阶。江槐思索了一会儿，很快列出了一套教学计划来。

圆桌上堆的书本较多，其中有一本数学书摆在江槐手肘旁，被他一不小心碰掉了，里面夹着的纸张和练习题滑出，他弯下腰去捡，无意间看见有张草稿纸的下方写着自己的名字。江槐蒙了一瞬，犹豫再三，手还是不受控制地拿起来看了看。

当他知道她的论坛账号是玉兔时，就有了一个小小的猜测。现在，他离真相又近了一步。

江槐将草稿纸抽出来，她的字体端正漂亮，字如其人，看得出一笔一画都十分认真。

江槐觉得常夏快回来了，看了几眼就将这张草稿纸收好放在了自己的书包里，没给她夹回去。常夏浑然不知这张带有秘密的草稿纸已被江槐看到，她回来时，看见江槐正心不在焉地盯着试题，连她晃手都没看见。

“江槐。”常夏叫他。

江槐用手托着脸，眼神重新聚焦，回过神来看她，然后心跳蓦然加快，耳根也因为燥热染上绯红，他迅速垂眸说：“嗯，开始吧。”

常夏和他面对面坐着，江槐耐着性子给她慢慢梳理：“这题是考查你是否掌握了恒成立求参数范围的方法。”

江槐讲得精细，每一个知识点都讲解得很到位，常夏认真做好笔记。

为了看清他指的地方，常夏和他并排而坐，江槐温热的气息洒在她的手背上，常夏没忍住抬头看了他一眼。江槐的睫毛根根分明，在自然的卧蚕上落下阴影，常夏看着看着渐渐走神。

“别看我，看题。”江槐察觉到她的视线，笑着说道。

常夏像只被人踩住了尾巴的小狗，慌张地别开目光，反驳道：“我只是看见你有根白头发。”

江槐弯唇，很不要脸地把脖子伸长，嘻嘻一笑：“那你帮我拔了吧，或许我真的老了。”他说得一本正经。

他的头发茂密柔顺，常夏没想到他会顺着自己的话说，努力憋住笑，又瞧了眼，才干巴巴道：“我好像看错了。”

这个回答在江槐的意料之内，他点头，仍是满脸笑意：“那就继续吧。”

“嗯。”

之后的几天，江槐每天都会抽出时间来帮她补习。碰上五一劳动节，他们也会约在咖啡厅继续上课。经过一段时间的梳理，常夏渐入佳境，她很聪明，只要别人稍微指点一下，就能看透每道大题所考察的知识点。

常夏本来还怕江槐帮自己补习会耽误他的复习进程，谁知时间管理大师江槐在她做题时就刷其他题，要讲题时绝不分心，不愧是常年霸占南榆七中年级第一这个位置的人，他强大且恣意，像夏天的风横冲直撞地闯入她的世界。

南华大学，她一定要和他一起上。

五月上旬，三模过后，常夏的数学成绩提高了将近 20 分，创下新高，考了 136 分。段柔知道后惊成了哑巴。

“逆天啊！你怎么做到的？”祁温言死缠烂打地追问常夏。

江槐直接替她说道：“我指点了下，是她聪明。”

祁温言大喊大叫：“好啊阿槐，怎么也不见你指点指点我！”

江槐说：“你不是有段柔帮你吗？”

祁温言说：“这性质不一样好吗？”

江槐无言以对。

祁温言话是这么说，但这次三模他和段柔都挤进了年级前五十，如果高考也能保持现有水平的话，被重点大学录取是轻而易举的事。

常夏对自己这次三模的数学成绩很满意，也很震惊，再怎么说这里也有江槐出的一份力，她打算好好感谢他一下。

晚上放学后，常夏故意收拾得慢了一点，想着人少才好问自己想问的。

“你们两个，谁最后走谁就记得关灯哦。”余晓远作为班长，尽职尽责地提醒。

两人点点头，气氛一时有些沉寂。

“你一会儿有空吗？”

“你等一下有事吗？”

江槐和常夏都愣了愣。

“没事。”

“有空。”

他们再次不约而同地回答。江槐“扑哧”一笑，常夏紧跟着笑了。

“你先说吧。”他道。

常夏说：“谢谢你帮我补习数学，让我的数学成绩有了明显的提高，我之前说会报答你，要不今晚请你出去吃个饭？”

江槐说：“原来我们想到一块儿去了。”他有自己的衡量，但还是假装思考了一下才继续说道，“吃饭太让你破费了，这样吧，你陪我去一趟‘解忧’。”

“解忧”？学校旁的小卖部？去那儿干什么？常夏搞不懂，但因为是她先提出要报答的，所以一切都由江槐说了算，于是说道：“好。”

天色渐晚，云层里的最后一丝霞光也被吞没。学生基本已经走光，下班高峰期也过了，道路上的车辆和行人变少，路灯把他们的影子拉得很长。

“解忧”小卖部在一颗巨大的榕树下，这会儿里面没人。

常夏跟在江槐旁边，疑惑地问：“我们去解忧买什么？”

江槐止不住笑道：“去了就知道了。”

神秘感拉满，常夏更好奇了。

“解忧”小卖部的老板是个女人，将近五十岁。小卖部门口摆着一块小黑板，上面贴着几张小孩子画的画，也写了这家小卖部的由来：我儿子小名叫解忧，他生前总是嚷嚷着要我开一家独属于他的小卖部，这样他就可以不用跑来跑去，想吃就拿零食，想喝就开汽水。可惜，解忧还没来得及拥有一家小卖部就出车祸去世了。为了纪念他，我为小卖部取名“解忧”，我想他也会希望每个踏入这里的人，都能一生都没有烦恼。”

平淡的文字总是很容易触动人心，原来这家小卖部是妈妈为已经逝去的儿子开的。

老板见有人光临，招呼道：“同学，要买点什么？”

常夏站在江槐旁边，听见他对老板说：“阿姨，您这儿有阿尔卑斯棒棒糖卖吗？”

老板点头：“有的，在货架左数第三排。”

“好，谢谢。”

这一瞬间，常夏的大脑一片空白，她看见江槐拿着一袋棒棒糖回来，付完款后走出小卖部，常夏愣愣地跟着他，搞不清楚他的意图。

他们走到一个路灯下，江槐忽然停住了脚步，叫她：“常夏。”

常夏一怔，问：“怎么了？”

江槐低笑一声，看着两人的影子，说：“其实，阿尔卑斯糖……我很喜欢吃。”只要看过江槐论坛账号的人都知道他喜欢吃这款糖，所以很多人会往他的抽屉里塞糖，“所以有段时间，我的抽屉里总会出现写了名字和班级的糖。”

常夏不知道他为什么要对自己说这话。

“不过上学期，我收到了几根特殊的棒棒糖，上面没有写名字和班级，而且总是塞到抽屉的最里面。第一次，我没有在意；第二次，我开始期待这个人还会不会送。”

江槐观察着她神情的变化，从迷茫到惊讶，从惊讶到努力掩饰。她好像很难在他这里藏住心思，那为何之前他一直没有察觉呢？江槐确定了，眼前的她，就是他找了很久的送糖人。

江槐继续道：“之后她隔三岔五就送一次，于是，我把这些棒棒糖保留了下来。”

一股热流涌上心头，常夏眨着眼却不敢回话。她之前一直以为江槐把它们送人了，心里还有些难过。今晚，江槐和她提起这件事，常夏心里五味杂陈。

江槐看着她，说："请你吃。"这次，换我送给你。

常夏的怀里被江槐塞了一大包阿尔卑斯棒棒糖。世界仿佛失去了所有声音，路灯的光晕为两人的发丝镀上了一层暖光。常夏愣了很久，最后轻声说了句"谢谢"。这突如其来的一出，不但没让常夏报答成功，反而还让江槐送了她一袋糖。

江槐送她回家的路上，和她说："你的报答成功了。"

常夏惊讶地望着他。

"陪我去小卖部买糖，就算报答了。"

常夏的脑子直到最后都是一片混沌，她只好道："好。"那就算她赚了。

月光洒在乌衣巷的小路上，常夏想要奔向的月亮，在她毫不知情的情况下，正在慢慢向她靠近。

三模一过，时间流逝得飞快。当操场旁丁香花的香气开始飘散，当窗外的晚霞变得绚丽，当发下来的试卷堆满课桌，常夏抬头去看，发现高考的倒计时已经从两位数变成了一位数。书本一页一页地翻，黑笔一支一支地续，憧憬着未来的高三学生们在奋笔疾书中，领到了青春的告别卷。

六月三号晚上，学校把所有学生都留了下来，只为给南榆七中的高三学生一个惊喜。

吴熙汀穿了一条红裙子，她站在讲台上，看着她带了三年的学生们，一时眼眶有些发酸："同学们，高中的奋斗旅程快要到站了。"

大家抬起头，望向讲台上严厉又可爱的班主任，她陪他们走过了高中的一天又一天，看着他们从小苗长成参天大树。

"为了未来，你们夜以继日地拼搏，大家辛苦了，你们很棒，我为你们感到骄傲。"吴熙汀熟悉台下的每一张面孔。她记得总是为班争光的江槐，肆意张扬，他的成绩从来没有让她失望过。她记得一年前刚转来理科 A 班的常夏，安静乖巧，刻苦用功。她记得爱和自己拌嘴的祁温言，他说出的话总让她感到生气又好笑。她记得高一那年爱睡觉、爱惹事的段柔，如今她也沉稳地坐在教室里苦读。她记得从不泄气的学生会会长程嘉然，他为自己分担了许多事务。她记得余晓远这位班长，尽职尽责，心地善良，同样是班里同学们的好榜样。

他们这些孩子啊，每一个吴熙汀都是记着的。

“哎哟，熙汀姐别哭，笑一个才好。”祁温言乐呵呵的，但是脸上能看出明显的疲惫。

“就是，笑一个，笑一个！”程嘉然喊道。

班里最会活跃气氛的两个人发话，大家都被逗笑了，只有吴熙汀在哭。这时，全校广播响起：“请各班班主任将荧光棒分发至每位学生手中，有序组织学生前往教学楼中央。”

吴熙汀指挥着几个男生将荧光棒从箱子里取出，大家被高考带来的紧张感麻痹了记忆，后知后觉地想起今晚是南榆七中每年都会举办活动的日子——喊楼助威。

段柔激动地拉着常夏的手腕，在下楼的过程中一直在和常夏讲自己当时为高三的学长学姐呐喊的场景。时间过得真快，一眨眼，她也变成学姐了。

南榆七中的教学楼四面环绕，常夏所在的教学楼对面是文科部，另外两边是学弟学妹们上课的地方。等高三学生在楼下空地集合完毕，所有的教学楼瞬间掐断电源，四周顿时安静下来。过了几秒，人们开始挥舞手中五颜六色的荧光棒，为空地中间的高三学生热烈欢呼，声音越来越大。控制灯光的老师用圆灯扫过他们百日誓师时留下签名的两条横幅，它们高高地挂在上方，在黑暗中焕发出不一样的光彩。

“须知少年凌云志，曾许人间第一流。”

“终于等来了，马上就要熬出头了！”祁温言雀跃地说。

“考完我要吃寿司！”程嘉然哈哈大笑，他的嗓门大，引得一旁的学生也跟风。

“我要吃火锅！”

“我要睡上三天三夜！”

“我要打二十四小时游戏！”

余晓远也说：“我要去追逐当漫画家的梦想！”

四周的气氛热烈起来，收也收不住，场面比百日誓师那天还要壮观。

“还记得我们的约定吧。”在嘈杂的环境中，常夏清晰地听见江槐的声音。她不知道他是什么时候出现在自己身旁的，他抱着荧光棒，一脸笑意。

常夏笑了笑，关于南华大学的约定，她是不会忘记的。等到高考结束，一切尘埃落定，她会鼓起勇气去做自己藏在心里的事情。青春，就要不留遗憾。常夏正想再回复江槐几句，广播里就响起了一段熟悉的前奏，打断了她的话。周围的学弟学妹们手里的荧光棒开始随着音乐有节奏地摇摆。

广播里的第一句歌词一出，全校开始大合唱：“如果说，你是海上的烟火，我是浪花的泡沫，某一刻，你的光照亮了我。如果说，你是遥远的星河，耀眼得让人想哭，我是追逐着你的眼眸，总在孤单时候眺望夜空。”

陆希澈眯起眼，立在原地，张望着对面楼层，跟唱起来：“我可以跟在你身后，像影子追着光梦游，我可以等在这路口，不管你会不会经过，每当我为你抬起头，连眼泪都觉得自由，有的爱像阳光倾斜，边拥有边失去着。”

他的学生时代，马上就要草草地结束了。陆希澈用指尖摩挲着兜里的黑色皮筋，轻声对空气说道：“高考加油。”

全校大合唱像是一场意义特殊的演唱会，充满青涩朝气的嗓音唱出了青春时代永不落幕的记忆。江槐轻轻跟着吟唱，常夏沉溺其中，祁温言和段柔偷偷打闹，程嘉然听着一旁余晓远五音不全的调子，只觉得好笑，再听自己，好像也没好到哪里去。

也不知道是哪个年级的学生带头喊：“祝高三的学长学姐高考顺利，金榜题名！”

紧接着，一道接一道的洪亮声音响起。

“学长学姐们加油！”

“你们都要上岸！”

“前程似锦，未来坦荡，我们来日方长！”

吴熙汀拿着扩音器喊道：“理科A班必胜！南榆七中必胜！愿所有学子都能取得理想的成绩！”

大家彼此相视而笑，说出的话全是心中所想。

那就赢吧，赢在盛夏里。

“加油啊，兄弟姐妹们冲！”祁温言手握荧光棒直指前方。

“冲！”江槐笑得张扬。

医院里的气氛与学校里截然相反。寂静的夏夜里，各大学校都在为准备奔赴高考战场的高三学生呐喊助威，而周存青面容惨白，一个人躺在病床上，双眼定定地看向白墙。他半年没去学校了，一直待在这里，越来越瘦，精神也越来越差，心脏经常绞着痛，心率指标也出现了异常，这是病症又加重了的征兆，可以说情况糟糕透了，他现在只能戴着氧气面罩来减轻呼吸困难的症状，他既觉得多此一举，又想活到陆希澈高考结束来找他的那天。

这一天，还是要来了吗？所有的欢呼都与他无关，全世界只有他一个人安安静静地待在角落里。有那么一刻，周存青想回到学校和陆希澈一起参加高考，不敢想象那该有多美好。

周存青艰难地坐起身，从柜子上拿过纸和笔，回忆了一下握笔的姿势后，才提笔写下两行字。

陆希澈高考顺利。

叶穗高考加油。

盛夏的暑气蒸腾着，交警在学校周围指挥交通，对考点的部分道路实施暂时封闭。今天是高考的第一天，常光旻特意早起将常夏一路护送到考点外，他这个做父亲的比女儿还要紧张。

“答题要细心，不会就先跳过，说不定回头再看就明白怎么做了，别紧张，知道了吗？”

常夏“嗯”了好几声。

“检查好准考证和身份证之后就进去吧，爸爸等你的好消息！”

常夏说：“好。”她走进校园，回眸想再看一眼常光旻的身影时，却发现他已经被湮没在人海中。常夏深吸一口气，转身大步踏进考场。

燥热的风抵挡不住全力以赴的脚步，年少的梦张扬狂野，肆意飞扬。各色衣服交错，学生们行色匆匆，奔赴只属于自己的远大前程。

铃声响起，开始作答。笔尖“唰唰”的声响是青春最后一次的轻狂。考场上，每一位高考生都屏息凝神，十分专注。考试为期三天，高三学子们轰轰烈烈、无所畏惧的青春在最后一门考试的铃声响起时结束了。

常夏收笔，看着答题卡被收上去，心情终于彻底平静，紧接着是一种按捺不住的欢喜——她的高中生涯，至此圆满了。

第一位冲出考场的学生用尽全力高喊：“终于解放了！”终于可以不被困在枯燥无味的文字里，终于可以不用夜以继日地温习，终于可以不用挑灯夜读。这种日子，他们终于熬过去了。

常夏走出考场，看见走廊上有不少考生喜极而泣，还有很多已经冲下楼梯的学生正拼命地向校园外跑去。她在一楼拐角处看见了陆希澈，他的嘴角挂着极淡的笑意，神情是考完后的轻松，他的头发长长了，还是那年她遇见他时的模样。只不过，陆希澈急匆匆地走向大门，并没有看见她驻留的身影。

也罢，常夏猜，他应该是考得不错。

她又走了几步，看见江槐迎面朝她走来。

他身上总是比旁人多几分与夏日相符的少年感，藏着星光的眼睛明媚又闪耀。

“常夏，怎么样，考得顺利吗？”江槐特意在这里等她下来。

常夏逆着光，向他点头，笑道：“不错，你呢？”

江槐说：“我也不错。”他们并肩走出校园，气氛有一丝微妙。

“过几天回学校拍毕业照，成绩出来后还有一场毕业典礼。”江槐顿了顿，继续道，“熙汀姐替校领导问过我，毕业典礼上有一场演讲，派谁去比较好，我推荐了你。”

不同于领奖台上的发言，毕业典礼的演讲是最正式的，也是对高中生涯的告别，绝对不能马虎。往年都是优秀学生代表上台，所以江槐推荐了常夏，她值得让所有人看见。

江槐还以为常夏会犹豫不决，结果她在江槐说完后立刻点头答应了。

强者应当站上更高的台阶，常夏是这样想的。她从不会轻易放过这种摆在眼前的机会，一往无前才是她的追求。

走到校门口，江槐和常夏道了别，穿过迎接孩子的家长，径直走到路边停靠的宾利旁边，拉开车门坐去了后排。

常夏在远处透过落下的半截车窗看过去，驾驶位上坐着一位英俊利落的男士，副驾驶位上坐着一位清丽大方的女士。这想必就是江槐的爸爸妈妈吧，常夏还是第一次见到，父母那么好看，难怪江槐也长得不赖。

“喂，夏夏！你老爸在这儿！”常光旻手里捧着一束鲜花，等常夏来到他跟前时亲手送上。常光旻没问她考得怎么样。他对女儿有百分百的信任，常夏要是考得不好肯定就全写脸上了，他这个做老爸的还看不透女儿吗？

“今晚想吃什么？油焖大虾？红烧排骨？可乐鸡翅？再来一份香芋西米露？”

常光旻讲了一大堆，最后换来常夏的一句："你做什么我就吃什么。"

天边的晚霞沉没，高考告一段落。江槐在去吃饭的路上已经回答了江如练和蒋明依二十多个问题。

江如练和蒋明依是五月底回来的，他们已经提前打理好了两个月的工作，只为在儿子的重要阶段陪他一程。

江槐得知他们要回来后，特意叮嘱他们不要带太多东西，家里虽然大，但他不喜欢堆太多杂物。谁知蒋明依一身反骨，装了一整个后备厢的东西来让江槐自己挑选喜欢的。江槐被他妈给气笑了，他说东她就往西，他说不要她就硬塞。无可奈何之下，江槐选了一箱进口的水蜜桃，蒋明依意味深长地看了他一眼，江槐漫不经心地回她一笑。

"你们什么时候回去？"江槐终于有机会问他们问题。

蒋明依忍不住笑道："我们才刚回来多久你就想着赶我们走？一年多不见翅膀硬了是吧，我们起码得等你的高考成绩出来，报考学校落定后才离开。怎么，一个人住习惯了，不欢迎我们？"

江槐刚想说话，江如练就插嘴道："我刚刚看你和一个女生一起走出来，是你同学吗？"

江如练和蒋明依都是明白人，毕竟他们就是从校园走过来的。

江槐一噎，只觉得他爸说话有趣至极，笑道："打听这个干什么？"

蒋明依说："关心一下你，不行吗？"

江槐坦荡道："是高三班上新转来的同学，考试和我并列第一，还有什么想问的吗？"

江如练和蒋明依为人父母，都快四十岁了，哪能不知道学生时代的情愫。不过，他们不准备干涉他："没有了，你自己看着来，真心对待关系好的朋友就行。"

江槐望着窗外的夜色，勾唇微微一笑。他有自己计划——只等对的时机到来了。

阳光穿过枝叶，落在窗前，将万物镶嵌在金色的光影之中。

“周存青你快来呀，老鹰捉小鸡就差你一个了。”一个声音传来，周存青好奇不已，伸手拨开了面前的草丛，视野忽然变得明亮，他看见了熟悉的身影。

叶穗高高在上地叉着腰，喊他道：“还愣着干什么？你过来当母鸡，我当老鹰。”原来是她在说话。

周存青感觉自己的身体很轻，像是被人托起，不需要他费劲就能走过去。

“老鹰捉小鸡，会玩吧？”叶穗语气上扬，丝毫不见在学校里安静乖巧的样子。

周存青知道，这叶大小姐可会装了。他回答道：“会玩。”

“嗯，那就开始吧。”叶穗也不管他同不同意，就指使他去保护那群“小鸡”。

周存青应了，在开始前，他问叶穗：“输了有惩罚吗？”

叶穗对他笑了笑，没有说话。她向左前跑了一步，试图抓住周存青身后活蹦乱跳的人，周存青立马反应过来，侧身一挡，叶穗扑了个空。她并不气馁，再接再厉。

周存青看着她坚持不懈的样子，继续说：“你还没回答我的问题。”

下个瞬间，周存青的心脏开始剧烈绞痛，他拧着眉，不知道发生了什么事。眼前的场景慢慢消散，离他远去。他看见叶穗停在原地看着他，面无表情。

“输了当然有惩罚啊。”小女孩甜美的嗓音回荡在他的耳畔，周存青心一紧，开始大口大口地喘气。叶穗贴近他，周存青觉得有股莫名的力量在把他往回拉，不知要跌到哪里去。

“惩罚你一辈子都见不到我。”

白光乍现，周存青的脑子嗡嗡作响，他浑身发抖，在氧气罩里把嘴唇咬出了血。

输了吗？他好像真的输了。惩罚他一辈子都见不到叶穗，这么残忍啊，但好像也只能这样了。

“小青，小青。”林羡叫他。

周存青睁开眼，映入眼帘的是林羡焦急的面容，然后他看见了正在和医生交谈的陆希澈。

原来是个梦啊，周存青无声地笑了笑。

“小青，你是不是做噩梦了？”林羡拿着毛巾，为他擦去额头上细细密密的汗珠。

他这几天几乎都在昏睡，神智不如以往清晰，今天难得醒来，也不知道是不是陆希澈来了的缘故。是噩梦吗？可是，有她在的梦，不管好与坏，应该都是美梦吧。

周存青无力地摇摇头。他身上插了太多医疗管子，每次想动一动都很艰难。他的听觉已经衰退了，但他与陆希澈的距离不算远，隐约听见了他和医生的对话。

“没有办法了吗？”

医生无奈道：“病人能支撑到现在已经是个奇迹了。”

陆希澈的身体微微往后一仰，扭头发现周存青醒了，正垂着眼皮看着自己。陆希澈谢过医生后，走到周存青旁边，低声问：“你怎么样了？”

高考结束后的第二天，陆希澈陪着林羡守了他一天一夜。夜里，周存青呢喃过叶穗的名字，甚至还发出了一些笑声，也不知道梦见什么了这么开心。

周存青想说话，奈何氧气罩让他无法发声，陆希澈凑上前，摊开自己的手掌，让周存青在上面比画了两下。

周存青躺久了，手都抬不起来，所以他还是调整了一下呼吸，选择开口：“就那样了，还能怎样。”他的声音嘶哑，再也不像从前那般清朗。

周存青等了陆希澈好久，终于等到他高考结束，和他见上这一面。林羡看他们似乎有话要说，便一个人出了病房。陆希澈搬了张椅子坐下，随后就听见周存青道："太阳落山后，你就离开吧。"

陆希澈盯着周存青惨白的面孔，昔日的少年意气已然不复存在。陆希澈答非所问，沉住气道："明天是你生日，你还记得吗？"

周存青愣了愣，明天是六月十一日，是他的十八岁生日。周存青"嗯"了一声。

"你有什么想要的吗？"陆希澈问。

周存青在氧气罩里弯唇一笑："我想要的都不切实际，这样吧，买一碗皮蛋瘦肉粥给我。"

"好。"

许是看见了陆希澈掩饰不住的忧伤神情，周存青努力打起精神，对他说："今天是来送别我的吗？"他现在对死亡已经无所畏惧了。

"别胡说八道。"陆希澈瞪他。

"我都听见了。"

"你听见什么了？"

周存青看着他发红的眼眶，没再开口说下去，转移了话题："你的头发长回来了。"

"嗯。"

"高考考得不错吧？"周存青问。

没有他在学校的那段日子里，陆希澈不再去打球，而是闷在教室里使劲学习。这些事陆希澈没听他提过，但周存青想他应该是达成了目标，而自己却要毁约了。

这次轮到陆希澈不再说话。

都到这个时候了，周存青也不想煽情，但人总会在某个时候，想起一些美好的回忆，在生命的尽头感慨自己为何再也回不到过去。

"我突然想起来高二那年夏天，我们在学校和别的班打了一场球赛。当时打着打着你就崴了脚，但你没喊疼，硬是坚持了下来。赛后你实在走不动了，又中了暑，差点晕过去，还是我把你扶起来，背你去的校医室。”周存青一连串讲了这么多话，着实耗费了不少力气。

陆希澈瞳孔微缩，周存青突然追忆起的往事让他很惊讶。他那时失去知觉，只觉得身体像一张白纸一样轻飘飘的，还以为是哪位好心的体育老师背他过去的。直至今天，他才知道是周存青干的。

然而，周存青想要的不是他迟来的感谢，他更想说的是：“我们两个什么时候能再打一场球赛啊？”陆希澈不言，周存青自问自答，“这辈子不可能了，等下辈子吧。”

他最喜欢驰骋球场的感觉，但每次这样做的后果就是胸口钻心的痛，痛过后他也不长记性，依旧到处晃荡，反正他也没几年可活了，倒不如遵循自己的本心行事，自由点，无拘无束。

“你总说我不爱听的话。”陆希澈终于开口，喉咙干涩。

周存青不置可否。

林羡推门进来时，看到的就是这样一副场景。陆希澈垂着头，浑身散发着颓废的气息。也是，他妹妹几个月前刚去世，现在最好的兄弟马上也要随之而去，他漂泊那么久，到头来还是一个人。

“希澈，你喝口水。”林羡轻声道。

陆希澈接过，说了声谢谢。

周存青移开目光，透过窗户望见渐渐下沉的太阳，似乎快要被云层吞没，就是这光景了，他每次打完球歇下，仰头就能看见的就是这样的天空。只不过那时，他的眼里有细碎的金光，扑闪在盛满笑意的眸中，极为好看。如今，他看着远方，等待的不是曙光，而是死亡。

其实周存青对现在的样子已经很满足了，他比医生预期的还多活了几年，可是人一旦有了牵挂，就会舍不得离开这个世界，舍不得陪伴了自己一年又一年的人。临城，他从未回去过，叶穗，他也从未放下过。

周存青也是从陆希澈嘴里得知，叶穗一直在问他的消息。就这么想找到他这个骗子吗？周存青苦笑。越是回忆越是深陷，周存青越来越不清醒。

“陆希澈，太阳落山了。”太阳落山了，快要迎来黑暗了。

“你……能不能替我守护一个秘密？”周存青的声音断断续续，林羡不忍心看，索性别过头，走远了些。

陆希澈知道他想说什么。

“不要告诉任何一个人，周存青已经不在这个世界上了。”周存青说。

林羡骤然痛哭：“小青……”

周存青想啊，其实他的名字别有深意，正好对应了他这短暂的一生。存青，存留在正当青春的年纪。既然如此，那就遂了这个愿吧，他当了这么久的骗子，要一直当下去才好。

“小青啊……”林羡心如死灰，知道他已经是病入膏肓了。

“妈，我很爱您，但我不能陪您到老，不能带您漫游世界，不能孝敬您后半辈子，是我的过错。”

“不是这样的，小青……”

周存青从未责怪过已逝的周父，他每年春天都会去墓园祭拜，那是他一辈子都无法见一面的父亲，他很想他，很想见他。

“陆希澈，我这辈子没什么朋友，能遇见你我很知足，很开心，所以拜托你了，替我守好这个秘密。”周存青说完这话之后，就伸出了自己的双手，让林羡和陆希澈握住。

陆希澈握上去，周存青的手触感冰凉，两人对视一眼，他在氧气罩里笑，而自己却在哭。

太阳彻底落山，余晖依旧，显得十分柔和，如梦似幻。周存青闭上双眼，安稳睡去，陆希澈并没有真正离开，他和林羡守在病房外，各自沉默。

一个小时后，周存青被送去了抢救室。抢救室的红灯亮了大半个晚上，林羡的泪都哭干了，心一抽一抽地痛。

十二点多，抢救室的红灯熄灭，门自动打开，里面走出一位面色沉重的医生。

医生垂眸，双手交叠，低声问："请问是周存青的家属吗？"

林羡立马走上前，点头应是。

"病人已于六月十一日凌晨零点零八分去世，病人死前一直念叨着三个名字，心跳停止前脸上还带着微笑，走得很安详，请您节哀。"医生朝林羡微微躬身。

林羡站都站不稳了，她腿一软，直直地跪了下去。哪怕她早就料到这一天会来，也无法平静地接受自己的孩子已经离开这个世界了的事实。医生还和她说，周存青在进抢救室前，自己主动摘下了氧气面罩。他作为医生，将病人从死神手里拉回来是本分，但周存青一心求解脱，医护人员尽了全力也救不了他。

他太痛苦了，每天都承受着治疗的折磨。他用这残破的身体苦苦支撑，活到了陆希澈高考结束，这已经是最好的结果了。

周存青决定结束这一切，去新的地方生活。

陆希澈扶起林羡，玻璃窗户透着夜色，也映着陆希澈红肿的眼睛。

他先是家庭变得支离破碎，没了陆星幕这个妹妹，之后又失去了周存青这个兄弟，兜兜转转，到头来，还是只剩下陆希澈孤身一人留在他认为死气沉沉的盛夏。

周存青被推去了太平间暂时存放，陆希澈和林羡一路跟着。

"小青啊……小青。"林羡用手捶打着心口，痛苦不堪，陆希澈也没有好到哪里去。明明今天下午周存青还在好好地说话，怎么到了晚上就一声不吭地走了。

周存青马上要被推进太平间，等火化的那一天才会送走。林羡央求护送员让她再看一眼儿子，护送员万般无奈，只好同意。

那位医生说得没错，周存青走得安详，死前也不知道想起了什么，嘴角微弯，仿佛在笑。他面容干净，但亮如星子的眼睛却永远睁不开了。

林羡哭得撕心裂肺，嘴里重复着："小青，小青，你怎么扔下妈就走了。”

陆希澈不敢近距离看，他怕自己会像林羡那样失控。总要有一个人假装镇定的，林羡老了，他尽责照顾，也算是替周存青尽孝了。

他呆望了几秒，视线捕捉到周存青平放的左手下压着的一个红色的东西。陆希澈慢慢上前，透过周存青的指尖缝隙瞧见那是一枚旧了的平安符，上面绣了几朵不太明显的红桔梗和一个金色的字，字迹磨损，很难看清，但是能隐隐约约看出一个“禾”，陆希澈猜，那是一个“穗”字。

周存青当日就被送去火葬场火化了，林羡不忍心让他一直待在太平间里，想让他快点入土。

今天是六月十一日，天气晴朗，万里无云，也是周存青的十八岁生日，他熬过了凌晨，迎来的却是陷入永夜的十八岁。

陆希澈手里拎着打包好的皮蛋瘦肉粥，把它放在棺材的内侧与他一同火化。生日礼物变成了他的遗物。

林羡穿着素衣，面色憔悴，整个人像失了智一样说着：“小青，别走啊，妈也很爱你，很爱你。”

陆希澈在外等候，眼睛肿得不成样。他想起他与周存青的约定，那时的他多么信誓旦旦。

“周存青，我会努力学习，考上理想的大学，你最好活到我成功的那一天。”

“一言为定，让我看看吊车尾是怎样崛起的！”

陆希澈止住眼泪，忽而难过地笑了笑：“周存青，你失约了。我不是一个宽宏大量的人，但这辈子，我原谅你一次，你的秘密我会替你守好。你说过的，来世再做兄弟，下辈子愿你无病无灾，平安喜乐。”

阳光静静洒下，微风卷起地上的树叶，陆希澈的孤寂与悲伤仿佛在一瞬间消散，一头栽进了回忆的汪洋，恍恍惚惚想起了高一那年的某个夏日。

那天，午后的阳光洒满走廊，陆希澈抱着球走回教室，路上看见一个穿着校服的男生站在中央，和老师平视。他先是抱歉地说自己报道来晚了，然后才自我介绍道：“我叫周存青，存留的存，青春的青。”

男生面容干净，朝气蓬勃，像一朵碧色的野花，野蛮生长，无所畏惧。

那是他第一次知道周存青这个人，后来才在球场上与他进一步相识。

遮天蔽日的厚重云层正慢吞吞地遮住零碎的光，所有的情绪在一瞬间清空，跌回陆希澈的眼里，跨过十几岁的风，辗转几回，终于在他的身旁停下了。

如此热烈的年纪里，有一个人，悄无声息地停留在了十八岁，永远。

平凡的周末，常光旻在家忙东忙西，他看见常夏穿上校服准备出门时，才记起她今天要回南榆七中拍毕业照。这几天，可能是高考前积攒的所有疲惫都在一瞬间爆发，常夏在家躺了好几天，几乎每天都睡到日上三竿，其间还发了一场高烧，现在痊愈了，又恢复成元气满满的模样。

常光旻问她：“大概什么时候回来？”

常夏穿鞋：“傍晚吧。”

“行，我今晚不在家，你晚上回来叫外卖吧。”常光旻说。

“好。”

到了南榆七中，保安放行后，常夏一眼就看见了有说有笑地走在她前面的段柔和祁温言，他们挨得很近，看样子，考完的这几天相处得不错。不知道祁温言在段柔耳旁说了什么，段柔听完后追着他揍，祁温言在前面一路狂跑，笑得无比灿烂。

学校将拍毕业照的地点选在了大操场，这会儿，操场上已经集结了许多毕业生。负责的老师正在和摄影师沟通如何站位，同学们围成一个个小团体，一边聊天，一边等待。

人群中的余晓远看到了常夏，连忙招呼她过去：“夏夏，你快点过来拿一件毕业服，是学校特意为我们准备的！一会儿拍照要穿。”

常夏应了声好，小跑过去，看见江槐也在领毕业服。

“你骨架小，瘦瘦的，穿这件刚好合适。”余晓远贴心地为常夏挑选。

常夏接过后说：“谢谢。”

江槐对她的声音极为敏感，转头一看，果然是她。

“看什么呢？”程嘉然笑着帮江槐把掉在地上的毕业帽捡起。

江槐坦然一笑，道：“我还能看什么？”

程嘉然嘴角一抽，这人真是欠揍啊，不过他虽然有点蒙，但实在了解江槐：“常夏来了吗？”

江槐本来懒得理他，没想到被程嘉然戳穿了，莫名有点心虚。一旁的常夏听到自己的名字，愕然侧头去看，发现程嘉然正一脸戏谑地看着自己，于是问道：“怎么了？”

江槐轻咳几声，程嘉然嘻嘻一笑：“没什么，就是阿槐刚才在傻乐。”

“傻乐啊，那再正常不过了。”祁温言不知道从哪里冒出来，非得插上一句才心安。

“展开讲讲？”程嘉然像是听到了惊天大秘密。

“哎哎哎！”江槐制止他们，耳根红成一片。

常夏愣在原地，一时间脑子成了糨糊。

当局者迷，旁观者清。祁温言和江槐做了这么久的同桌，多多少少能看出点什么。但这是江槐的私事，他俩都选择适可而止，没有继续说下去。江槐把他们打发走，面红耳赤地看着常夏，好半天都说不出一句话。

常夏平复了心情，却很难不胡思乱想。她追逐了快两个学期的明月好像真的要落入怀中了。她从前也不是没有被人起哄过，但这次不一样，面对自己喜欢的人，是真的会手足无措的，她的内心再强大也仍然想要临阵逃跑。

不过，这次常夏不想逃了，她鼓起勇气，直接问江槐："江槐，你……你有喜欢的人吗？"

江槐定住，这情况完全在他的意料之外。如果他说有，她追问到底，自己今天下午的计划岂不是竹篮打水一场空？如果他说没有，那就违背了自己的本心。没有两全其美的办法，江槐只好含糊道："远在天边。"

这是什么意思？干吗这么神秘？常夏不解地皱起眉头，正想追问，吴熙汀就喊他们过去列队了。

负责拍摄的工作人员帮理科 A 班的学生在阶梯上排好队形后，段柔才气喘吁吁地跑过来，找了个合适的位置站进去。

常夏在她旁边，问道："你干什么去了，怎么满头大汗的？"

"我走到半路上，被几个女生拉去拍照，拍完又被另一拨人拉走，一直没脱身，脸都快笑僵了。"

常夏偷笑："学校红人啊，不找你找谁？"

这话说得是没错，不过，段柔说道："你不也是学校红人吗？"

常夏想了想，可能是因为她站得比较隐秘吧。常夏张了张口，吴熙汀站在下面提醒："有什么想说的话等一会儿再聊哈。"于是两人闭嘴，不再聊。

队列从低到高排成四排，大家穿着统一定制的毕业服，手持一个白色卷轴放在胸前。燥热的风将毕业帽一侧的流苏吹起，人人眉眼含笑，一张张脸如朝阳般明媚。

"来来来，先拍一张正经的。"摄影师打起手势，所有人都站得很端庄。

"三二一，茄子！"

"咔嚓"一声，第一张毕业照定格。

"现在拍第二张，这次大家放松点，不要拘谨！"摄影师指挥。

常夏面带笑容，正视前方。江槐就站在常夏的后面，不由得看了几眼她的后脑勺，脑子里演绎着某个令他期盼已久的场景。

队伍里的祁温言听摄影师说完立马放开了："听到没有，摄影师说不要拘谨，你们几个怎么站得跟木桩似的。"他的视线掠过前排的几个人，段柔、程嘉然、江槐和常夏纷纷回头看他。常夏这才发现自己身后站着的是江槐，他耳根的绯红好像从头到尾都没有消散过。

"来，抓紧时间！"摄影师再次喊道。

常夏觉得自己的肩头重了些，她侧目一看，是段柔把下巴搁在了她的肩膀上，随意地摆了个姿势，常夏"扑哧"一笑。还没回过神摄影师就快速说："三二一，西瓜甜不甜？"

"甜！"

第二张毕业照定格，他们站得歪七八扭，却笑得欢喜。

下午的阳光过于炽热，摄影师也不敢耽误时间，毕竟后面还有其他班级要拍："最后一张了，等我数到一的时候，你们就把手里的帽子抛起，看不看镜头都无所谓。"

祁温言笑道："我要做抛得最高的那个！"

"你别砸到我就行。"

"砸到我你赔钱。"

"你抛准点，最好落到自己的头上。"

"你砸到我，我会还你十倍痛感。"

人群中的几个人七零八落地表达了对他的不信任，祁温言有点无语。

大家把头上戴着的毕业帽摘下，单手拎着，准备听口令。

"三——二——一！"

一顶顶毕业帽高高地抛在半空中，常夏慢了半拍，轻轻用力扔了一下，没承想，她的毕业帽撞到了什么。常夏惊恐地回头，发现江槐已经抓住了她这顶不听话的毕业帽，阳光刚好打在他的脸上，勾勒出下颚和脖颈的线条，江槐正微微勾着唇角，低头看她。常夏的目光不期然撞进他漆黑的眼眸，瞳孔里倒映出对方的影子。

江槐把毕业帽戴回她的发顶，周围的人沉浸在刚才的氛围里，没有人知道江槐此时此刻有多么紧张。他微微弯下腰，嘴角勾起向上的弧度，朝常夏轻轻一笑，清透的皮肤泛着光泽，一双笑眼像温柔的旋涡，只看过一眼便不能忘记。

江槐在她耳边说："对了，常夏，我还有一句漏说了。"

常夏微愣。有轻风拂过，连带着江槐的话一起盘旋在她耳边。

"近在眼前。"

江槐说完就跳下了阶梯，把毕业服归还后穿过人群，往教学楼的方向跑去。常夏的心跳蓦然加快，回想起了刚刚发生的对话。有什么一瞬间在脑中轰然炸开，只剩心绪在剧烈地波动，怦怦的心跳声怎么也盖不住。

毕业照拍摄结束，常夏匆匆脱下毕业服，神情焦急又带点喜悦。段柔看她马不停蹄地往教学楼的方向赶，叫住她问道："夏夏，你去干什么？"

常夏脚步未停，说道："我上个洗手间，一会儿回来。"连声音都是急促的，眨眼间跑没了影。

上洗手间没问题，但体育馆的厕所不是更近些吗？段柔还想提醒她不用走那么远的路呢。

"江槐人呢？"祁温言四处张望。

程嘉然走过来说道："常夏呢？也不见了。"

段柔说："她去教学楼里上洗手间了。"

怎么会这么巧？两个人同时消失在他们的视线范围里，三人面面相觑，无形中达成了某种默契。

常夏一口气爬到了五楼。走廊里很安静，没有学生活动过的迹象，她抬脚向理科A班走去。

教室窗户都开着，教室内的桌椅摆放得整整齐齐，课桌上没有了堆积如山的课本，暖洋洋的日光照进来，在课桌上留下大片光影。

常夏在后门那里停留了一会儿，思考着江槐会去哪里，他临走前和她说的那番话不就是为了让自己来找他问清楚吗？可眼下他不露面又是什么意思？

走廊一侧的墙体有个拐角，藏在角落的江槐看见常夏出现在教室后门处，卡着她的视角盲区，借着蝉鸣声的遮掩，放轻脚步，向她靠近，然后趁她不注意，将手里的纸飞机扔了出去。

纸飞机悠悠飞过，最后精准无误地落在常夏脚边。

常夏听到动静，垂眸看去，只觉得这场景似曾相识，紧接着，她听见一道无比熟悉的声音："抱歉啊同学，砸到你了吗？"

常夏愕然抬头，看见江槐站在不远处。她俯身拾起那架纸飞机，发现上面竟然夹着一张拍立得相片，是第一个学期偷偷吃火锅时的合影，常夏将照片抽出来，看到纸飞机上居然有熟悉的字迹。这不是她的草稿纸吗？怎么到了江槐的手上？！她感觉自己好像忽略了什么。常夏开始动手拆纸飞机，走到她跟前的江槐微笑着低头看她。

草稿纸上除了一些验算的公式外，还有她写的江槐的名字……和她的名字，常夏认出那是江槐的字迹，漂亮的瘦金体。心跳开始加速，血液变得沸腾，常夏无措地抬头去看江槐，江槐伸手将拍立得相片翻转过来，黑色的卡片上有一行用白色的笔写的话：

我很喜欢这张照片，更喜欢照片中的你。

常夏呼吸一滞，一瞬间，所有关于夏天的记忆涌来，但都抵不过眼前的这个简单的句子。玉兔终于寻找到了属于她的那抹月色。常夏浑身颤抖，控制不住地想哭。江槐上前一步，伸手摸了摸她的头。常夏又闻到了那股清新的橘子香味。

江槐安慰道："别哭，我还以为我的破绽已经够多了。"他一直都很害怕和常夏对视，怕对方发现他深藏已久的心思，但又有所期待，于是每次在目光相交时又会迅速移开，也正因此，他觉得常夏看得出自己的想法。

常夏摇摇头，闷闷地说："你早就发现了是不是？"顿了顿，又问道，"什么时候发现的？"

江槐说："你知道玉兔是你，也知道给我抽屉里塞棒棒糖的人是你，还在帮你补习数学时发现了这张草稿纸。"江槐轻轻点了下常夏手中的纸飞机。

常夏"扑哧"笑了，原来他的破绽不比自己少："我没想到……"

"我也没想到。"江槐的眼眸中尽是温柔。

常夏说："我还没说完。"

江槐拍着她的肩膀："我知道你想说什么。我也没想到你会喜欢我。"

常夏感觉自己好像跌入了旋涡："我很喜欢你，一定比你早。"

江槐笑出两个小梨涡，他忽然想起常夏之前问过他的一句话：你说，月亮会不会有一天向我奔来？想必从那时起，她就已经开始期待那可望而不可即的月亮能注意到她这只躲躲藏藏的玉兔了。可是，一个优秀上进、闪闪发光的她，怎么可能藏得住？

江槐轻声说："玉兔，你还是没能藏住。"

常夏的心跳持续加速，久久不能平静。

"但是没关系。月亮不会向你奔来，但我会。"

第十二章

夏天热烈 我们热恋

月亮不会向常夏奔来，但江槐会。

江槐看着面前的人，真诚道：“这是我第一次喜欢一个人，虽然不懂怎么能让你开心，但绝不会让你因我而哭泣。到了大学以后，我也会用脑学习，用心喜欢你。我这人死皮赖脸，一旦喜欢上了就会一辈子死心塌地，毫无保留，你到时候可别嫌弃我啊。”

江槐的嗓音清澈，他说的这段话落在常夏的耳边，犹如天籁，其实她也有很多话想对江槐说，但不知如何开口，想了想，最后保证道：“我也是。”

未来很远，他们会携手慢慢走过。

身后传来口哨的声音。江槐回头，段柔双手抱臂而立，祁温言搂着程嘉然的肩膀，三个人一脸戏谑地看着自己这边。

“哎呀，叫你不要打扰他们，你偏不听，现在好了，没有好戏可以瞧了。”祁温言对程嘉然说。

程嘉然接戏道：“哎呀，不要怪人家啦，我就是嫉妒阿槐，我又做不到‘用脑学习，用心喜欢你’。”他咬字咬得特别用力。

段柔快笑死了。

常夏像受惊的小鹿一样躲到了江槐的身后，段柔走过去解救她：“夏夏，别害羞，这又不是什么见不得光的事。”

“你们什么时候来的？”江槐问。

祁温言的记性不怎么样：“就你对常夏说……说什么来着？‘月亮’什么什么的时候。”

程嘉然替他说：“‘月亮不会向你奔来，但我会。’”

江槐笑着骂他们。

常夏看着笑个不停的段柔，戳戳她：“别笑了……”她好不容易从刚才的氛围里清醒过来，被段柔一笑，脸上又要变红了。

段柔说：“我就是看江槐被你收服，觉得开心。不过啊，人与人之间的缘分是很神奇的，也许你们俩是天生一对呢，而且呀，余班长盼望了好久的事情终于在今天实现了！”

“余晓远？她盼望什么事情？”常夏问。

段柔说：“我和她打过一个赌，还是她提出来的，赌你和江槐会不会在一起。我当时觉得，你是那种一心只放在学习上的女生，江槐在这方面又不开窍，你俩怎么可能会在一起，所以就赌了不会，余晓远赌了会。”

所以这场赌约是余晓远赢了。

常夏听完后笑道：“那她现在知道这个结果了吗？”

“应该不知道吧，我还没有跟她说。”

说话间，三个男生走了过来，祁温言看了一眼常夏手中的拍立得相片，才明白，原来江槐找他要这张照片是为了把它送给常夏。

祁温言举手：“我们是不是该考虑一下一会儿去哪里吃饭了？这么特别的日子，不应该庆祝一下吗？”

程嘉然：“你这样显得我像个电灯泡。”

祁温言无情地道：“你一直都是。”

程嘉然无语地瞪了他一眼。

段柔提议道："去那家烧烤店吧，就是第一次见到夏夏的地方，好久没去过了。"

程嘉然反驳她："其实不是，我们比你更早见过她。"

段柔惊讶道："什么？怎么没人我说这个？你们到底还瞒了我什么事情？！"

四人发出一阵笑声。

"算了，算了，懒得计较了。"段柔今天心情好，"江槐请客，咱们赶紧走。"

江槐弯了弯嘴角："嗯，我请。"

他自然而然地牵住常夏的手，带她先行一步。段柔和祁温言紧跟其后，同样牵着手。程嘉然见此情此景，哼了一声，跟了上去。

他们互相表明心意后，江槐每晚都会准时准点地打来电话，询问一些日常，常夏也会笑着回答他所有的问题。

夏至那天晚上，江槐像往常那样打来电话，还没等常夏出声，就叫她拉开窗帘往下看，说有一个大惊喜在下面等着她。

常夏听完探头一看，发现江槐正穿着一件花花绿绿的T恤，单手插兜，站在楼下仰头望着她。

常夏感到十分惊喜，语气里带着抑制不住的喜悦："你怎么来了？还穿得这么花里胡哨。"

江槐笑了笑，温和道："怕你看不见我，所以穿得显眼一些。今天是夏至，我想见你，所以就来了。"

夜里的乌衣巷很寂静，隐隐有海浪翻卷的声音传来。江槐站在路灯下，柔和的光洒在他身上。江槐说："你早点睡，回头我拍一点月亮和玉兔的照片给你看，它们最近闹腾得不行，我爸妈快烦死它们了。"当时给小黑猫取"玉兔"这个名字她是存了点私心的，江槐后来还开玩笑地说："早知道给它取名叫'夏夏'好了。"

常夏听着他的分享，又看了一眼早就歪了的手机摄像头，没忍住

“扑哧”一笑。

常夏掩面偷笑：“好，那你早点回家，晚安。”

“嗯，晚安。”

七月初，天气炎热，整个大地好像被放在火里烘烤，开了空调，穿着短袖、短裤也阻挡不了这股暑气。

房间里，常夏正坐在她的书桌前，正目不转睛地盯着电脑屏幕，常光旻陪着她一起，屏幕上显示的是高考查询成绩的网站。今天是全国高考出成绩的一天，各地的省状元、市状元，各大高校的录取分数线都会在这一天公布。

常光旻着急得不行，一直在房间里走来走去：“还有几分钟？”常光旻看了看表，嘴里念叨着，“一分钟。”

“爸。”常夏打断了正在倒数的常光旻，“可以查了。”

常光旻站在常夏身后，说：“快快快！”他不停地吸气呼气，虽然他知道他女儿肯定行，但在这一刻也难免紧张。

常夏反而很平静，她淡定地输入自己高考的准考证号和身份证号，检查无误后，点击确认查询，页面跳转，显示正在加载中。

可能是查分的人太多，一直加载不出来，等待的过程中，常夏突然闭上眼睛，不敢看了：“爸，你……你一会儿帮我看一下。”常夏这会儿知道紧张了。

然而，过了好半天常光旻都没有反应。

常夏又喊了他一声：“爸？”

常光旻依旧没反应。

常夏犹犹豫豫地回头看了他一眼，对上常光旻惊喜的目光是，他高声说道：“我的乖女儿！你自己看！”

常夏机械地转头看向电脑屏幕，映入眼帘的是她自己都没想到的成绩——总分706分，是她从来没有考过的分数。常夏都不知道该怎么形容自己此刻的心情，这个结果让她觉得一切的努力都是值得的。

常光旻激动地走来走去，心情久久难以平复。这么高的分数，意味着常夏可以有更多的选择。常光旻问：“你想好报哪所大学了吗？”

常夏笑着点头说：“南华大学。”

南华大学就在南榆市，是南方地区的知名学府，在全国也是数一数二的。在等待出分的这段时间里，常光旻没少浏览各大高校的简介，知道南华大学的分量。女儿的眼光不错。

“行啊，按照你的想法来，爸爸支持你！”常光旻说。

他话音刚落，常夏放在桌上的手机就亮了起来，常光旻扭头一看，居然是个视频电话……什么人会在这个时候和她女儿联系？

“有男朋友了？”常光旻问。

常夏一惊，差点被口水呛到。

“看你这反应，爸爸猜对了是不是？”

常夏一听，脸更烧了。她慌慌张张地起身就要把常光旻往外推。

他语重心长道：“爸爸不拦你，但是你总得告诉爸爸，对方长得怎么样，人品如何吧。谁追的谁？他父母是做什么的？”

常光旻一连串的发问让常夏恨不得找个大钟把他罩住，干脆恐吓道：“说出来吓死您。”说完将门一关。

常光旻在门外笑得直不起腰，隔着门朝里面喊：“好好聊，爸不打扰你！加油！”

门外没了动静，常夏小跑到桌边拿起手机，在自动挂断前接通了视频电话。虽然和往常比，打过来的时间早一些，但是常夏知道为什么，肯定是问她的高考成绩的。

电话接通后，江槐的第一句话是：“恭喜啊，双科状元。”他穿着一身家居服，正坐在沙发上。

常夏一脸困惑地发问：“双科状元？”

江槐看着屏幕里的常夏，她散着头发，发尾还有点潮，愣了几秒，笑道：“熙汀姐在班群里发了喜报，你是省语文状元和市英语状元，论坛里也已经有人在发了。你没看群消息？”

“真的？”

“我还能骗你不成？”

常夏激动地问：“那你呢？”

江槐弯了弯嘴角：“总分比你低一分，数学一不小心拿了个全国第一，149 分，可惜了，差一点满分。”

常夏模仿着他轻快的语气说道：“恭喜啊，槐神。”这个称号当初还是因为他数学太强才有的。

“之后就是等录取通知书了。”江槐托着脸笑。

常夏眯起眼，笑了笑说：“好！”

常夏换了个姿势拿手机，镜头微微晃动，窗台上摆着的两罐橘子汽水入镜，被江槐捕捉到，是自己最爱喝的那款饮料。

他笑道：“买了汽水怎么不喝？”

常夏先是愣了愣，过了一会儿才反应过来，兴致一起，打算和他说说有关橘子汽水的故事：“你记不记得去年我们在便利店偶遇过一次？”

江槐当然记得，那时他觉得女孩子一个人走夜路危险，还等了她一会儿，送她回家。

“我当时发现你去冷饮柜拿了好几罐橘子汽水，就猜你应该很喜欢这个口味，于是也买了两罐。”

“橘子汽水有保质期，但我对你的喜欢只增不减。我爸妈经常在我耳边念叨‘爱迎万难’，以前我不理解，现在想想，确实很有道理，所以你不要担心。”他这辈子应该再也遇不到这样好的姑娘了。

他说得认真，常夏也端正了态度：“我也会和你一起努力的。”

沟通多了，两人之间就少了几分懵懂期的害羞情绪。江槐起身将摄像头翻转，给常夏看桌子上放着的一箱水蜜桃，是他从江如练和蒋明依带回来的东西里挑选出来的唯一一样：“我打算等一会儿把这玩意放你家门口，记得拿。”江槐记得她最爱吃的水果，正如她记得他最爱的饮料，“放完就走了，今晚要跟我爸妈一起出去吃饭，就不多留了。”

顿了顿，他又笑道：“第一步，先带你实现水蜜桃自由。”

常夏开玩笑道：“好像跟你在一起会有很多好处。”

“这我不敢当。”江槐抓了抓头发，“但你喜欢的东西，我一定想方设法满足。”

常夏怕再聊下去耽误江槐出门，又想到毕业典礼上自己要发言，还没有准备，于是道：“好啦，我还要去写稿子，今天就先这样，你放了东西后记得和我说一声，我去拿。”

江槐“嗯”了一声，说：“那……我们毕业典礼见。”

毕业典礼当天下起了太阳雨，雨停后天边升起一道彩虹。

江如练和蒋明依送江槐去学校，快到的时候，蒋明依说：“我们送完你就要去机场了，可能要明年才回来。”

江槐道：“好，注意安全。”语毕，下车关上车门，目送他们开走后才转身走进学校。

进门的时候，一旁有个女生忍不住爆出一句：“我天！”

江槐闻言侧头，发现有不少人在看他。他们同样穿着校服，状态很放松，大约是和自己一样的毕业生。他没多作理会，径直走向学校大礼堂。

原地响起窸窸窣窣的议论声——

“你没看错吧？”

“我怎么可能看错！刚刚坐在车里的那两位就是江氏集团的老板和蒋氏集团的千金！”

“我也看到了！没想到江槐是他们的儿子！”

这个消息太过令人震惊，论坛上很快又有了新的帖子。

江槐刚进大礼堂就被祁温言和程嘉然叫住，他们两个来得比他要早一些。

“要不要看看论坛，江少。”祁温言笑得很欠揍。

江槐内心毫无波澜，路上就猜到了会有这种情况发生。

“大意了。”江槐说。

高中三年，江如练和蒋明依只来过学校一次，还是在冬天，把自己裹得严严实实的，江槐都差点没认出来。

程嘉然笑道：“你这个情况，想低调也不可能啊。”

“不得了了，如果我出去跟人说江槐还叫过我几声老大，那我段柔岂不是可以横着走了？”段柔慢悠悠地走过来。

江槐笑了笑：“常夏呢？”他最关心的是这个。

段柔“啧”了一声，说：“刚才看见她去大礼堂后台了，可能已经在准备了。”

四个人先找了位置落座，周遭传来嘈杂的议论声，都在讨论江槐的身世。名人竟和自己在同一所学校，本就触不可及的人物摇身一变，距离更远了。

常夏在礼堂后台拐角处碰见了余晓远。余晓远一见到她，就兴奋地跑过来：“夏夏！听说你和江槐在一起了！那我赌赢了！”这个消息还是段柔透露给她的，不等常夏开口说话，余晓远又道：“先不说了，熙汀姐找我呢，碰到你，激动过头了。我先撤了！演讲加油！”说完就跑走了。

常夏哭笑不得，班长太可爱了。

常夏在后台捋了一遍待会儿发言的内容，一颗怦怦直跳的心才慢慢平静下来。

典礼开始，主持人上场讲完开场词后，场内逐渐安静下来。大屏幕上开始放映本届学生的成绩与录取院校。

常夏和江槐如愿收到了南华大学的录取通知书；程嘉然选择了国外的一所大学，他想见识一下更广阔的世界，他的父母也同意他出去走走；段柔选了北方的一所电影学院，以第二名的成绩被录取；祁温言则是选了和段柔所在的大学隔了一条街的重点大学，刚好也是他想上的一所。理科A班的学生几乎都考上了重点大学。

场馆里热火朝天。

大屏放映的内容播完，主持人走上台："接下来，有请高三理科A班优秀毕业生，常夏同学发言，大家掌声欢迎。"

常夏身穿蓝白相间的校服，高束着马尾，手持话筒走上台，一派昂扬向上的学生气。

台下一阵轰动——

"常夏厉害啊。"一个坐在江槐后面的男生忍不住感慨。江槐的嘴角微微勾起，一种自豪感在心头攀升。

"成绩拔尖，长得漂亮，她这辈子应该也没什么可发愁的了！"

"她比传闻中还要漂亮！"

"可不是嘛，有机会认识下也好啊！"

…………

常夏开口自我介绍："大家好，我是理科A班的常夏，很荣幸能作为此次的毕业生代表上台发言。"她鞠躬致谢，抬头在观众席找自己的朋友们的身影。

底下的谈论声直到这一刻才停止。清澈的嗓音在礼堂里回荡，全场寂静无声，所有人都在看她。

声音传到坐在角落的男生耳畔，他戴着一顶棒球帽，一双丹凤眼抬起，将台上那人的身影尽收眼底。

"其实，我并不如大家想象中的那么优秀，在我十四岁的时候，也曾因成绩不好而受到打击，以至于心如死灰，怎么也学不进去。后来我爸爸和我说，你就当自己是一叶篆刻着理想的小舟，在海浪的翻滚下，一往无前。只要不翻，总有到达彼岸的一天。

"道阻且长，行则将至。我很快就明白了爸爸的意思，我的未来就该由我来开启。十四岁之后，我开始寻找方法，努力前进，进程可以缓慢，但从未停歇。可以说，是理想带我越过了一个又一个巨浪，使我前进的道路上绽放无数鲜花，从前的风雨化作甘露，我要感谢曾经不放弃的自己。”

常夏停顿片刻，视线扫过江槐，见他正举着手机，不知道是在拍照还是在摄影。台下爆发出热烈的掌声，常夏抿唇一笑。

“现在，作为一名毕业生，如果让我来分享一个我在备考阶段所用到的最好的方法，那就是找到一个最想追逐的目标，然后不停歇地朝这个目标冲去。而这一切要归功于我刚转校过来报道的那个下午，在走廊里捡起的一架纸飞机，我用它砸中了我想要追逐的目标。值得庆幸的是，如今，我做到了。”

那不是一架普通的纸飞机，对常夏和江槐而言，那是连接他们之间的缘分，承载着梦想的纸飞机。

掌声响起，段柔用手肘戳祁温言，说：“你看我们夏夏，文采多好！”

祁温言立马反驳道：“我文采也不差好吧，只是需要在限定条件下触发！”

台上的常夏站得端正，给自己的发言进行收尾：“毫不夸张地讲，对我而言，冲破一切可能的那个人只能是我，就像对你们而言，也只能是你们自己一样。”

“人生处处有花开，艰难险阻困不住勇敢的人。无论何时，都要有勇气和自信。记住，你天生就该站在骄阳之下，永远闪闪发光！

“我的发言完毕，谢谢大家。最后，祝大家都能得偿所愿。”常夏鞠躬，耳边是连绵不绝的掌声。

“常夏同学。”前排一个同学听完常夏的发言后举起了手，常夏本来要下台了，看见主持人示意，还是留了下来。

女生问道：“那要如何挑选想要追逐的目标呢？我很好奇，你的目标是什么？”究竟是什么目标要用纸飞机砸中？

常夏没想到她会问这个，想了想，道：“当然要选择比自己更厉害的那个啦，这是方法，也是答案。”

常夏回答完后，向人群中看了一眼，眼眸深邃，像深蓝色的海，令人沉溺其中。

江槐忽然想到初遇那天，梧桐叶纷飞，纸飞机落地，她毫无征兆地闯进自己的视线，在那一刻，江槐心中的绚烂色彩变得无可替代。

知情人听常夏这么一说，纷纷看向江槐。

“可以说名字吗？”

女生激动地追问，现场炸开了锅。江槐笑望着台上的人，期待地看着她会怎么回答。

无数目光落在常夏身上，她突然觉得有股力量将她融进这场盛大的仪式中，每一个身影被她都烙印在心上。此前，江槐对她说过很多话，她好像都没有正式地回应过，她想放肆一次——

“是我绝无仅有的夏天。”

礼堂里安静了几秒，然后全场哗然。段柔、祁温言、程嘉然同时“啧”了一声，江槐咧嘴笑了笑，并未理会一旁的人。

常夏下台，心跳仍是加速状态，她觉得自己越来越胆大包天了。

仪式的最后，是给优秀学生颁奖，以及给全体同学发放毕业证书。

大屏幕上播放了一个长达十五分钟的视频，收录了大家高中三年的点滴生活。有的同学一个滑铲把别人带倒，拉着旁边的人一起哈哈大笑；有的同学在和朋友一起漫步操场，欣赏落日；还有的同学和朋友一起猛冲向饭堂……常夏还在其中看到了江槐的身影。

一幕幕熟悉的画面闪过，礼堂里的众人在视频里面找寻熟悉的记忆，他们曾经总是趴在课桌上，看着窗外自由的飞鸟，脑子里想象着未来；一道数学题能纠结一整天；听到下课铃就立刻带着球冲出教室；数着来之不易的假期在日历上勾勾画画；书柜里总是装满了各式各样的零食与人分享；演算过的草稿纸一摞又一摞；考试前的论坛上大家总会疯狂转发好运锦鲤；随身携带的耳机里播放着流行歌曲……这一刻，大家终于意识到，自己的青春已经散场了。

视频播放完毕，和蔼的校领导举起话筒，面向所有人，大声说道："恭喜你们，成功毕业了！未来很长，希望你们能永远如现在这般恣意且自由，南榆七中永远是你们坚强的后盾！以后记得常回母校看看啊！"

礼堂两侧喷出五颜六色的彩带，彩带飞扬，飘散在半空中，宣告着青春的落幕。

典礼结束后，礼堂留给学生们自行安排。吴熙汀让班长余晓远通知大家到舞台一侧集合，等待的过程中，吴熙汀眼中渐渐有了泪意，这是她第一次完整地带完一届学生，从高一到高三毕业，她让班里的每一个人将指纹印在班旗上，留着做纪念。

余晓远上前一步拥抱住她，感谢她三年的教导。她是理科A班的班长，比大家和班主任的接触多一些。

班上的人慢慢围聚过来，等待着常夏归队。

江槐埋头看着手机，编辑了一段文字，发到了论坛里，程嘉然看见后笑道："我就说你刚刚怎么一直在看手机，原来是在编辑这个。"

江槐淡定地说："这叫惊喜。"

有人喊了一句："常夏来了！"

他们回头，见常夏小跑过来，马尾一晃一晃的。

"既然来齐了，大家有什么话就说说，以后再想聚就难了。"吴熙汀说，"我是班主任，我先来。"

"感谢同学们三年以来对老师的支持，老师很高兴能带领你们一步一个脚印地走向毕业，你们仍然年轻，前途光明，一定会有到达彼岸的一天，祝你们前路顺利，来日方长！"吴熙汀和他们每个人击了一下掌。

"愿未来的我们，依旧年少轻狂！"余晓远等这轮击掌结束后，第二个发言，她看向他们，三年了，大家的面容没什么变化，但是眼里闪着星光，多了几分坚定的向往。

余晓远讲完，溜过去找常夏，剩下的人学着余晓远发出祝福，感谢老师的栽培。

人群的另一侧，江槐正低着头听常夏说话，不知道常夏说了什么，惹得他轻笑一声，余晓远撇了撇嘴，挤进两人中间：“夏夏，你跟我来一下，我有话和你说。”

常夏看了江槐一眼，跟着她离开。

“怎么了？”

余晓远说：“就是过来跟你道个别。我大学考去了临城，听说你是临城人，感觉我们还挺有缘分的。开学那会儿见到你时，我就在想，怎么会有这么漂亮的女孩。虽然平时和你聊的话题不多，但我还是真心把你当成要好的朋友的。等我到了临城，人生地不熟的，还要麻烦你多和我说说哪里有好吃的，哪里有好玩的。你呢，和江槐一起考去了南华大学，我真挚地希望你们可以长长久久，以后可别忘了陪伴你一年的班长我啊！”余晓远说完，轻轻地抱了一下常夏。

“好，去临城的时候一路平安，认识你我也很开心。”常夏笑道。

“行啦，我要走了，如果有机会，你回临城的时候我来找你。”

“好。”常夏说。

有不少人已经离场，礼堂内逐渐空了下来，余晓远和常夏道别之后也离开了，常夏目送余晓远那抹清瘦的背影被光影吞没，收回视线，回到理科A班的集合点，班上的人陆续找她道别。这次，大家是真的说了再见。

突然，有同学高喊出声：“我的老天爷，你们快看江槐的论坛！”什么事情能让他这么震惊？

祁温言耳朵灵，听完立马打开论坛，江槐是江氏集团和蒋氏集团的少爷的帖子热度不减，当事人自己发了一条之后，居然盖过了风头，冲上了第一。所有看了这个帖子的人全部目瞪口呆。帖子只有一句话——

月亮：你也是。

下方配图是一张常夏站在台上，望向他手机镜头的照片。

△我去，我疯了！

△这是什么？

△震惊我三亿年，果然优秀的人会互相吸引，我心碎了。

△偶像剧都不敢这么演，呜呜，磕到了！

评论不断刷新，祁温言完全看不过来。

常夏在后台的时候就看见了江槐发的新帖子，现在还算冷静。但是回到原地，并没有见到江槐，于是问段柔：“江槐呢？”

段柔说：“被几个老师拉去别的地方拍照了，估计一时半会儿回不来。”

常夏呆呆地站在原地，迎接一些路过她的学生找她合照的提议，临走还不忘说：“要和槐神长长久久啊！”

常夏笑着点头。

礼堂外面比里面还要吵闹，常夏一边往外走，一边静静地回想着自己这一年的生活。

纸飞机是一切的起点。它让她遇到了如清风般温柔的江槐，他笑起来有两个小梨涡，爱吃棒棒糖，爱喝橘子汽水，既会制造浪漫，又会制造惊喜，是南榆七中永远的天之骄子。

易拉罐撕开了黑夜的南榆，让她对上了那双凌厉的眼眸，段柔长得英气漂亮，只有笑起来的时候才会显得柔和，她会为一道物理题困惑三个小时，也可以为一个人做出改变，她虽然狂妄，却不自大，热衷于给自己贴南榆七中“校霸”的标签。

活跃气氛的头号选手必属祁温言，他长得很好看，说话的语调总是上扬着的，他自封“不败之神”，因为他跌倒了会努力爬起来，是个有毅力的人。

而看似沉默，实际话多的程嘉然则是风靡全校的学生会会长，他成绩优异，重视友谊，每次都能和祁温言完美地打配合。

当然，还有和她隔了两千公里的叶穗，安静内敛是她在校园里的伪装，活泼调皮才是这位大小姐的本性，常夏很喜欢和她待在一起。想到叶穗，常夏忽然想起叶穗前几天和她通了电话，说要来南榆。明早的航班，中午落地，她和江槐说过，准备明天一起去接机。

叶穗原本打算高考结束就来找常夏和周存青，可叶樊不让，非要让她等到出了高考成绩再说。好巧不巧，叶穗从小就有个当医生的梦，就报考了南榆市的医科大学，现在已经收到了录取通知书。当然，叶穗也有私心，她想找周存青，在南榆市可以离他近一些。

不知不觉，常夏走到了礼堂外面。太阳光强烈得让她微微眯了下眼睛。

还有什么人让她印象深刻呢？还有……常夏抬眸，看见一个高挑的男生正倚着一颗梧桐树，目光淡淡地朝她看来，不是陆希澈又是谁？

常夏想，她有好长一段时间没有看见他了，就连拍毕业照那天他都没有来。

他戴着棒球帽，瞧不见神色。

"常夏。"陆希澈保持距离，极轻地叫了她一声，不等她问，主动说道，"周存青高考完就出国留学了，估计……七八年不回来，也有可能……定居在那边。"

常夏愣了愣，陆希澈怕是已经习惯和她提起周存青的去向了。那叶穗来南榆岂不是找不到周存青了？她得和叶穗说一声才行。

常夏不疑有他，默默地点了头。

陆希澈内心极度挣扎，谎言让他难受消沉，可是没办法，谁让他答应了周存青要帮他守护好秘密呢？

"我……我考上大学了，还是一所很不错的重点学校。"陆希澈吐了口气。

常夏微微惊讶，后来的几次模拟考试，陆希澈的成绩都还不错，所以常夏相信他一定是有学可上的，但他能考上重点大学，有点出乎常夏的意料。

"很好啊，星光不负赶路人，付出终有回报。"常夏笑道。陆希澈也牵起嘴角。

常夏看了眼手机时间，估摸着江槐应该回来了："我还要回礼堂一趟，就此别过啦，祝你未来越来越好，走到人声鼎沸里，永远向前。"

她背对着光，高高束起的马尾垂下，如初见时，他偷看她那般明媚漂亮。他总是刻意避开她的目光，却用眼睛描绘她千千万万遍。她和别人不一样，像绽放在冬天的海棠，像轰然炸开的烟花，更像夏天的灼灼烈阳。

陆希澈鼻头微微发紧，眼神变得深邃。他取得了学业上的成功，却失去了所有在乎的人，那个无所畏惧的陆希澈再也不会有了。

"愿你……"陆希澈抬头看了一眼前方的身影，心中不知道是什么滋味，"一辈子无忧无虑，欢喜永驻。"

她那么优秀，以后路途坦荡，没有他的祝福，也能做到，他只希望她开心健康。这大抵是他现在最想实现的愿望了。他知道的，他与她擦肩而过，以后不可能再有交集。天空澄澈，一股热气吹向四面八方，陆希澈压低棒球帽，释然一笑。一场名为朋友的骗局，犹如他荒芜世界中唯一的一束光亮。她像一缕风，跟不上，抓不住。

他转身，慢慢走出校园。他想要拥有的东西全部失去，在这场偌大的青春里一无所获，只有一段见不得光的感情埋藏在心中。

常夏回到礼堂时，江槐正好回来。剩下的人寥寥无几，地上飘落的彩带已经被清理干净。

程嘉然看向他们四个，道："还不走？"

"走啊，这不想着聚齐了，聊会儿天再走。"祁温言说。

程嘉然哼笑一声："那就还是老样子，我们各奔前程，但哪怕远隔千里，这份友情也是不会改变的。我今晚就要飞国外了，以后不能和你们一起上课，一起吃饭，不要忘记我啊。没有请大家吃饭，实在对不住，回头在群里发红包作为补偿。"程嘉然说。

祁温言听到后，忍不住骂道："真是不讲义气！"

程嘉然说："日后总有机会再见的。"

"平安降落后，记得在群里发个消息。"江槐拍了拍程嘉然的肩膀。

能遇到玩得好的朋友不容易。

"还是那句话，'苟富贵，勿相忘'。"祁温言露出笑容，"可别忘了我们南榆'F5'。"

"要常在群里冒泡，给我们分享点国外的趣事。"段柔说。

"一帆风顺啊，程嘉然。"常夏说。

程嘉然："那是自然的。"

程嘉然朝他们挥手，四人目送他离开。

祁温言牵起段柔的手，对江槐和常夏说道："既然这样，我和段柔也走了，改日再聚。"两个人同时笑起来。

江槐摆摆手："走吧。"

祁温言欠揍地做了个鬼脸。

段柔上前一步，抓着常夏的手晃了晃，说："以后有什么困难都可以来找我，尽管高中结束了，我还是可以罩着你的！"

常夏笑着点头："好。"

"还有你，江槐，对我们夏夏好点，听到没有？"段柔看向江槐，"你要是敢对她不好，我一定过来揍你。"

江槐哭笑不得："不会给你机会的，别想了。"

祁温言说："这事就不用咱们两个瞎操心了。"

"你们两个还走不走？"江槐笑了下。

他们两个不再调侃，挥了挥手离开，一边走，一边聊："哎，我知道夜市有一家章鱼小丸子特别好吃，还有板烧鱿鱼、炸鸡米花，对了，你最喜欢的杧果冰沙也有……"

祁温言含着笑意的声音回荡在礼堂里，夕阳的光照进来，把两人的影子无限拉长，他们就这样走，走向他们盛大的未来。

整个礼堂就剩下江槐和常夏，他看着她，朝她伸出手："毕业了，常夏。”

常夏眼中流转着不舍的情绪，把手交给江槐，两人一步一步走向外面，高中生活已经离去，留在她身边的只有江槐。

“对啊，怎么就毕业了。”常夏感觉踏入理科 A 班的那一刻仿佛还在昨天。

夕阳在操场上洒下满地金光，江槐和常夏慢悠悠地走在跑道上。

“记不记得之前一次体育课上的追人比赛，赢了的人有一块冰西瓜，你当时是不是故意让我的？”常夏笑着问。

江槐怎么可能承认，他笑着摇摇头：“怎么会呢？我当时输得彻彻底底。”

常夏才不相信。

江槐侧头爽朗一笑，柔软的头发镀上了一层光泽。他忽然说：“闭上眼睛，张开嘴。”

常夏听话地闭上眼：“做什么……”

江槐打断她：“张嘴。”他笑眼弯起，特别好看。

常夏努努嘴，乖乖张开。

有什么东西碰到舌尖，甜味蔓延开来，常夏猛地睁开眼，对上江槐炙热的视线。

“刚刚摸到口袋里还有一颗，留给你吃。”

是一颗阿尔卑斯糖。一瞬间，种种关于糖果的回忆在脑海中浮现。

“还记得你进理科 A 班时的自我介绍吗？”江槐问她。

常夏印象深刻：“我叫常夏，经常的常，夏天的夏，希望我的名字能在明年的夏天带给大家好运，一起奔向未来。”

江槐闻言，嘴角上翘：“夏天是属于我们的，而你属于我。”江槐的校服衣角被风轻轻吹起，“我拥有过一个因你而辉煌无比的夏天。”

感谢有你带我穿过这个季节的婆娑树影，目之所及是浓浓的绿荫，艳阳正烈，盛夏绵绵，梧桐树郁郁葱葱，鸟语与蝉鸣交替。这里藏着一个秘密，是一场独属于青春的邂逅。

纸飞机穿越光影，抵达命定的终点，这个画面反复在常夏的脑海里上演，常夏看着眼前的人，他的笑容犹如初见。

保安在门口大喊：“快点走，要关门咯！”

江槐牵过她的手，轻声说道：“走吧，前方还有无数个盛夏在等着我们。”

常夏澄澈的眼眸中映着他的影子：“好。”

夕阳下，跑道上，他们朝前奔跑，奔向更大的世界，无论什么都阻挡不了少年的步伐。

微风徐徐吹过，驱散了空气中的余热。

夏天光明炽烈，我们正在热恋。

——正文完——

番外一

第七年夏

季节轮换，转眼间已经是高中毕业后的第七年夏天了。

毕业后，陆希澈再也没有见过常夏，联系方式也没留过，他记忆中的常夏一直停留在高中时期。大学毕业后，陆希澈开了一家名为“夏”的花店，他没有离开过南榆，这么多年一直在这里。因为他所有珍贵的事物都埋藏在了这所城市，他不想离它们而去。

负责经营花店的人除了他还有一个兼职的姑娘，小姑娘刚上大一，陆希澈和她说有空来就行，工钱照样结。

今天是暑假的第一天，姑娘和他一起忙活了一整天，快收工的时候，门又一次被人从外面推开。陆希澈正在里头收拾杂草残枝，于是就朝姑娘说道：“小七，你去看看是谁。”

小七说：“好。”

走进花店的是两个人，一男一女，两人挽着手，男的眉目温柔，五官端正好看，女的乖巧明媚，头发束起，发尾微卷。小七头一次见长得这么好看的情侣。

“两位要买什么花吗？玫瑰，郁金香、风信子、洋桔梗这些花都是今天下午新运输过来的，新鲜得很。”小七恭敬地说道。

常夏看了看这里面的环境，色调以白色为主，但装饰了许多粉色满天星，非常清新。她是被店名吸引进来的，她没想到南榆七中的附近居然开了家花店，还是以“夏”命名。

“你们店里好多粉色满天星啊。”常夏感叹。

正在里头忙活的陆希澈手中动作一顿，他眨了下眼，觉得自己肯定是听错了，于是嗤笑一声又继续忙活了。

小七笑道：“是啊，我们老板喜欢，但这些粉色满天星是花店里的非卖品，仅供观赏。”

常夏张了张嘴巴，觉得可惜：“这样啊，我还想着买回家放着呢，看着挺漂亮的。”

直到她提到粉色满天星，陆希澈才笃定就是她。尖锐的分枝割破了手指，但陆希澈没有在意，他抬眸，想从门缝中窥见那个身影。

小七笑道：“可以选选别的，别的也很好看，花束款的都是老板亲自做的，每天买的人可不少呢。”

江槐站在她旁边宠溺地道：“喜欢就拿，我送你。”

这个男生的魅力太大了，小七忍不住看了他好几眼，这种夺目耀眼的人也就只有他旁边的女生能压住。小七暗自想着，可能是富家少爷在讨千金小姐开心呢。

常夏眼睛转了一圈，决定道：“那就要一束白色洋桔梗吧。我记得段柔和我说过，这花代表了真诚不变的爱，祁温言之前在大学校门口送了她好大一束。”

“那就要这个。”江槐看着她爱不释手的模样，笑了下，转头问小七，“多少钱？”

小七刚想说话，就被陆希澈一嗓子给叫住了：“你先进来一下。”

小七愣了愣，老板的声音怎么听上去有些沙哑？

“不好意思，等我一下，去去就来。”小七连忙说道。

江槐说：“没事，不急。”

小七进到里头，听陆希澈和她小声说完话，不解地问：“为什么啊？”

陆希澈瞪了她一眼：“别问那么多，小心我扣你工钱。”

小七撇撇嘴，说道：“好吧。”

江槐和常夏见小七出来，不等他们问，小七就有些别扭地说道：“嗯……我们老板，呸呸呸，是我们店，我们店快关门了，这是今天的最后一束白色洋桔梗，老板说就不收钱了，送给你们。”

“送我们了？这不太好吧。”常夏说，“好歹也是亲手做出来的，总要有点回报。”

江槐附和，他都准备扫码付款了。

小七立马拦下他：“真的不用，我们老板人大方，花店要关门了，二位拿上就走吧，祝你们天长地久。”

常夏虽然心里有点过意不去，但看小七这赶人的架势，就知道这钱人家是不可能收了。

陆希澈听到外面没了动静，才从里头出来：“走远了吗？”

小七说：“刚走没多久。”

“嗯。”陆希澈淡淡地回应一句。

小七好奇地问：“老板，您认识刚刚那两个人吗？”

陆希澈眼底毫无波澜地说：“不认识。”

“那您还免费送花给他们？还让我来骗人？”小七无法理解。

陆希澈不太想回答那么多：“我乐意。今晚收工了，你走吧，工钱给你加多点。”

小七妥协道：“好。话说回来，老板，您至今单身，是不是因为刚刚那个漂亮女生？”

小七又不傻，她怎么会看不透呢？不然以往夜里也会有女生过来买花，她怎么不见陆希澈给别人免费？

来花店买花的女生有一大半是冲来他的，可陆希澈眼都不抬一下，每次都只捣鼓着手上的东西，这更加激发了追求者的求胜欲。有些女生甚至在这里买完花之后反送给陆希澈，每次陆希澈都会装作一副受宠若惊的样子接过，然后将花放回原位继续售卖。小七每次看到都憋不住笑，但谁也拿他没办法。

陆希澈又瞪了她一眼：“你还想不想要工钱了？”

小七乖乖地闭上嘴巴，心里早就对自己的猜测肯定了八分，但她不敢说，否则自己的工钱就要被扣光了。

“那我走了，我后面几天都不过来，爸妈带我去北方玩，如果可以的话，我给老板您带点特产回来。”小七背起包，开开心心地往外走。

陆希澈扯着嘴角笑了笑，很快出去关了花店的门。

陆希澈仍住在原来的旧居民楼里，七年里翻新过一次，但陆星幕的房间他始终原封不动地保留着。

回到家时已经是晚上十点，干了一天活下来，整个人疲惫不堪。他洗漱完，去客厅处理了一下被划到的伤口，去床上拿手机充电线时，无意间看见了床头柜上摆着的照片、泛黄的纸条和一个黑色皮筋。

陆希澈走过去拿起来看了看。

照片里的男生穿着校服，笑容有些僵硬，但胜在面容清冷，这个笑显得恰到好处。不远处入镜的女孩则一并看向了镜头的方向。纸条上写着“加油”二字，字体漂亮，但随着时间的流逝，字迹已经有点模糊不清了。而那根黑色皮筋正是她遗失的，偶然被他捡起，一藏就是七年。

今晚在花店碰到她，属于意料之外，陆希澈想，她一定是被花店的名字吸引了，毕竟，他的花店名字本就是因她而取。

南榆市这么大，只要不是离开去了外地，兜兜转转总还有机会可以遇到的，但今晚却是七年以来他第一次见到她。在她不知情的情况下，有个人透过门缝，看了她好久。

一刹那间，回忆迅速涌上脑海，将他拉回了七年前的高中时期。

天空湛蓝，偶尔有几只飞鸟掠过，陆希澈正趴在栏杆上无所事事，手里突然被塞了一个魔方。他一转头，对上了周存青的视线："你会不会玩？"

陆希澈掂量了一下魔方，说道："不会。"

"你不会？！我昨天明明看见你帮我们班上一个男同学扭好了六面魔方，你跟我说你不会？"周存青语气激动。

陆希澈微眯起眼："你看错了吧。"

周存青："全校找不出和你长相一模一样的人，你说我看错了？"

陆希澈："说不定呢，你连鸡和鸭都能搞错。"

周存青臭骂他一声，准备夺回他手里的魔方时，陆希澈手一缩，眼睛不自觉地看向了某处。

常夏和段柔并肩走过，也不知道段柔说了什么有趣的事，引得常夏一直在笑。虽然距离有点远，但陆希澈还是一眼认出了她。

"喂，陆希澈，你在看什么？眼珠子都要掉出来了。"周存青笑着说。陆希澈不说话，周存青更好奇了，也同他一起趴在栏杆上往下看。

"常夏啊，前不久期中考试榜上有名的那位，她可是理科王者。"

陆希澈神经兮兮地看了他一眼，还是没有说话。

周存青吐吐舌，觉得无趣，趁陆希澈不注意一把夺回魔方，转身说道："你慢慢看吧，我去打球了！"

陆希澈皱起眉头道："打什么球，你回去休息行不行？"

周存青一身反骨："反正都那样了，你别管我了。"说完，他一溜烟跑得无影无踪。

陆希澈回头想再看看常夏时，发现她已经走远了。要不和她交个朋友吧……

后来，他在校门口蹲了十几分钟，就为了亲手给她送上一根冰糖葫芦和热乎乎的小吃。

理科 A 班每个月会有一节体育课和文科 C 班一起上，每次到了那时候，一听到下课铃响起，陆希澈就会急急忙忙地冲出教室，跑到操场时又故意慢下脚步，只为远远地看她一眼。

那天，几个女生正围着常夏教她打篮球，有人给她示范了一下三步上篮基本动作，常夏逆着风，向前跑了几步，抬手，球完美命中篮筐，引得周围一阵欢呼。

陆希澈也笑了，他躲在梧桐树下，没有人发现他的一举一动。

每次考试放榜，陆希澈都会精准地捕捉到常夏的名字。她一直名列前茅，从来没有掉下来过，而自己却一直在下游慢慢浮游。

陆希澈想，自己好歹得到过她的鼓励，也从那一刻开始，他想要跨越所有难以克服的事情，去成为和她一样优秀的人。他开始废寝忘食地背英语单词、刷数学题，如果不能和她顶峰相见，起码半山腰也有别样的风景。

起初，他把一切都想得特别美好，直到那一天在便利店门口相遇，现实打破了想象。陆希澈忽然清醒过来。像他这样的人，父母离异，还有一个年仅六岁需要治病的妹妹，需要每天靠兼职维持生活，和常夏有着身份上的本质差别。他后悔了，他不应该叫她的。

无意间，他瞥见了一条她手机上弹出的生日祝福。原来十二月二十五日是常夏的生日。于是他偷偷跟上她，在附近的蛋糕店买了一个巧克力蛋糕送去了那家 KTV，让服务员帮忙送到一位姓常的姑娘手里。陆希澈不知道常夏最终有没有收到巧克力蛋糕，但蛋糕看样子挺好吃的，他自己都不舍得买，他希望她会喜欢。

后来，他在医院碰见了常夏，她得知陆星幕的病情后万分痛惜。陆希澈和她说了一些关于家庭的事情，常夏听完居然给他塞了两百块，说是给陆星幕买吃的，她说一切都会好起来。

是吗？一切都会好起来吗？不是的，一切都好不起来了。

陆星幕的离世让他颓废了好久，但他还是逼迫自己尽快走了出来，不再消沉下去。他每天一如既往地路过理科部理科A班的教室，运气好一点的话，能撞见她，和她打个招呼或者聊上几句，运气不好，就一整天都看不见她。他做尽了幼稚的事情，用蹩脚的理由制造话题，却还是无法真正靠近她。

因为叶穗，常夏来找过陆希澈几次，不过每次都是在问周存青为什么突然消失不见。他其实不想骗她，但又不得不总是骗她说周存青生病发热了，可能过几天才来。

高考结束后，除了陆希澈，所有人都在热烈欢呼着迎接为期三个月的假期，而他却在奔去医院的路上。

周存青失约了，他失去了这个世上所有对他好的人。那一刻，陆希澈突然觉得，自己大概都不会再发自内心地笑了。

他没有去拍毕业照，借口生病逃避了，他也没有勇气再去面对常夏。当初的一切到底是喜欢还是执念，他早已经分不清了，只记得那年不经意抬头，他望见了一个触动心跳的身影，从此，一只乌鸦等来了黎明，等来了一束光亮。

毕业典礼时，陆希澈没忍住，偷偷换上校服坐去最后一排，看了常夏的演讲。她似乎什么都不用做，单单站在那里，就能潜入他的脑海，搅得他天翻地覆，无人能敌。

她那么好，可惜并不喜欢我。

那场演讲的最后，她说："祝你们都能得偿所愿。"

陆希澈听完，苦笑了一下。他想要的东西早就离他远去了。他失去了唯一的妹妹、知心的兄弟，还有……他喜欢的女孩。或许以后，他也遇不到比她更好的人了，而他不得不接受这一切。暗恋原来是这般苦的，酸涩得像树上没熟透的梅子。

他只是想被人好好爱着，很难吗？答案是，对陆希澈来说，难于登天。

如今，陆希澈早已不再是从前那个少年，他不再打球，也不再奢求那些本不属于自己的东西。他知道的，常夏喜欢的人是江槐，并不是他。而他也只能送上一句："愿你一辈子无忧无虑，欢喜永驻。"

于是泛黄的纸条、偷拍的照片、掉落的皮筋，最终都被他写进了本子里，妥帖收藏。

喜欢你，似乎是我青春里做过最热烈的一件事，我对你的了解其实并不多，却沉迷在每一次和你的对话与擦肩而过中。

你爱穿白鞋，爱在左手腕戴手表，爱扎高马尾，喜欢喝一款橘子汽水，常常带着阿尔卑斯棒棒糖，永远活力四射。

公告栏上你光荣的成绩，是我触不可及的云顶。无数人嫉妒你的优秀，但你太争气了，永远留在山顶看着玫瑰花开满遍野。

我知道你的论坛账号却没敢加你，也常走你回家的路，虽然每次走到一半就退缩折返，幸好你一次也没发现过。

我喜欢你的肆意、你的明媚、你的自信，那些我伪装出来的东西，而你全部拥有。于是，我总会不可控地想起那个夏天，想起我再也回不去的十八岁，想起令人烦躁的高温和课堂上让人昏昏欲睡的粉笔声，以及……悄悄滋生的喜欢，无疾而终的暗恋。

如果重来一次，我还是会心甘情愿地站在你的世界边缘，作为普通朋友，虔诚地祝你幸福。而你在我心里，永远不会消失。

时隔七年，再次翻看这些记忆，陆希澈只觉得自己压根没有翻篇的能力，他根本无法忘记她。苦涩的青春，留白的暗恋，有一个放在心尖上的人，被遗留在了过去。

最近，陆希澈经常梦见高中时期的事情。有时候是午睡醒了和周存青在走廊里晒太阳，阳光刺眼，他们索性闭上双眼，听走廊里陆陆续续传出来嘻嘻哈哈的声音、树叶被风吹过的声音。周存青指着前方逗他说："陆希澈你快看，你喜欢的女孩来了！"

陆希澈明明知道不可能，却还是抬头看了过去。

"天天骗我，改天我也骗你，说你的小青梅来南榆七中看你了。"说完，陆希澈侧头一看，周存青的身影早就不复存在。

然而睁开双眼，哪里还有什么学校呢?

陆希澈坐在花店里，握着手里的粉色满天星，瞧着外头的阳光，想，他好想永远停留在这个梦里，不再醒来。

一只蝴蝶无声无息地飞进了花店，在窗户上驻足，不知道是在等待着谁。

花店的老板再次睡了过去，只有随机播放的歌单还在悠悠唱着……

毕业后的第七年夏，某个下午，陆希澈做了一个很长的梦。

梦里，常夏穿着蓝白相间的校服，手里抱着一本厚厚的练习册，阳光下耀眼的笑容，惊艳了他往后长久的时光。

番外二

下辈子长命百岁

阳光普照，知了在榕树上叫个不停，教室里只装了几台吱嘎作响的风扇，开到最高挡也吹散不了燥热。下课铃一响，周存青就听见了隔壁二年级一班的哄闹声。

“我要吃牛奶味！”

“我要吃绿豆味！”

“我要吃香草味！”

乱七八糟的声音传入周存青耳边，他好奇地往外望了望，瞧见三四个人从班里跑了出来，手里还拿着让人流口水的解暑冰棍，路过的小孩眼巴巴地看着他们，眼带羡慕。周存青收回视线，起身拿着水杯出去打水。

饮水机旁排队的人不多，周存青打完水后折返，不承想走廊里打闹的人太多，他一路避让，还是被推搡的同学撞到了手肘，水杯里盛满的水微微洒出了些，他有点后悔自己为什么没有早早拧好盖子。周存青抿着唇，只想快点离开这里。

“沐雨，你撞到人了！”

一个稚嫩的女声在周存青身后响起，他回头一看，这不是前几天爬他家果树摘果子，结果摔了下来，还塞他酸果子的小女孩吗？她居然和自己在同一个小学。

那个叫沐雨的小女孩张了张嘴：“我不是故意的……”

周存青面无表情地说道：“没事。”

叶穗抬眸看去，刚好对上周存青淡淡的目光。冤家路窄，叶穗想起自己给他塞酸果子的事情，只想逃走，生怕被他抓住小辫子。然而，周存青说完就头也不回地转身走了。叶穗后知后觉地心里有点过意不去，好歹当时他还帮自己包扎了伤口，自己却一声不吭地跑了。

“穗穗，你再不吃冰棍就要化掉啦。”苏沐雨说。

叶穗反应过来时，冰棍的底部已经开始化水，流到了她的手指缝里。

“快点吃，吃完我们去找宁瑶她们玩编花篮！”苏沐雨兴奋地说。

叶穗垂眸道：“你先去吧，我会教室拿个东西。”

苏沐雨虽然不解她为什么还要回去一趟，但她还是说道：“好吧，那你快点。”

“嗯。”

周存青刚回到位置上，就被班主任叫去办公室谈话。

班主任是个女老师，姓李，三十岁出头。李老师问周存青：“最近情况怎么样？身体有感到不适吗？”

作为班主任，她早在他入学的时候就收到了林羡发来的嘱托，说她家儿子患有先天性心脏病，希望老师多留意些，不要让他剧烈运动。李老师应下后，没有对外多嘴，只是一有空就会关心一下周存青。她觉得这孩子可怜，明明长得那么好看，学习也不错，待人有礼，做事有规矩，怎么就病魔缠身呢？

周存青的回答一如既往：“挺好的。”

李老师只好道：“一会儿有课外活动课，体育老师说运动量不大，但对你来说还是不行。老师也是为你的身体着想，所以自作主张替你请了假，往后如果还有要跑步或者其他运动的项目，你就安安心心地坐在一旁，知道了吗？”

周存青习以为常：“嗯，谢谢老师。”

“行，那你回去上课吧。”

周存青低着头，出了办公室。他其实并不想要这样的优待。每次大家看到他可以坐在树荫底下乘凉的时候，都会流露出眼红的目光，因为他们顶着大太阳在跑步，自己却在偷懒。可是没有人知道他们想逃避的肆意奔跑，是他渴望已久的无拘无束。

周存青还没走到班门口，就听见有人大喊：“周存青，你居然认识隔壁一班的洋娃娃！”

季子延口无遮拦，大摇大摆地走过来，眉飞色舞。这是周存青的同桌，也是班里响当当的小喇叭。

周存青拧起秀气的眉毛，疑问道：“什么意思？”

季子延激动得一拍大腿：“洋娃娃给你送了一根冰棍！她只给你送了！”

周存青一头雾水，边往里走边问：“谁是洋娃娃？”

季子延说：“二年级一班的叶穗啊，你没见过她吗？她长得好漂亮的，安静又乖巧，好多小孩都喜欢和她玩，我也好喜欢她。”顿了顿，他又道，“你肯定是和她认识，不然她怎么会给你送冰棍？”

周存青终于听出了个大概。季子延说的大概就是爬他家果树、塞他酸果子的人，但安静乖巧和她完全不符。

周存青说道：“我不认识她，就见过几次，没太在意。”

季子延不信：“怎么可能？你不认识她，还给你送冰棍？”

周存青听出他话中有话，他走到位置上，看了季子延一眼，平静地道：“你说那么多，就是想吃冰棍了吧？”

被人戳中心思的季子延尴尬地笑了笑，周存青怎么这么聪明？“反正我也没见过你吃冰的东西，想来这根冰棍你也不稀罕，要不就让给我呗？”

周存青看着季子延搓着小手，一脸盼望地看着自己，周存青想，那就给他吧，自己确实对冰棍提不起兴趣。周存青的话还没说出口，他就看见冰棍旁还放着张纸条，上面画了一个大大的笑脸。不知怎的，周存青突然改口说道："我稀罕死了。"

季子延："啊？你……"他好半天都憋不出一句完整的话。

忽然，周存青问他："她叫什么名字来着？"

季子延努努嘴，冰棍近在眼前，却根本不属于自己，他怎么也高兴不起来，无精打采地道："叫叶穗，叶子的叶，麦穗的穗。"

周存青在嘴里默念了几遍，好了，他记住了。

周存青家距离学校近，步行只需几分钟，他不想让林羡跑来跑去的接送，所以放学都是自己走回家。

下午四点，太阳还没下山，小路上金灿灿的一片。

周存青总感觉有人在跟踪他。他心中一紧，停下脚步，回头看向身后，很快捉到一个躲在停靠的汽车尾部、露出粉色鞋尖的人。

"是谁？"周存青警惕地问道。

这话一出，粉色鞋尖骤然往里头缩了缩。

"出来，我已经看见你了。"周存青诱道。

那头还是没有动静。

周存青抿唇，转身走了过去，还没靠近，一个身影突然从汽车后面窜出来，像兔子一样蹦到他面前，吓了他一大跳。

"你怎么看到我的？"叶穗自认为躲得很完美。

周存青后退了几步，睁大眼睛看着这个比他矮半个头的小女孩，一时之间说不出话。

叶穗坏笑："我知道了，你一定是早就发现我了，故意让我跟着你是不是？"

周存青无言以对。见她一直在自己的眼前晃来晃去，雪白的肌肤衬得她唇红齿白，周存青想，才七岁就这么漂亮，长大以后应该会更好看吧？不过她年纪不大，怎么每次都语出惊人？

周存青没回答是或不是，反问道：“你跟着我做什么？”

“顺路呀，你家附近有个小公园，我每次放学后都会和好朋友一起去玩，我爸爸也会在那儿接我。”叶穗笑嘻嘻地。

周存青家是自建房，有个小院子，过了马路确实有个小公园，北宜小学的孩子都喜欢去那儿玩，吵闹得不行，周存青写作业的时候都能听到。

周存青点点头，问道：“哦，那你怎么一个人走？”

“我把其他人都打发走啦，不然怎么偷偷跟着你？”叶穗明目张胆地说。

周存青微微惊讶，挑了挑眉，话题兜兜转转回到了起点：“你跟着我做什么？”

叶穗收起笑容，小心翼翼地问：“你今天有没有看见桌子上摆了冰棍？”

这根冰棍算是她对他的补偿，毕竟是她先爬人家的果树的。

周存青想逗逗她：“看见了，我给别人了。”

“你给别人了？！”叶穗很生气，“你没看见我给你画了这么大一个笑脸吗？”她还用手比划了一圈，“就是想让你开心一下，别板着张脸……”她越说越小声。

周存青哪知道她会这么激动啊，用手刮了刮鼻子，轻声说：“骗你的，我吃了，很好吃，谢谢你。”

叶穗闻言，睁着水灵灵的大眼睛问：“真的吃了？那你有没有开心点？”

周存青被她缠得动不了身，又拿叶穗没有办法，真是个烦人的洋娃娃。

“嗯，真的吃了，笑脸我也看见了，虽然画得歪七八扭，但我很开心。”这是周存青的真心话。

叶穗扑哧一笑，乐开了花。她的画技烂，只会画火柴人，她本来以为他会无情地嘲笑她呢，可他没有。叶穗说："我爸爸说吃点甜的东西就会让人心情愉悦。"

周存青起初还疑惑叶穗为什么无端端给自己送冰棍，现在倒是明白了。周存青淡淡道："先酸后甜，也没什么不好的。"

叶穗脑瓜子聪明，一下子就明白他不和她计较了，如此，叶穗悬着的心终于放下了。

"那我先走啦。"叶穗握住书包带，一蹦一跳地往前走，麻花辫小巧动人。

周存青不受控制地小跑上前，喊住她道："叶穗，你等等。"

"怎么了，你是想和我交朋友吗？可我还不知道你名字呢。"叶穗期待地问。

北宜小学里好多人都想认识叶穗，可不是人人都有这个机会。现在机会摆到周存青面前，诱人无比。他说："我叫周存青，存留的存，青春的青。"

叶穗皱眉，直接摊开肉肉的手掌给他："你写一下。"

周存青无可奈何地笑了笑，指尖轻触上她温暖的掌心，一笔一画地写着。叶穗看见他长长的睫毛投下阴影，小小的鼻头被蚊子叮了个包，颇为滑稽。周存青写完抬头，就见叶穗一脸笑意，也不知道她记住没。

"周存青。"叶穗记住他了，"你只回答了我一个问题。剩下的问题，你不回答我就当你答应啦！"说完，她转身就跑，跑到一半又回头道，"千万别把我凶巴巴的一面说出去哦，不然我就和你绝交！"

周存青站在原地，好一会儿才笑出了声，谁说要和她交朋友了……好吧，他对她的请求无法抵抗。

晚上吃完饭，周存青坐在椅子上，看着林羡忙东忙西，问："妈妈，你在干什么？"

林羡温柔地回道："小青，你的药快没了，今天妈妈去开了一些，正在整理。”

周存青嘀咕：“能不能不吃了？我觉得没什么用。”

“这怎么能行？”林羡看了他一眼，“药停了你就……”她说不出口，深吸一口气，“总之药不能停，妈妈也是为你好。”

周存青对爸爸没什么印象，这么多年，他和妈妈相依为命，知道她为自己的病忙碌奔波。他年纪虽小，但已经明白这种遗传病很难治愈，否则又何必每个月去一次医院治疗。可这些情绪，周存青憋在心里，没有流露出丝毫。林羡很辛苦，他怕她会伤心。

“妈妈，我和你商量个事情行吗？”周存青小声说。

林羡问：“什么事？”

“我们家附近有个小公园，我看见其他人放学后都会和好朋友一起去那里玩，我……我能不能偶尔去一下？”

林羡满脸疑问，以往周存青放学后都是回家温习功课，屁股沾到椅子就绝不离开家门半步，怎么现在想去小公园了？林羡也不是非要限制他，这个年纪的孩子爱玩，她能理解，只是他的病……

“偶尔去一下可以，但你不能剧烈奔跑，陌生人给的东西也不能要。”林羡妥协。

周存青性子比较沉静，林羡知道他在学校没什么朋友，所以也清楚他突然想去小公园的缘故。

见林羡答应，周存青的嘴角微微一弯，起身说道：“那我去房间里写作业了。”

“好，一会儿我把药送进来。”

“嗯。”

起初，周存青到了小公园之后只敢找个小角落坐下来。他大老远就看到了那个他熟悉的身影，眼睛灵动，欢脱得像春天开的第一枝花，生机勃勃。

叶穗玩石头剪刀布输了，大家惩罚她绕榕树跑五圈，小女孩不服气，嘴里嚷嚷着再来一次。

忽然，苏沐雨问她："对了穗穗，你上次去偷人家果树上的果子偷成功了吗？"

宁瑶也问："对呀，偷成功了吗？"

叶穗嘟起嘴："我才不会干这种事呢，我当时是说着玩儿的。"

"那好吧，那你膝盖上的伤是怎么回事？摔跤了吗？"

叶穗顺着她的意思，说："嗯，摔了一跤。"

"那好了吗？我听我妈妈说如果严重的话会留疤痕的，以后穿小裙子就不好看了。"宁瑶说。

叶穗摇摇头："没有。"话毕，她还拉开长裤给她们看。

小孩子说话声音大，周存青偷偷望去，只见叶穗的腿上有一道结痂了的伤口，看着触目惊心。

周存青心里想着她们刚才的对话，下一次来时，手里多了一盒白色的东西。他还是坐在原来的地方，不过，他找了好久都没有找到叶穗。忽然，一双手捂住了他的双眼，周存青一惊，嗅到了淡淡的茉莉花香味。

"猜猜我是谁？"叶穗故意压低声音伪装自己。

周存青无声地笑了笑："不知道。"

叶穗不气馁，换了种语气："猜不出来，今天就不让你离开这里！"

周存青放轻声音说："叶穗，你今天怎么不去找她们玩？"

叶穗瞪大了眼睛，答非所问："你怎么猜出是我的？！"她绕到他面前，和他平视。

周存青想说，除了你，好像其他人都不太愿意靠近我。然而他没有说出口，只是静静地和她对视，等她回答自己的问题。

叶穗垂着头说："我看你每次都是一个人坐在这儿，所以今天没去找她们，你是不是不想和我玩？"

每次？难不成叶穗一直都在注意着他？周存青没想到她会这样问，说："我不是不想和你玩，是我每次来的时候，你们都已经开始游戏了，我看你们玩得挺开心的，就没有加入。”

叶穗对他这个回答非常不满意：“怕什么？这局玩不了那就等下一局，而且你来小公园都不和我说一声，还要让我自己发现！”她双手叉腰，凶巴巴的。

周存青哑口无言。

叶穗本想追问一下原因，想了想，又作罢，说：“哪怕你不参加，坐过来也好啊。”

周存青见叶穗情绪低落，顿时手足无措：“那……那我下次过来，你不要哭了。”

叶穗抬眸，又气上了：“我才没有哭！在你眼里我就是个小哭包吗？！”

周存青早就知道她蛮横无理，一看就是被家里宠出来的小霸王，没想到还会倒打一耙。什么叫在他的眼里她就是个小哭包啊？他不是这个意思。

他低头不说话，叶穗知道自己好像凶过头了，眼珠子一转，盯着周存青这张干净的脸，转移话题道：“你整天板着脸会变成大苦瓜的。”

周存青眨眨眼，她真是……消气比翻书还快。

“你就不能多笑一笑吗？”叶穗凑近他。

周存青怔了怔，自己确实不怎么爱笑。

“多笑一笑，没有烦恼，长命百岁！”

叶穗上扬的语气让周存青有种错觉，好似她说的话半分不假。于是他努力挤出一丝笑容，眼睫毛一颤一颤。

“对啦，你笑起来多好看啊，你以后可不许在我面前做大苦瓜了。”叶穗警告他。

真难搞，周存青心想。

“天色不早了，我要回家了。”周存青起身，目光掠过她被长裤遮住的膝盖，把手里握了许久的祛疤膏给她，“这个给你，你记得每天涂几下，疤痕很快就消掉了。”说完，周存青把药膏塞到叶穗手心里，不等她回话就快步走开了。

叶穗留在原地，仔细打量了一下白色小盒，心中生出些许暖意，连嘴角都忍不住翘起。

从这天开始，叶穗小小的世界里就多了一个人。

上学的时候，她见周存青不来找自己，就索性厚着脸皮在他们班窗前游荡，直到周存青瞧见自己才停下。她经常给他塞好吃的零食，每一次都不重样，只要有新的东西，都会第一个给周存青分享。周存青在叶穗这儿见识了很多小玩意，如弹珠、纸青蛙、悠悠球……

久而久之，这样的行为好像成了一种习惯、一种依赖，就连苏沐雨也忍不住说：“穗穗，你对周存青也太好了吧？”

彼时只有九岁的叶穗并不懂这样做算是多好，她只觉得，每次和周存青待在一起就会开心，能忘掉许多烦恼事。

这天，周存青托着脸，目不转睛地盯着桌上那碗打包好的皮蛋瘦肉粥，这是叶穗带给他的早餐。

季子延见状，立刻扑到周存青跟前：“洋娃娃又给你送东西啦？还有，你刚刚居然笑了。”

闻言，周存青抬手摸了摸嘴角。上课铃还没打响，周存青一个人坐在位置上发呆。其实，他最讨厌喝皮蛋瘦肉粥，但叶穗偏偏就给他送了皮蛋瘦肉粥。吃吧，他又不喜欢，不吃吧，又浪费，送别人那就更不可能了。周存青深吸一口气，下定决心尝一尝。

有了第一次，就有第二次、第三次。叶穗不定期给他带皮蛋瘦肉粥，告诉他那是她最喜欢吃的早餐，总是吃不腻。长此以往，周存青对这个味道也变得不那么讨厌了。

叶穗也想知道周存青爱吃什么。周存青想了想，毫不犹豫道：“糖醋排骨。”这是林羡的拿手菜，他从小吃到大。

叶穗默默记在心里，打算以后再长大些，学会了做给他吃。

如今的周存青不再是从前那个总是板着脸的孩子了，叶穗经常变着法子逗他笑，他也被带得开朗了许多，变得愿意和别人主动聊天。对于他的变化，身为母亲的林羡最是吃惊。

周存青笑了笑，谨记叶穗的话："整天板着脸会变成大苦瓜的。"

林羡久违地露出笑容，眼眸里闪着柔情。自从五岁那年周存青知道自己患了一种罕见病之后，他不哭不闹，却再也没有像现在这般笑过。为人母亲，林羡平生最大的愿望就是儿子快快乐乐的长大。现在，他终于再次发自内心地笑了。

十岁那年夏天，暑假，小公园里聚集了许多孩子。

叶穗几人选了一个宽敞的地方，正玩着"老狼老狼几点钟"的游戏。周存青从来不参与，叶穗以为他是害羞，不敢和女孩子们走太近。

周存青坐在长凳上，视线始终追随穿着白色衣裙的叶穗。叶穗长高了不少，但还是比他矮半头，膝盖上的疤痕早就淡去，穿着漂亮裙子，就像个被捧在手心上的洋娃娃。

这局是叶穗当老狼，其他人当小羊。小伙伴们喊："老狼老狼几点钟？"

叶穗思考了一下，大喊："五点钟！"

清脆的声音传入周存青耳畔，他微微弯了弯唇，随手在地上捡起了一根长草，无聊地编起东西。周存青本来想编一只蝴蝶，但编出来很丑，他又去编简单点的草环戒指。无意间，他瞥见了一旁被她们乱涂乱画过的废弃报纸上的大标题——**男人创业成功，实现儿时梦想，娶得心爱已久的姑娘**。

原来是一则青梅竹马的故事。他大概浏览了一遍，文章中有些生僻字，他看不懂。手里的草环戒指也慢慢编成了形。

"老狼老狼几点钟？"

"三点钟！"

游戏还在继续，周存青看了一眼叶穗的背影，思绪起伏万千。他拿过一支黑笔，在这篇报道的上方写了一句话。

“老狼老狼几点钟？”

“开饭啦！”

叶穗一个转身，把其他人吓了一跳，猝不及防地逃跑。周存青见她迈开步子，一抓一个准，笑得脸颊的肉鼓起，可爱又灵动，自己也被她无形牵动，羡慕的光芒在眼里打转。

“你们还跑！”叶穗已经气喘吁吁，她瞪眼一看，发现周存青正悠然坐在那儿，眼睛不眨一下地看着她，脸一下红了。

“周存青，你还愣着干什么？快和我一起抓人啊！”她明显放轻了语气。

周存青一愣，随即笑道：“我不能违反游戏规则。”

叶穗一听，气呼呼地笑了：“那你跟着我！”一点不给周存青拒绝的机会。

她再次抬步往前追时，余光捕捉到周存青唇边挂着浅淡的笑意，随后，她听见他脆生生地喊了句：“来了！”随后他放下了手中的东西，匆匆跟上了她的步伐。

叶穗哼笑一声，还不是成了她的小跟班！

六年级，是周存青留在北宜小学的最后一年，他的成绩一直很好，可以直升北宜初中部。而叶穗作为优等生，周存青原以为她会去到更好的北雅中学，但是她没有。两人一起直升北宜中学，甚至分到了同一个班。周存青和叶穗四目相对时，都“扑哧”一声笑了出来。

叶穗下课后得了空闲就凑到周存青身边，笑嘻嘻地说：“听了我的话，还真就不板着脸了，好几次见你都是在笑着。”她在周存青面前压根不掩饰自己的性格，“你家是不是还住在原来的地方啊？那边的小公园好像要翻新了，也不知道会不会添一些好玩的东西，不过以后怕是很少能去了，初中可没小学轻松。对了，你以后要不要放学和我一起回家？”

周存青怔住：“放学一起回家？你家不是不住北宜区吗？”

叶穗说：“我搬家了呀，就和你家就隔了一条流水巷，可近了，以后我能天天来找你，一起上学也行！”

周存青想了想，住在流水巷后面的人家都是大富大贵的。

“你爸妈不来接你？”他问。

叶穗笑道：“他们挺忙的，找了一个司机来送我，但我有时候也想和朋友一起走回家嘛，更何况我们又住得近。”

“嗯，好啊。”周存青话说得平静，内心却雀跃无比。

周存青从小到大恪守规矩，从未像叶穗这般胆大妄为。无所束缚地活着是一种怎样的滋味，他没体验过，却在她的身上看见了。

家庭圆满幸福，被身边的爱包围，有求必有应，总是可以笑着对待所有人，拥有许多珍贵的东西，最重要的是，她有一个健康的身体。这些都是周存青不曾有的，所以他一而再，再而三地向她靠近，只为汲取些许力量来满足自己。不知怎的，他开始变得贪心，觉得这样还远远不够……

“周存青，你是不是很热啊？”叶穗悄咪咪地问他。

周存青疑惑：“不热啊。”

叶穗又说：“那你该不会是发热了吧？脸这么红。”

周存青猛地抬手触碰自己发烫的脸颊，他抬头看了叶穗一眼，发现她白净的脸上也染上了不正常红晕：“你也是，脸红红的。”

叶穗支支吾吾道：“我那是热的呀。”她装模作样地用手扇风，小心思全藏在了心里。

忽然，叶穗感到一股凉快的风拂过她的碎发，她侧头一看，发现周存青正拿着本薄薄的练习册为自己扇风。

“你明天想吃皮蛋瘦肉粥吗？”叶穗笑着问他。

周存青说：“你带了我就吃。”

“那我给你带！”顿了顿，她继续道，“一会儿放学你想不想去玩？”

“去哪玩？”

“去你家吹空调。“叶穗蓄谋已久。

周存青无奈地笑了笑：“我家可没有空调。”

“那就去你家摘果子！”

“那棵果树去年年底已经被铲除了，树根被白蚁腐蚀，大风一吹就摇摇欲坠，我妈妈怕有危险。”

叶穗失望透顶，只好道：“那我们去街道走走吧，顺路回家。”

周存青答应她：“行。”

晚霞渲染了半边天，地上树影摇曳，时不时有几只飞鸟驻留，也不知道在啄食着什么东西。一路上，叶穗问，周存青答，能答上来的他就答，答不上来的他就闭嘴不说话。叶穗走路蹦蹦跳跳的，一会儿窜去他左边，一会儿又绕到他的身后，不像他，一步一个脚印。

“周存青，你是脚受伤了吗？小学就不见你跑步，到了初中还是一样。”叶穗闷闷地说，她还从来没有见过周存青肆意奔跑的模样呢。如果他能跑起来，一定是最耀眼的少年。

周存青不太想让别人知道自己有先天性心脏病的事情：“嗯，小时候和妈妈爬山，摔下了阶梯，落了病根，再养个几年吧，到时候大概就能跑了。”

他说得严肃认真，叶穗信以为真：“好吧，那等你以后可以跑了，我一定要和你比赛，看看咱俩谁跑得快！”

周存青苦笑着说：“肯定是你。”

叶穗浑然不觉，骄傲得双手抱臂，喜不自胜。

叶穗暂时还不想交新的朋友，所以她把自己有的没的全拿出来分享给了周存青，路上短短几分钟，周存青的手里已经抱了一大堆零食和玩具，他哭笑不得，心里还在想等一下回到家被林羡看到该怎么解释。

走到街口拐角处，两人听见一个老妇人喊：“化凶为吉，护家人朋友安康喜乐，都来瞧瞧俺家的平安符嘞！”

叶穗被这话吸引，看见三四个大人从那个方向走过来，每个人手里都握着一枚红色的平安符。叶穗好奇，拉住周存青的手腕带他一路往前："走，我们也去瞧瞧！"

周存青紧张地咽了咽口水。

老妇人看见一男一女两个初中生朝她的铺子走来，还以为是兄妹。

"周存青你看，这平安符是不是做得特别精致？"叶穗双眼发光。

周存青一看，工艺的确不错，点了点头。

"周存青，你能给我买一个吗？"叶穗很是喜欢。

"这些平安符都是在庙里开过光的，七情庙在临城可是出了名的香火旺盛，准保灵！"老妇人开口说道。

周存青笑了笑："这东西只是图个心安。"

"但我真的很想要。"叶穗死缠烂打。

周存青笑容未减，却是站在原地没说话。他也很想给她买，但每过去一天，他就离死亡更进一步，一旦有了牵挂和念想，等到那一天到来，无论对谁都是一种痛苦。

"算了，不要了。"叶穗放弃挣扎，先他一步离开铺子，周存青见状，立马跟了上去。

"我……"

"没事，确实有点为难你了。"叶穗面无表情地说。

她不知道自己说的这话在周存青听来有多么刺耳。

两人一路无言，直到快要分离的时候，他忽然叫住叶穗说道："对不起啊，这个给你。"周存青把她给的零食和玩具全部塞在书包里，然后从里面拿出了一条小锦鲤挂饰。

叶穗抬眸，眼底的失望一扫而空："这是什么？"

周存青不自在道："这个是我在家绣着玩的，虽然比不上那枚平安符漂亮，但小锦鲤也会带来好运，我留着没什么用，送你了。"

叶穗接过，露出笑容，小锦鲤挂饰的针线不平，样子也怪丑的，可她却觉得比那枚平安符珍贵一百倍。她笑得很开心，周存青跟着她一起弯了弯唇。

之后很长一段时间，周存青天天都能看见叶穗书包上挂着的一晃一晃的小锦鲤。

班里有人忍不住问道：“叶穗，你挂了个啥啊？好丑哦。”

叶穗听后并不气恼，轻声说道：“咱们审美不同，我就是喜欢这种丑东西。”

周存青“扑哧”一笑。不知道从什么时候起，他的眼睛开始自动捕捉她的每一个身影。只有在他面前，叶穗才是鲜活的、好动的、娇气的。

后来，班级开办了一场关于青春期的讲座，聊到爱情方面时，老师提问周存青：“假如你以后有了喜欢的人，你会怎么做？”

周存青的视线落在前排的叶穗身上，其实，他现在就有了：“我会明目张胆地追求。”

班内一阵起哄。

老师笑了笑，换了另一个人问：“叶穗，你会怎么做？”

叶穗起身，不假思索地回答：“我和周存青一样。”

窗外的风铃不停响动，周存青躺在病床上，眼神毫无神采地盯着白茫茫的天花板。他已经昏睡了三天三夜。周存青记得他是在家里晕倒的，昏迷中，他迷迷糊糊地听见有人叫他快点醒来。

“他的情况不太好，咱们这小城市还做不了这么大的手术，我的建议是转去南方，那边医疗技术高，我有好几个医生朋友都在那边的大医院工作，或许可以帮得上忙。为了防止病情继续恶化，我劝您还是尽快转院，虽然……”医生压低声音说，“治愈率极小，过程也会很痛苦，但总能延长寿命。”

林羡一听，感觉有道雷从天而降，当场便有些站不稳。

医生叹了口气摇摇头走了出去。

林羡看周存青已经醒了，先是摸过他的手哭了一阵，而后下定决心道：“小青，你方才听见医生的话了吗？”

周存青微微点头。

“咱们听医生的话，去南方治疗。”

周存青张了张嘴，固执道：“不去。”

“不行，你的病情已经恶化了，再不接受治疗你会没命的！”

“我命数本来就短。”

“不是的，小青。”林羡抽泣，“人总要有点希望。听妈妈的话，做完治疗，咱们还可以继续上学，好吗，小青？”

周存青的大脑思绪混乱，心脏好像早就停止跳动一般。良久，他似是想到了什么，最终“嗯”了一声。

因为昏迷得太突然，周存青缺了一个星期的课程。见他一句话不说就消失了七天，叶穗心急，每天都来他家附近徘徊。然而他家空无一人，院里的落叶也没人打扫。

今天是周末，周存青是昨天晚上回来的，林羡订了今天下午的机票，时间急迫，需要抓紧收拾，耽误不得。

周存青垂头丧气地收拾着东西，收拾到一半，他就听见外面有人拿石子扔他们家的墙。他以为只是哪家的调皮孩子在门口玩闹，但石子撞墙声接连不断，周存青觉得不对劲，索性走出去看了看，没想到是叶穗。

周存青站定，率先开口：“你怎么来了？”

叶穗蹲在地上，抬眸看见他回来了，不管不顾地上前抱着他哭个不停。周存青任由她抱着，手轻轻拍着她的肩膀，以示安慰。

等哭够了，叶穗放开他，质问：“你去哪里了？”周存青消失了一个星期，她就消沉了一个星期。

周存青欲言又止。

叶穗见他面色不佳、有气无力的样子，惊恐地问道：“你受欺负了？还是说你生病了？”

周存青摇摇头，道：“没人欺负我，我也没生病。我家里有事，妈妈带我去了一趟外地，来回奔波，没睡好觉而已。”

叶穗吸着鼻子，泪珠还挂在眼角："那你下周来上学吗？我帮你整理了笔记，还给你带了好几天的皮蛋瘦肉粥，可你都没吃上。"

该来的终究会来，他不能再逃避问题了。

"叶穗。"周存青深吸一口气，闭了闭眼又睁开，"家里出了一些特殊情况，我要走了，这几年都不会回临城了。"

听到周存青要离开这里，叶穗心中只剩下忧伤与茫然。为什么呢，为什么这么突然呢？叶穗的泪珠在眼眶里打转："你要去哪里？"

他说："去南方。"

南方啊，离临城可远了。

"你还会回来吗？"

"会啊，我一定会回来找你的。"

那天，他抱了侥幸心理，林羡说只要治好了就可以继续上学，他天真地想，或许还有一丝希望，自己会被幸运神眷顾的。哪怕光芒再微弱，他也要努力拼一把。

"那我……"叶穗泪光闪闪，涉及他家的私事，她不好多问，可一想到要等上几年才能再见面，她就悲伤不已，她还有好多好多话未来得及说给周存青听。可最终，千言万语只剩一句："那我在临城等你，你一定要回来！"

周存青犹豫了一瞬："一定。"

"空口无凭我可不信，我们拉钩，你要是不回来找我，天涯海角我都不会饶你，听见没？"叶穗看着他道。

"好……"周存青哑声回应。

拉钩过的保证，承诺过的话语，未曾表达的心愿，周存青把它们都留在了临城。

上飞机前，林羡无意间瞥见儿子手中握着一个红色的物件。他似乎很宝贝这个东西，摩挲了一下，随后小心翼翼地放进了书包内层，眼眶也跟着红了。

林羡温柔地摸过儿子的头，柔声说道："等病好了咱们就回来，到时候妈给你做你爱吃的糖醋排骨。”她对这场求医之旅充满希冀，眼角却始终带着微不可察的泪。

“嗯。”周存青点点头，和林羡一起朝人流涌动的方向走去。

中考后，叶穗考上了临城最好的三中，周存青在她的世界里消失了一年多，她很想知道他过得怎么样。恍惚间回忆起小学那段时光，她在闹，他在笑，如今面对其他人，她再也找不回当年的感觉。

大概只有在周存青面前，她才可以毫不掩饰自己不讨喜的性格，随意耍小脾气，想哭就哭，想笑就笑，无须在意什么，而他永远会包容自己。

他离开后，叶穗放心不下，时常想打探他的消息。

读高一的时候，有个叫常夏的女生寄住她的家里，女生学习用功刻苦，长得又漂亮，叶穗很快和对方成了无话不谈的好朋友。有时兴致来了，叶穗也会和她聊起自己和周存青的故事。

高三时，常夏的爸爸因为工作发生调动，不得不把女儿一起带去南方生活，叶穗一听常夏要转学，还是转去南方，便想着，或许周存青也会在那个城市。今年已经是他离开临城的第五年，他为什么还不回来呢?

幸运的是，叶穗打听到周存青果真在南榆，还是在常夏转去的那所南榆七中。

这个消息是苏沐雨告诉她的，虽然小学毕业后两人就不常联系了，但叶穗知道她初中时去了南榆上学。苏沐雨曾就读于南榆七中的文科B班，她只上了一个学期就出国留学了，因此只见过周存青几次，还差点没认出来。

苏沐雨说：“周存青个子高，长得干干净净的，嘴角总是挂着若有若无的笑，比小学时帅多了！还有啊，我还看过他在球场上打球的样子。”

类似的话，那年常夏回临城玩的时候也和她说过。周存青的变化真大啊，看来他真的听了自己的话，变得爱笑了，不再苦瓜脸。他的脚伤肯定也好了吧，不然怎么在球场上肆意奔跑呢？思及此，叶穗就迫不及待地想要亲眼见到他长大后的样子。

窗外阳光倾泻，照得房间内明亮宽敞。

叶穗紧张地握紧拳头，在睁开眼睛看到屏幕的那一刻大喊："爸，妈，我高考考了 678 分！"

叶父叶母一听到这个成绩，开心得都快晕厥过去。

"想好报考什么大学了吗？"

"南榆市的医科大。"叶穗从小就有一个医生梦，她想学一手好医术，争分夺秒，救死扶伤，帮助更多的人。

叶父叶母自然遂了女儿长久以来的心愿。

"对了穗穗，你的书包上怎么还挂着那个旧玩意儿？那小锦鲤的鱼尾都发黄褪色了。你不是还有许多漂亮挂饰吗？怎么就钟爱这一个，一挂就挂了好几年。"叶樊忍不住道。

叶穗笑着说："才不换呢，这小锦鲤保我运气常在！"

叶樊笑道："莫不是哪个小男生送的？"

叶穗摆摆手，脸都红了："哎呀，这是秘密，你别问！"

去南榆的时间很快确定下来，上了飞机后，叶穗闭眼假寐时，竟做了一个关于周存青的梦，梦见了十八岁的他。

他问她："最近和别人打闹的时候，有没有让自己受伤啊？有的话，那盒祛疤膏应该还能用。"

他问她："临城立夏了，学校有没有给装空调？我不在你身边为你扇风，你有没有觉得热？"

他问她："你现在还有经常吃皮蛋瘦肉粥吗？我有点嘴馋了，去了一些早餐店吃都没有你带过来的好吃。"

可这哪是周存青会问出来的话呢？终究不过是叶穗梦里的周存青，她幻想出来的周存青罢了。

航班抵达南榆市时，叶穗的梦也醒了。十八岁的周存青应该比从前都要意气风发吧。

叶穗嘴上说着找到他以后要大骂他一顿，骂他不守信用，骂他喜欢骗人，但如果真的见到他，她大概只会欣喜若狂。可惜，一切事与愿违。

常夏和江槐一起来接机时，唠了几句，说起了周存青。

“周存青的朋友说，他去国外了。”

叶穗如遭雷击，一言不发。周存青去了国外？这怎么可能？叶穗不太相信。

“穗穗，我知道你这些年一直在等他，我也不能确定这个消息是真是假，所以只是和你提一嘴，你确定还要继续找他吗？”常夏问。

叶穗点头：“找啊，我气都没出呢！”

常夏算半个知情人，但叶穗没有麻烦她帮忙去找和周存青一个班的人打探消息，她决定自己去找他。好端端的一个大活人，还会从偌大的南榆市消失不成？

叶穗起初还抱有希望，可寻觅的结果告诉她，南榆市已经没有周存青这个人存在，他的一切踪迹都被抹除，如同人间蒸发。

为什么呢？为什么会这样？她这几年一直在临城好好地等着他，她长大了，成年了，等不下去了，既然他不曾回来，那她就义无反顾地去找他，可怎么就一点消息都没有了呢？叶穗攥紧了手里的小锦鲤，这个装饰书包的挂饰，现在竟成了周存青留给她的唯一念想。

“骗子，骗子，当初就不应该放你离开的。”叶穗缩在墙角里嘀咕着，眼泪止不住地往下流。

一年、两年、三年、四年，时间一眨眼就过去了。叶穗每天都要强迫自己打起精神，将大学生活过得充实，这样才不会分心去想周存青。可每当一静下来，她的脑海里都会浮现周存青的身影。他似乎成了叶穗的执念，为此，她拒绝了不少和她表白的男生，统一回复：“不好意思，我现在不想谈恋爱。”

叶穗也想过，也许周存青早就不记得自己了，毕竟都过去这么久了，从前那些不过是自己的一厢情愿。可她终究越不过心里那道坎。

她总是想，周存青不会不记得她的，可如果还记得，那为什么不来找她呢？

还在临城的时候，一个雨天，周存青又遇到了那位卖平安符的老妇人，这次，他毫不犹豫地将那枚平安符买了下来。之后，他花了一天一夜的时间，不熟练地在平安符中间，用金色的线绣上一个“穗”字——穗穗平安，岁岁平安。

周存青原本打算送给她，当作惊喜，但变故突然降临，他并没有好好地把平安符送出去。平安符被他随身携带到了南榆，成了他日夜拿来睹物思人的物件。

到了南榆后，他的病情渐渐稳定下来，但医生说，往后的治疗只会更加痛苦，他能活到现在，早已胜过无数个先天性心脏病患者。虽然如此，林羡也不打算把他带回临城了，而是留在南榆接受更好的治疗。

周存青凭借良好的成绩进入南榆七中。时隔一年，重新踏进校园，放眼望去，操场上全是奔跑的身影。他的拳头握紧又松开，一股涌动的叛逆在他心里盘旋，等待爆发。

都是风华正茂的少年，为什么他不可以像他们一样，无所顾忌地奔跑呢？他其实可以的，只是他从未试过。周存青想遵循本心，畅快无比地为自己活一次。于是，他张开手臂，迎风仰天大笑。那是他第一次触碰到自由。

他的性格发生了很大的变化，对陆希澈这个朋友更是言无不尽。周存青挣脱一切束缚，学着打篮球，在球场上和陆希澈切磋比赛。纵使这样做的后果是钻心的痛，他也不后悔。他知道，医生和妈妈说的话都是骗他的，这病压根就好不了，再怎么治疗都是徒劳，只是延后了死亡的时间。最后的时光里，他希望自己活得开心，所以哪怕再痛苦，他也坦然接受。

只是……那女孩啊，对不起。

整整五年的时间，周存青没能如愿回临城和叶穗重逢。直到那天病房里的一瞥，周存青才终于再次看到那熟悉的身影。她成大姑娘了，五官长开了，越发漂亮动人。只是，她大概永远都不会知晓，她曾与自己距离这么近，又那么远。

“我死后，你谁也别告诉，特别是叶穗，提都不要提。这姑娘性子倔，就让她把我当成个骗子吧，最好忘了我，去找寻自己的幸福。”周存青这样对陆希澈说。

摘下氧气罩的那一刻，周存青的思绪远飘千里，他仿佛看到叶穗穿着洁白的婚纱，一步一步走向他。

“周存青，要不要娶我呀？”

“你都穿上婚纱了，该是我来问，你要不要嫁给我啊？”

叶穗掩嘴偷笑：“如果我不嫁呢？”

“非你不娶。”

周存青看见自己捧着一束玫瑰花递到叶穗面前，她接过，笑着说了什么，然后羞涩地低下了头。

周存青看着慢慢消散的人与事物，心扑通扑通地跳，他笑了。这梦……真好啊！可是，真遗憾啊……

直到心跳停止，他的手里仍是握着那枚来不及送出去的平安符。

大学毕业后，叶穗留在了南榆，在市中心医院做了一位心脏科的主治医生。近年来心脏病的患病率在逐年上升，叶穗想用自己的微薄之力，救治更多的病人。

叶樊时常打电话问她：“穗穗，你打算什么时候结婚啊？你老爸老妈还等着抱外孙呢！”

叶穗苦笑：“再等等吧，我还没有结婚的想法。”

话是这样说，但叶穗心里还是纠结万分。

医院里，有位叫纪羽的男生对她很是关照，和她是同一届的校友，从大二就开始追求她，直到现在，追了快五年了。

纪羽的长相偏温柔，一双桃花眼含情脉脉，对女生尊重有礼，举止从不逾越。他几乎每天都围在叶穗周围，一开始她对纪羽的示好视而不见。可渐渐地，相处之后，叶穗发现，纪羽对自己的真心并不作假。他一心一意地对她好，经常讲一些冷笑话逗她开心，会买礼物给她制造惊喜，甚至在医术上，两人也能相互帮助，畅所欲言。好似在无形中，各自都走进了对方的心底。

叶穗等了周存青一年又一年，始终没有正式开始新的生活，希望越来越渺茫，她也曾劝过自己就此放下，她知道，他或许不会再回来了。也是，她早该想到周存青是一个骗子的，他的话不能当真。

二十六岁这年，叶穗终于放过了自己，不再回头，大步朝前。

和纪羽谈恋爱的过程中，纪羽始终从叶穗的角度出发思考问题，会细心地记住她的生理期，提醒她要忌口，然后为她做一碗热乎乎的红糖小丸子。他包揽了所有的家务活，笑眯眯地说，女孩子就是用来疼的。开车出去旅游时，后备厢装的全是叶穗爱吃的、爱穿的、爱用的。

两人在一起的第三年，他们回临城举办了一场盛大的婚礼。

常夏被邀请去参加婚礼时还有些难以置信。她一直以为新郎会是周存青，不过只要叶穗幸福安康，比什么都重要。

双方父母都极为满意两人的婚事，每次过年回家，纪羽都会陪叶穗一起孝敬长辈。有一次两人路过北宜小学，纪羽来了兴致，问她：“你以前在这里读小学？”

叶穗一愣，望向车窗外，看着一个个稚嫩的面孔，她不知道想到了什么，过了好一会儿才“嗯”了一声。

路过道路旁的一处院子时，叶穗下意识地盯着那扇紧闭的大门，上面贴了张黄色的公告：工地施工，请勿靠近。周存青的家……原来已经被拆了啊。

“在看什么呢？”纪羽注意到她神情的变化，笑着问道。

叶穗收回视线，不愿再想起往事：“没什么，我们回家吧。”

婚后第三年，叶穗生了个女儿，为她取名纪安然。纪安然四岁的时候，最是喜欢拆家捣蛋，把叶穗儿时住的房间弄得乱七八糟。叶穗看着她胡闹，也不训斥，反正他们要搬家了。

纪安然不知道从哪个角落里翻出了一个边角破损的纸箱，看起来很有年代感。

“妈妈，这个是什么？”纪安然指着纸箱一脸好奇地问。

叶穗一时之间没有想起这是什么。

直到纪安然从里面翻出弹珠、纸青蛙、悠悠球……叶穗这才反应过来，这些都是她小学时玩过的东西。叶穗目光一扫，落在了那个她几年前就已经封存的小锦鲤挂件上。箱子里面还有她十岁那年和苏沐雨、宁瑶一起乱涂乱画过的废弃报纸。她当时不舍得扔掉这些宝贝，于是全部收了起来。

今天，尘封了多年的旧物重新出现在她的面前，叶穗鼻尖一酸，有种想哭的冲动。

等她拿过那份报纸，想展开给纪安然看自己以前的画作时，忽然，一样东西掉落在她的怀里。叶穗垂眸一看，竟是一个用草编织而成的戒指，首尾相连处已经发黑松动了。

这是谁夹在这报纸里面的？叶穗皱起眉头，过了几秒，她看向报纸上面，忽然发现报道旁边还有一行小字——

如果可以，我长大后也要娶到心爱的女孩，让她享福。

落款是周存青。

这个名字，已经好久没在叶穗的记忆里出现了，他的模样已经淡出她的脑海，变得模糊不清。一瞬间，她的眼泪夺眶而出，她用手捏紧报纸的一角，身体颤抖着，泪如雨下，晕花了“周存青”三个字。

纪安然看见妈妈在一旁抽泣，忍不住问道：“妈妈，你怎么啦？”她上前一步抱住叶穗的手臂晃来晃去。

叶穗抬眸，视线落在那条小锦鲤上，她带着哭腔对纪安然说道：“妈妈只是想到，很久以前，自己曾被一位骗子骗过，骗子说一定会回临城找妈妈，叫我好好等他，可是，妈妈等了他好多年都没有等到。”

纪安然还小，不懂得怎么安慰人，只好说一些让叶穗开心的话：“妈妈不要哭啦，爸爸还在外面做饭，他偷偷告诉我，他做了妈妈最爱吃的糖醋排骨！”

叶穗摸了摸纪安然的头，强颜欢笑：“好，你先出去陪爸爸，让妈妈自己待一会儿，妈妈很快就出来找你们。”

纪安然用力地点点头，露出一排小牙齿，乖乖地说：“好！”

很快，偌大的房间里，只剩下她一个人。

夏至已过，窗外阳光洒落，照得外头飘忽不定的树叶绿得发亮，斑驳的光影为这个清冷的室内注入了一丝温暖。恍惚间，叶穗觉得自己的身体轻飘飘的，像是被人托起，带她回到了十岁那年的夏天。

叶穗看见小时候的自己正和朋友们玩着游戏，周存青坐在一旁，顽固又认真地执笔写下了那句话。

“周存青，你心爱的女孩是谁？”相隔二十多年终于问出这句话，叶穗的心理防线彻底崩塌，眼泪汹涌而来，嘴唇不停地颤抖。

周存青并没有看她，也看不见她。他听见了十岁的叶穗的呼唤，只朝那年的小女孩奋不顾身地奔去。

“来了！”我心爱的女孩，一直是你啊。

三十六岁的叶穗望着十岁的他们渐渐跑远，最终汇聚成一个黑点，她终于从这恍惚中回神。她终究没有得到想要的答案。

周存青，你去哪里了？大家都在朝前走，只有你一个人停留在了腐朽的岁月里，藏在密不透风的罐子中，埋在黄土之下，年仅十八岁。

你骗过了许多人，包括她。

周存青从来都没有战胜病魔，叶穗永远都无法得偿所愿。

你好：

我是周存青。

叶穗，最近过得好不好？应该还不错吧。我坐在教室里有些无聊，突然想给你写些东西。虽然这封信最终不会送到你的手里，但对我来说，也算是一个纪念吧。

南榆七中附近有许多早餐店，火爆到每天都需要排队，其中有一档粥店挺热门的，店长推荐的皮蛋瘦肉粥我只吃了一次，味道很正宗，但始终没有你带给我的好吃。

南榆市的夏天实在是太热了，有时只是静静地趴在桌上，听着头顶吱嘎作响的风扇时都能出一身汗。巧的是，每当出现这种情况时，我们班下一节就是体育课。下课铃一响，我就会拉着陆希澈奔向操场占位打球。

对了，你还不认识陆希澈吧，他成绩吊车尾，脾气也怪怪的，但长得帅，心地善良，对我也不错，有这样一个好兄弟是一件幸事。

你还没看过我打球吧，其实也就那样儿，不过我回防挺强的，可惜没机会让你瞧瞧。上了高中后，我就变得很消极，除了打球，别的都提不起兴致。我生来带病，无法自由如风，所以我总想在最后的时间里，无所顾忌、无拘无束地活一回。

昨天南榆市的气温快到三十五摄氏度了，我们班主任买了一箱冰棍给我们解暑，大家都争先恐后地去抢自己喜欢的口味。我拜托陆希澈帮我拿一根绿豆味的。他还嫌我挑来着。

我也会想，我怎么就突然想吃绿豆味的冰棍了呢？或许是想到了以前你曾偷偷把绿豆味的冰棍放在我的桌上，说想要我多笑点。后来，我真的被你调教得笑容满面，不再是你讨厌的苦瓜脸。

我瞒着你买下的平安符，现在还躺在我的书包里，没有送给你，你大抵也不会知道我的心意了。

我知道我是没有以后的人，可我还是会贪婪地想要再靠近你一点，以至于明明已经极力克制，但你一难过，我就又心软了。

有时候一个人发呆，我也会抱怨老天爷为什么对我这么不公平。不过还好老天爷让我遇见了你，遇见了陆希澈，还有非常爱我的妈妈。

如果那年夏天你没有翻墙进我家偷果子，我们大概此生都不会有交集。不过要是那样的话，我或许会不甘心的。

所以，如果可以，我想回临城找你，告诉你，周存青特别特别喜欢你。

如果可以，我想亲自带你来南榆玩一趟，看看这儿的大海，拥抱一下海风。

如果可以，我想和你一起玩闹，一起数浩瀚夜空里的星星，一起做很多很多想和你一起做的事情。

可惜，现在对我而言最残忍的两个字就是“如果”。

你以后还会遇到像我这般喜欢你的男孩吗？应该会的，我想。毕竟你那么招人喜欢。

哎，那就希望能闯入你未来的那个他能好好对你，因为你值得被爱。

叶穗，尽情去享受你的人生吧，你该像风一样，无所畏惧，自由自在。而我呢，就当一个被你记恨的骗子，先你一步去另一个世界玩了。

穗穗，天天开心，一生平安，永远幸福。

忘了我，也好。

本来还想给你写点别的，但是上课铃响了，这节还是数学课，那老师可凶了，他……

周存青去世三年后，林羡承受不住对儿子的思念，还没有步入五十岁就已经满头白发，满目沧桑。她太想与家人团聚了，所以在某个寂静的夏夜里，吞入了大量的安眠药……

她说："小青，妈妈来见你了。"

她说："小青，跑慢点，妈妈跟不上。"

她说："小青，这次妈妈的岁数可比你小咯。"

下辈子，妈妈要给你一个健康的身躯，依旧为你遮风挡雨，依旧像今生这样爱你疼你。

妈妈想见证你的一岁、十岁、二十岁、三十岁、四十岁……每一岁的小青，我都想见证。

周存青的信，是林羡下葬后，陆希澈去他家打扫时发现的。信被藏在桌子下方的抽屉里，边缘都泛了黄，显然已经被放了好几年。

陆希澈看完，心里说不出来是什么感觉，他只觉得自己的身边当真是一个人也没有了。

他们都离开了，被遗忘的信，被遗忘的人。

他不知道周存青什么时候写的这封信，上面连个日期都没有。他想，周存青没写下去的原因，会不会是那会儿数学老师点他起来回答问题，他没回答出来，于是被罚站了呢？再然后呢？陆希澈记不清了。

罢了，不想了，真正的答案只有周存青一个人知道。

后来，陆希澈去墓园祭拜陆星幕、周存青和林羡。陆星幕的墓碑旁开了朵小花，有只蝴蝶在半空中飞来飞去。周存青和林羡母子俩的墓碑紧紧地挨在一起。陆希澈蹲下，将手中的那封信和两束白菊放在他们的墓碑跟前。

远方的你，还好吗？我们相识于蝉鸣不倦的盛夏，又分离于蝉鸣不倦的盛夏。今天是六月十一日，天蓝云白，骄阳似火。

陆希澈抬头看向天边的飞鸟，忍着眼泪，轻声说："周阿姨，辛苦了。周存青，生日快乐。星幕，有没有想哥哥？"

日复一日，年复一年，你们都只会在我的梦里出现了。

周存青和叶穗的故事，早就停在了周存青离开临城的那一年。

叶穗到底知不知道周存青的心意？也许知道，也许不知道。

叶穗知道周存青去世了吗？也许知道，也许不知道。

毕竟哪怕陆希澈守住了秘密，纸终究包不住火的。终有一天她发现，当初曾以为兜兜转转终会重逢的人，早已和自己天人永隔。

是否故事的过程足够刻骨铭心，结局便不必圆满？没人知道。

只是每年夏天，那个永远不会回复的账号里总会出现一句新的问候——

又是一年，夏天到了。

番外三

故事未完不续

艳阳高照，天空一碧如洗，六月份的南榆早早地就步入了盛夏，闷热得让人喘不过气。

常夏穿了条白裙子坐在沙发上翻看着手机，忽然对江槐说道：“他们今年的高考试题可比当年的题难多了。”她庆幸自己出生得早，不然就惨了。

江槐闻言，开橘子汽水的动作一停，笑了笑：“如果让你来做今年的高考试题，还有没有信心拿 700 分以上？”

“当然。”常夏圆溜溜的眼珠子一转，“没有。”

江槐“扑哧”一笑。

他们大学毕业快两年了，距离高考也已经过去了六年，有些知识点确实已经记不清了。

常夏大学选了外语专业，江槐选了金融。两人一入学就备受关注，不仅相貌出众，在校期间成绩也相当优异，直到大学毕业都是本系的第一。最重要的是感情相当和睦，人们暗地里纷纷感叹，果然优秀的人会相互吸引。

更甚至，南华大学近几年的宣传视频里，依旧能看见江槐和常夏的身影。

毕业后，江槐接手了江如练和蒋明依公司旗下的部分产业，闲下来便干点自己喜欢的事情，此外，这人还喜欢在社交平台上发自己的恋爱日常，恨不得让全世界都知道他有一个人美心善的女朋友。

常夏总笑他都是成年人了，怎么还和小孩子一样幼稚。

江槐往往会说："这种未成熟的想法，仅你可见。"

常夏每次都被他调戏得面红耳赤，愣是想不出一点反驳的话。

其实，高中毕业那会儿两人公开关系的事在学校传得轰轰烈烈，有人就说，新鲜感一过，常夏和江槐就会分手，谁知，他们不仅没有分手，还一谈就谈了七年。

经常有人在江槐的视频底下问：高中时代的爱情真的能那么长久吗?

一贯高冷不回评论的江槐每次碰到这种问题都会回复：我不敢论高中时代的爱情是好是坏，能不能长久，但能遇见一个本身就很好的人，实在太难得了，所以我愿意努力，愿意一直让我们保持新鲜感，愿意让这段爱情长长久久。

一段长久的爱情是需要两个人一起维持的，由此可见，他们都为彼此付出了很多。

常光旻很满意他们的这段感情，江如练和蒋明依更不用说，都十分支持自己的儿子。蒋明依太喜欢常夏这姑娘的性格了，舒舒服服，落落大方，以至于每次江槐带常夏出去旅游时，蒋明依都想跟着一起去。

常夏看着还穿着家居服的江槐，笑着催促："你快去换衣服吧，不然一会儿班级聚会就要迟到了。"

"行。"江槐弯了弯唇。

班级聚会的地点在南榆七中附近的一家饭店，包间是吴熙汀帮他们订的，但她人在外地学习，赶不回来和他们相聚。

江槐开车，常夏坐在副驾驶位上，两人都穿了白色系的衣服，手挽手走下车时，很是引人注目。

江槐和常夏走进包间，大家看到他俩，立即站起来欢迎。

“夏夏！”段柔一见她就冲过来拥住她，常夏差点被她那头金色的头发晃瞎。

段柔从电影学院毕业后，选择了进军娱乐圈，因为长相的缘故，演了不少很有个性的反派角色，渐渐在娱乐圈混得风生水起。

近来段柔在拍杂志，染了金发，还没来得及染回去就赶回南榆参加班级聚会，能把狗仔全部甩掉也是多亏有祁温言。

他们四个高中毕业后，一直有联系。有一次常夏和江槐去京市玩，刚好碰上段柔的一个活动现场，于是两人伪装成她的粉丝，在台下大喊她的名字。段柔当时在台上差点就笑场了。

祁温言目前是一位小有名气的摄影师。段柔进圈后从没隐瞒过自己有男朋友的事，有人扒出了祁温言的背景以及两人的经历后，网友与粉丝才噤声。从高中到大学，再到工作，默默相伴九年，那些骂声很快变成了羡慕的言辞。

娱乐记者们开始争先恐后地采访这位为段柔拍过不少杂志封面的祁姓摄影师。

“祁先生，您为什么选择当一名摄影师呢？是因为段小姐吗？”

祁温言望向镜头，微微一笑：“不错，我想用相机把女朋友生活中的每一个瞬间都记录下来。”

这些事都是段柔在电话里和常夏说的。

高中毕业后，常夏和江槐都收到了一本祁温言寄的相册，里面放着许多他们五个人的合照，都是祁温言平时拍的。火锅局、看电影、接力赛、鬼故事、海边沙滩放的漂流瓶……还有许多随手拍的正脸与侧脸。

祁温言给聚会现场拍了一张，站在江槐旁边和他说话。

今天这场班级聚会，有小部分人因为时间安排而无法赶上，程嘉然就是其中之一。他在国外读了硕士，又拿了国际奖，打算留在学校继续研究，明年再考虑回国的事情。祁温言本来想打电话给他，一想到他或许还在睡梦中，就没忍心。

余晓远是最后一个到的，她不仅人来了，还拖了个沉甸甸的纸箱，里面装的是出自她手的第一册漫画，故事的背景便是南榆七中。

余晓远终于还是实现了当漫画家的梦想。

前几年余晓远准备起草大纲之前，特意找过江槐和常夏："槐神、夏夏，这本漫画我准备以你们的名字来命名。"

常夏一惊："我们的名字？"

"对呀。"余晓远笑道，"青春校园类的漫画，你们就是最好的例子，所以这本漫画名叫《槐夏》。"是一部充满夏天气息的漫画。

几年后，余晓远完成创作，率先发给了江槐和常夏看内容。

里面的人物以理科A班的同学们为原型，故事多数是原创，但保留了他们在南榆七中经历过的有趣的事情。余晓远画技高超，网页版上线后便引来了许多读者的关注。

江槐还记得余晓远写在漫画最后的结束语：好在有你们的陪伴，让我的青春不再迷茫，谢谢这个夏天，它永不落幕。

整场聚会下来，谈笑声不断，段柔是最忙的那个，大家都争先恐后地和她合影。聚会一结束，祁温言和段柔就匆匆和大家道别，赶去机场。常夏先一步回到车上。江槐上车后才看到自家女朋友发的消息，问他怎么还不出来。

江槐笑了笑，和她说："刚才他们拉着我聊了会儿工作上的事，没来得及脱身。"

手机的微信页面亮着，置顶的对话框显示的备注是"罗曼蒂克"。常夏知道江槐给自己的微信备注时，已经是大一了，联想到那年在海边一起放烟花的事情，瞬间就懂了他的意思。

江槐这人，果真是浪漫至极。

常夏将目光从"罗曼蒂克"上移开，和江槐说道："我们去南榆七中附近走走吧。"

江槐笑着应好，打开车门，下车，绕过去给常夏开她那侧的车门。

两人慢慢走到南榆七中校门口，这里变化不大，倒是围墙外的藤蔓长高了不少，当年他们被困在学校的时候，还是江槐带她从这里翻墙出去的。他们没有进校园，沿着外围走了一圈。

下午第一节上体育课的同学们已经在阳光下排好了整齐的队伍，听到要测试八百米和一千米跑步时，队伍中传来唉声叹气。大家嘴上说着跑不快，实际却使了最大的劲冲去前头，想取得第一名。听着他们气喘吁吁的声音，江槐和常夏好似又找回了当年的感觉。

走到了杂货店门口，见“解忧”杂货店依旧是老样子，只是经营的人不再是当年那个女人了。

走到学校外围的展示墙，常夏一眼就瞧见了往届荣誉榜上江槐和自己的名字，甚至还有入学时的照片。江槐的照片是高一拍的，那会儿他的模样还有点青涩，而常夏的照片是高三拍的，或许是相机闪得过快，竟把她拍得有些呆滞。

常夏立马挡住江槐想要细看的眼神，羞涩道：“这张照片拍得我好傻。”

担心这个干什么？江槐笑出两个小梨涡，宠溺地看着她，把自己的手机放在她眼前晃。

“这张才最傻。”

常夏瞪了他一眼，像一只奓了毛的小猫。

江槐的锁屏壁纸是常夏惊恐地回头，发现自己抓住了她不听话的毕业帽的照片，那是第三张毕业照。

两人闹了一会儿，常夏恢复平静，道：“江槐，我好怀念我们在南榆七中的日子啊。”那样肆意，那样无畏。

江槐温柔地说：“你忘了我们几个在放漂流瓶时说的话了吗？”

“友谊天长地久。”

“友谊万岁。”

“愿我们势不可挡，愿我们一直奔跑，跑到故事的尽头！”

“我们的故事可没有尽头呀。”

“那么就祝愿我们老了也能坐着轮椅到沙滩上来玩。”

“然后呢？”

“然后，我们等待凌晨五点半的日出，等待早餐店开门，等待准备去上学的孩子，告诉他们青春只有一次，要好好珍惜。”

常夏回想了一遍，笑弯了眼。

江槐的白衬衫灌满了夏日的风，他的目光深深地锁住常夏，拉过常夏的手腕，碰了碰她上个星期去文的文身，轻声问道：“还疼不？”

常夏摇摇头说：“不疼了。”她胆大妄为了一次，在自己白皙的手腕处留下一串英文：Free and enthusiastic，意思是：自由且热烈。

受女朋友影响，江槐心血来潮，也去文了只玉兔在自己的左胸，那是最靠近心脏的地方。

他又说道：“You bring me up. I accompany you grow old, you don't need worry, I have always been at your side, will not go far.”江槐笑了下，“常老师外语翻译这么厉害，知道我在说什么吗？”

常夏怎么可能不知道：“我会陪你长大，陪你变老，你不用担心，我一直在你身旁，不会走远。”

“江槐，我也是。”我也会像你爱我一样爱你，永远。

上车回家前，江槐去“解忧”买了五羊牌冰淇淋给常夏解暑，然后上车往家的方向开去。车载音乐响起，应和着这个炙热的季节。

风吹过我的头发，
淋着雨我就站在你家楼下，
迫不及待地拨通你的电话，
一整个夏天所有和你的画面。

江槐摇下车窗，夏风迎面而来，吹得两人清爽凉快。他们跟着音乐一起唱出声，仿佛回到了十八岁那年的夏天。

定格在这瞬间，
我生活你主演，
等着你的出现，
我对你爱爱爱不完。

真好啊，所有的付出都得到了回应。

回到乌衣巷，江槐才看到常夏吃甜筒吃得心急，嘴角沾到了巧克力酱。他笑了笑，用纸巾帮她抹去，还不忘调侃一句："你这玉兔，吃了月亮的冰淇淋怎么一点表示都没有？"

常夏装作不懂，眨着水灵灵的杏眼问："月亮想要什么奖励？"

这副古灵精怪的模样让江槐心痒痒，忍不住亲了亲她光洁的额头，又牵过她的手，带她往前走："你知道卢阿岛吗？也可以叫塔法卢阿岛，是位于斐济的一个心形小岛。"江槐牵着她的手紧了紧，"今年夏天，我准备带你去那里玩，也准备在那里郑重地向你求婚。常夏，你想不想在夏天嫁给我？"

常夏一愣，浑身血液似乎都变得滚烫起来。在这个熟悉的地方，她有过两种截然不同的感觉。一次是学生时代，她偷偷在十字路口等他，真碰上了，他说："常夏，你想不想去吃桂林米线？"

一次是他们携手走过了七年岁月后，他说："常夏，你想不想在夏天嫁给我？"

她想，很想，非常想。

所以，常夏抱住了男人劲瘦有力的腰，将头贴在他的心脏处，眼里含泪，语气上扬道："常夏，愿意在夏天，嫁给江槐。"

绿叶沙沙作响，阳光正明媚，他们之间，一切似乎都如初见，一切所愿皆要实现，最特别的是，都在夏天这个季节。

后来啊，江槐仍是那个喜欢喝橘子汽水，喜欢吃棒棒糖，温柔又不失张扬的宠妻达人。常夏仍是那个喜欢扎高马尾，露出漂亮的天鹅颈，囤着吃不完的水蜜桃的闪闪发光的知名翻译。月亮和玉兔仍喜欢依偎在他们怀里。

祁温言仍是一副爱笑的模样，语气一如既往的欠揍，喜欢对着一切不可能大喊“我可是‘不败之神’”的摄影师。段柔仍是潇洒不羁，甩着一头如瀑的长发，在自己擅长的领域打拼的人气明星。

程嘉然仍是术业有专攻，优秀又自信，当了多年电灯泡还是选择单身一人闯荡世界的成熟精英。

余晓远仍是热情开朗，爱吃香葱，看文章的口味始终如一的新晋漫画家。

她的漫画出版后销量断层，口碑爆棚，让大家都知道了，原来南榆七中还有过这样一段美丽的故事。

时间如白驹过隙，变化的是岁月，不变的是永远自由如风，永远激情澎湃的他们。

炙热的骄阳下，午后的蝉鸣伴随着热气席卷而来，他们的故事到此为止，却在另一个世界继续进行，未完不续。

我们在夏天相遇，在夏天相爱。

但故事的发生，远远不止这个夏天。

番外四

你好啊，小同学

难得一次聚会结束，段柔和祁温言赶了晚间的飞机回到京市。飞机刚落地，段柔就接到了经纪人华姐发来的消息：**后天进组，你赶紧把金色头发给我染回来。**

过了几秒，华姐就收到了来自“霸王龙”的回复：**行啊，姐，我一会儿就去染回来。**

华姐盯着这三个字，看一次无语一次。起先她不明白，好端端的一位大明星，为什么私底下拿这词来当微信名字，真不知道她是怎么想的。不过后来，当她了解到“霸王龙”这名字是因为段柔的男朋友之后，华姐就觉得自己一脚踩进了柠檬浴里，酸得很。

这两人的游戏名一个是“霸王龙柔柔”，另一个是“温柔的小鱼小虾”。华姐发现后，白眼一翻，都懒得喷了。

段柔把头发染回黑色，时间已经是凌晨了，她推门出去，一眼就看到了正靠在白墙上闭目养神的祁温言。男人红衣黑裤，脖子上挂着个相机，一只手拎着一些东西，听见高跟鞋的声音，缓缓睁开了眼睛。

“染好了？”祁温言哑声道。他看见段柔把长发稍微剪短了些，跟高中时期的长度别无二致。

段柔“嗯”了一声：“不是让你先回酒店吗？”折腾得太久了。

祁温言用手抓了把头发，语气吊儿郎当：“哪能把祖宗一个人丢下不管。”都过去好几年了，他仍是喜欢一口一个的“祖宗”叫。

段柔笑了笑，又听他道：“给你买了点吃的，先垫补一口。”

“谢谢你，男朋友。”段柔脱口而出，“累不累，要不要走走？”这个私人发廊离华姐订的酒店不算远，走过去用不了太久。

祁温言随意道：“好啊。”

现在是早上三点半，走回去大概是四点，段柔还没试过凌晨时分还在大街上晃悠，想着干脆试一下，于是两人说走就走。

京市的夜生活很丰富，不管多晚，街道上都热闹非凡。段柔的鞋子不太合脚，走到一半就有点走不动了，她本想赤着脚走完，谁知祁温言十分顺手地拎过她的高跟鞋，走到她面前弓腰下蹲：“上来，我背你回去。”段柔的眼眸中闪过一抹喜色，二话不说就跳了上去。男人的肩背比少年时期更宽厚了。

“你第一次背我好像还是在高二的时候，有一次学校搞娱乐活动，叫‘马儿快跑’。”段柔语气上扬。

当年的那个活动非常搞笑，要求各班派出一名“骑士”和一匹“马儿”出战，当然，这“马儿”也是人。报名那天，恰好在玩真心话大冒险，段柔和祁温言输了，选了大冒险，程嘉然就说：“那这次马儿快跑的游戏就由你们为班出征吧。”

段柔和祁温言对视一眼，祁温言自然不可能让段柔当马，所以他自告奋勇，段柔很是不乐意，轻哼一声，说：“你觉得我背不动你？”

祁温言哪是这个意思，不过他也不做解释，懒洋洋地应着：“嗯，你这小身板，我怕我把你压死。”

到了比赛那天，两人皆是轻装上阵。裁判宣布马儿需要蒙眼，段柔就有些傻眼，那怎么跑？然而祁温言并没有多吃惊，反倒笑得更欢："祖宗，一会儿就靠你了。"

段柔怒瞪他一眼："滚。"

比赛开始，段柔轻盈地跳上祁温言的后背，祁温言稳稳地托住她，笑道："记得抓紧点，把你扔下去了我可不负责。"

段柔咬牙切齿道："一定勒得让你喘不过气！"

祁温言撇嘴道："净吹牛皮。"

程嘉然和江槐一起趴在栏杆上观看比赛，程嘉然说："祁温言，注意了！裁判要吹哨了！"

祁温言立马闭嘴。

"选手们，哨响三声后，比赛开始。"

十二支队伍在起跑点蓄势待发。三声哨音响完，祁温言是第一个迈开步子的，饶是段柔平日里胆大妄为，此刻也难免有些心慌，因为祁温言正横冲直撞地背着她往前，丝毫没有听她的指挥。眼见他快要偏离方向，撞上另一支队伍，段柔死死地抱住了他的脖子，尖声喊他："祁温言，要出事故了！"

祁温言机敏，立马停下换了个方向。但是脖子上勒得太紧，整片后颈都变得通红，他挣扎出声："祖宗，松一点，快喘不上气了，还有，你头发丝挠得我耳朵痒痒。"

段柔一时语塞，放松了一点力气，道："你要不要脸！"

"你没看见我脸皮掉地上了？"

段柔无语道："看见了，被我踩了好几脚。"

祁温言勾唇："难怪脸痒痒的。"他一边说话，一边向前跑，速度难免慢了下来。

简直乱来，段柔被气得不轻："还不快跑，你想拿倒数第一？"

这话提醒了好胜心强的祁温言，他赶紧加快速度，不过这回他倒是听了段柔的指挥，她说左，他便往左，她说右，他便往右。

慢慢地，段柔紧绷的身体放松下来，开始盯着眼前人的侧颜看，高挺的鼻梁，薄而红的嘴唇，双眼被眼罩蒙着，看不见情绪。很奇怪，明明大家都穿着南榆七中的校服，都是同样的年纪，但祁温言身上就是比别人多出一分与众不同的气质。

“抓稳了！我要开始发力了！”祁温言步伐加快，一连超了好几支队伍，看得场外的程嘉然和江槐连连称奇。最后她和祁温言拿下了第四的名次，还不错。

时隔多年，段柔依旧清晰地记得那天的比赛，如今，兜兜转转，背着她的人还是祁温言。以前是，现在是，未来也是。

祁温言听完，笑弯了眼：“所以，你当时真以为我背不动你？”语气像是在问罪。

段柔哼哼唧唧地说：“不然呢？”

祁温言扬了扬眉：“小瞧我了。”

高中时期的他比较清瘦，段柔不相信他能背得动自己也是情有可原。不过没关系，如今他背了段柔快十分钟，丝毫不带喘的。路灯将两人的影子拉长，男人背着她，一步比一步坚定。不管是那年的他，还是现下的他，都只会栽在她的手里。

背上的人没有出声，祁温言继续道：“回去吃完东西洗个澡，先好好睡一觉，睡醒有个剧本会需要你参加。”祁温言说完等了几秒，背上的人却迟迟没有反应。

耳边传来平缓的呼吸声，温热的气息喷洒在他的脖子上，惹人心生躁动。这么快就睡着了？他走慢了些，轻轻蹭了蹭她的头顶，宠溺地笑了笑。

街道昏暗悠长，背上的姑娘进入梦乡，而祁温言笑着走完了全程。

段柔要进组拍摄的是一部仙侠剧，她在里面演一个恶毒反派，活到最后才从容赴死。杀青已经是两个月后的事了。

她捧着鲜花走出来时看见了祁温言。两个月以来，两人总共才见了三面，段柔也不知道他究竟在忙什么。

当天，“祁温言接段柔下班”的话题再次冲上热门。车上，段柔翻着网友的评论，忍不住笑道：“祁温言，你的影响力怎么比我还大？”她再往下翻，全是一些让人老脸一热的话，看了一会儿，段柔壮起胆子，开玩笑地问了出来，“哎，祁温言，他们问你怎么还不求婚？”

祁温言用手支着脑袋，想了片刻，笑着吐出两个字：“你猜。”

段柔撇嘴摇摇头：“我肯定猜不出来，你的答案一直都在变化。”

从高中时期就是这样，即便自己猜中了祁温言心里的答案，他也会说猜错了。祁温言愣了愣，没想到段柔会这么想他。行吧，但这次，他肯定不会让她失望。

一旁的华姐无语地看了两人一眼，打破了这暧昧的氛围：“段柔，你后面的档期空一下，过几天要飞一趟南榆拍一个校园 MV。”

段柔：“MV？”

华姐看了祁温言一眼，清清嗓子道：“对，一个校园 MV，到时候拿来宣传的。”

段柔半信半疑，拍校园 MV 要宣传什么？

华姐继续道：“取景地选在了南榆七中，正好学生们放暑假，那里还是你的母校，记得带上你高中的校服。”

段柔没什么意见，就是有点惊讶，拍校园 MV 是怎么个事？

华姐自然不会告诉段柔，拍校园 MV 宣传就是个幌子，她是受祁温言所托，安排了这个环节。段柔没有深究，应了声“好”，闭眼准备休息几分钟，没看见祁温言脸上抑制不住的喜色。

八月中旬，南榆七中的梧桐树依旧青葱，蝉匍匐在枝丫上鸣叫，风一吹就带来了盛夏的味道。阳光普照，万里无云。

“对对对，这个机位架好了，准备，来，三，二，一，开始！”随着工作人员的一声号令，拍摄开始。

摄像机的画面逐渐清晰，映入眼帘的是一个穿着蓝白校服的姑娘，她正趴在桌上打瞌睡。数学老师站在讲台上，用力拍了一下课本，怒声道：“段柔！当我是空气呢，你看看现在几点了！还睡！”

很奇怪，明明这姑娘瞧着已经是二十几岁的年纪，看起来还是有种少女般的青涩。

段柔用手托着脸，开口道：“才下午四点而已。”

开学初，她刚上完体育课，大汗淋漓，筋疲力尽，一上课就累得倒下。这是拍摄前，华姐告诉她的前情提要。

数学老师气疯了：“什么叫才下午四点而已！你啊……”

段柔配合地演着一副不以为然的样子，心里想的却是这段剧情莫名有点熟悉，这 MV 里她扮演的角色与曾经的她重合了。段柔按剧本继续往下演，睁眼了几秒又睡了过去。

这部 MV 时长不长，中途没有停下来休息。也不知道是不是因为段柔真做过这事，整个过程得心应手。

她趴着等了一会儿，没听见数学老师的声音，周围有一阵急促的脚步声，旁边的桌椅被人拉开。段柔很想睁开眼睛看看，奈何工作人员还没提醒她结束。

又过了一会儿，终于有人道：“继续。”

“请大家翻开英语课本朗读单词。”讲台上换了个老师，是个女人，声音很熟悉，“memories，回忆，youth，青春。”

又有人喊她：“段柔，醒醒，已经上课了。”

段柔呼吸一滞，愣愣地抬头，说话的女孩朝她微微一笑，段柔错愕地环顾一圈，神情被众人尽收眼底。

“哎，阿槐，她可真能睡。”有一人说道。

另一人温声道：“可不是嘛，班主任的课都敢睡。”

吴熙汀看着段柔欣慰道：“醒来就好，赶紧翻开课本上课了。”

醒来就好，醒来就好，段柔庆幸自己醒来了。

MV 的走向和剧本别无二致，人却不同了。他们和自己一样，换回了南榆七中的校服，偌大的教室里，只有他们五个人。

他们怎么来了呢？她红了眼眶。这堂课只开始了几分钟，而段柔却觉得过了八年之久。

“祁温言那小子还不上来？”

“估计还在医护室。”这声音顿了顿，“刚开学没多久就把脚崴了，倒霉透了。”两人同情地笑了起来。

段柔看着江槐和程嘉然的身影，以及他们出乎意料的演技，想起了在这之后发生的事。过去的记忆碎片汇集，段柔的脑子一瞬间变得无比清明。她知道，这不单单是MV那么简单。那会是什么呢？她的心脏怦怦跳动。

段柔不顾一切地冲了出去，如同当年那样。果不其然，她看见了站在楼梯口的男生，清瘦高挑，五官俊俏，嘴角始终挂着一抹笑意，看起来惯会捉弄人。不是祁温言又是谁？

他穿着校服，看似沉浸在剧本中，然而只有真正经历过的人才知道，这不是剧本。

“小同学，你说这瓶荔枝牛奶是你的我就要给你啊？万一你骗了我呢？”他的语气一如既往的欠揍。

细碎的金光铺满整个楼道，为两人覆上一层淡淡的光芒，虚幻又真实。段柔“扑哧”一笑。

这是他们的初遇。她参加入学仪式的时候带了瓶荔枝牛奶，结果一直没机会喝，还把它忘在操场上，后来这瓶牛奶被祁温言拿回了教室。当时的段柔脾气火暴，所以两人的初次对话并不愉快。但现在不同了。

“那我该怎么证明这是我的？”段柔心平气和地问。

祁温言思考了一会儿，笑道：“不用证明，你要是愿意嫁给我，这就是你的了。”与校园时期的故事发展截然不同的走向。

段柔一时之间有点说不出话来，哪怕她猜出了今天这一场是为了什么，还是会热泪盈眶。

祁温言上前一步，把荔枝牛奶塞进她的怀里。一个小小的、冰凉的物体硌到掌心，段柔好奇地举高，发现底部竟是一枚银色的戒指。

“哎。”祁温言语气飘飘然，“小同学，你答不答应大帅哥的请求？”

或许在别人眼里，祁温言是在刻意模仿他自己十七八岁时那种肆无忌惮的口吻，但只有段柔清楚，他会一直这样意气风发，哪怕到老，也会是最欢脱的那个。

“如果我答应了，你就会永远开心，那我愿意。”

我愿意嫁给你，祁温言。愿意和你携手走下去，白头偕老。

这一刻，风吹起了他额间的碎发，祁温言张开手臂，颤抖地抱住了她。段柔感觉自己像是坠入了天地间唯一的避风港，温暖安全，让她可以永远有勇气去面对一切。

“谢谢你，段柔。”祁温言说，谢谢你选择了我。

工作人员在一旁喊：“卡。”MV 到此结束。

忽地，有好几个人从教室里跑出来，为首的程嘉然笑眯眯道：“段柔，好久不见啊。”大家都有好几年没见过他了，程嘉然的样貌没什么变化，只是眼神更加凌厉了。

“我真是想死你们了。”段柔每个人都拥抱了一下，尽管两个月前他们才见了一次。

段柔睁眼看见的第一个人就是余晓远，是她高一时的同桌。常夏不曾参与段柔的高一，因此她偷偷混在工作人员里。

段柔想到什么，开始四处张望。

“在找熙汀姐呢？”常夏一眼就看穿了她，“她走了，临走前留了个红包给你。”常夏把手中的红包递给她。

吴熙汀因为工作繁忙，所以提前离开了。今天能在百忙之中抽出时间和他们一起给段柔送上惊喜都很不错了，不过段柔还是觉得稍稍有点遗憾，上次聚会吴熙汀没空来，这次也没能好好和她说上话。

常夏说：“熙汀姐还让我跟你说，从校服到婚纱不容易，要好好珍惜。”

理科 A 班竟出了两对恋人，多好的爱情，既纯粹又美好。

为了安排这出惊喜，祁温言策划了好久，他想让段柔回忆一下他们曾经的青春，给往事赋予不同意义。从头到尾，只有她一人不知道。倒是程嘉然能从国外赶回来在祁温言的意料之外。

段柔看了看场外的华姐，发现她正抱着手臂，一脸欣慰地看着他们这群年轻人，带着真心实意的祝福。哪怕他们一开始被网络上的许多流言蜚语攻击，却依旧坚强，一路走到了现在，无坚不摧。华姐想，“爱迎万难”这四个字真的和他们很配。

“段柔。”祁温言今天第二次喊她的名字。段柔回过神来，对上他炙热的视线。

“你看，这次的答案我们是一致的，不会再有变化了。”

她恍惚想起一个多月前，他们在车上的对话。

“哎，祁温言，他们问你怎么还不求婚？”

“你猜。”

“我肯定猜不出来，你的答案一直都存在变化。”

我想娶你。

你看，这次的答案我们是一致的，不会再有变化了。

段柔抱住了他：“祁温言，你真的好讨厌。”

祁温言哈哈大笑，揉着她的头发：“被你讨厌也是我的福气。”

所以，你多讨厌我，我就多喜欢你。

一旁的程嘉然和余晓远同时“哎哟”了一声。

江槐开玩笑道：“要不你们两个凑合过得了，反正都是单身狗。”

程嘉然和余晓远彼此对视，厌弃地做了个吐的动作。

“你说过的，愿我们势不可挡，愿我们一直奔跑，跑到故事的尽头！”祁温言笑道，“虽然当时我和你说我们的故事没有尽头，但那是很久以后，现在的这场故事还差个结尾，由我们来演绎。”

段柔问：“是什么？”她的紧张与期待在这一刻达到了顶峰。

“这么多年过去了，我好像一直忘了对你做自我介绍。”祁温言拉着段柔重新走回教室，让她坐好。

剩下的几个人趴在窗台上，静静地看着这一幕，谁也没有说话。

所有人屏息凝神，直到祁温言朝工作人员打了个“ok”的手势。

学生时代的祁温言浪荡不羁，但性情纯真，见到一朵别样的花都能夸上大半天，他或许从来没想过自己会遇到这样一个姑娘。比花还浓艳，比他还张扬。于是，少年一头栽进去，想把自己变成她唯一的避风港。

窗外，阳光格外明媚，教室外的梧桐树疯长，有束光穿越树影，落在段柔的后背，她的校服衣角泛起朦胧的光晕。然后，她感到有人轻轻拍了拍她的肩膀，一回头，便见他嘴角勾起，清亮的眸中满是柔情。

外头蝉鸣声聒噪，他们好似真的回到了高中时期，在盛夏相遇，从此，命运的齿轮开始转动，能够相逢相识相爱，是他们一生中最大的幸事。

还好，故事的最后依旧是她，只能是她。

“你好啊，小同学，我叫祁温言。”

番外五

婚礼与 DV 机

江槐和常夏的婚礼定在了江槐求婚后的第二年夏至，仪式举行的地点常夏选在了海边。

江槐原本打算回临城举办，但常夏说太麻烦，况且常光旻的工作早就在南榆稳定下来，他们也定居在了这儿，没必要跑来跑去。

江如练和蒋明依也从国外回来，参加儿子的婚礼。

婚礼当天，晴空万里。

这片海见证了她与江槐放的那支叫作“冬天是永不消亡的罗曼蒂克”的仙女棒，见证了他们齐放漂流瓶的模样，今天，也要见证他们盛大的婚礼。

披上头纱的那一刻，常夏竟有种恍如隔世的感觉。

他们请的人不多，可江槐还是包下了整个场地。

当天，江氏和蒋氏集团唯一的少爷结婚这个话题冲上热搜，还有人拍到了段柔和祁温言在结婚现场的照片，有人好奇新娘的身份，随后扒出常夏是当年的双科状元。

一时间，广大网友纷纷感慨：“原来优秀的人都是会聚在一起的。”

段柔、叶穗、余晓远给常夏做伴娘。洁白的婚纱裙拖尾有好几米长，她们帮常夏提着裙摆的一角，方便她走到舞台中央。

另一头，江槐已然交叠着双手，在前方等待。他穿着西装礼服，露出一截红色的领带，目光再往上移，便见他薄而红的嘴唇弯了弯，一双眼眸温柔如水，似是有些紧张与羞涩。

程嘉然站在伴郎区，和祁温言嘀咕道：“你有没有觉得阿槐今天倍儿帅？”

祁温言睨了他一眼：“他哪天不帅了？”

程嘉然笑了笑：“也是，今天怕是他最风光的一次，不整帅点都对不起他自己。”

祁温言勾唇：“等你有了喜欢的人，也能尝到这种滋味。”

程嘉然不置可否。

他们说话的间隙，常夏已经走到了中央位置，和江槐只隔了一臂的距离。

婚礼主持人念完开场白，就把话筒先给了常光旻。常光旻起身，笑呵呵地接过，他年纪大了，笑得眼角的皱纹都深了一些：“你们两个年轻人要好好过，我这老人家的心事又完成了一桩，就等以后享福啦。”常光旻的声音洪亮，这话一出，令在场不少人都笑了起来。

常夏红着脸，含泪笑着，这是她爸爸，也是她最坚强的后盾。

“既然常先生说完了，那就让我来说说吧。”蒋明依爽朗地拿过常光旻递来的话筒，“江槐，你可不能亏待人家，要是敢对她不好，我一定饶不了你！”

一旁的江如练扶额苦笑。江槐和常夏在台上哭笑不得。

蒋明依不止一次和江槐说过这话，虽然江槐每次都保证自己不会那样，但她还是要反复提醒。

江如练接过话筒说：“爸爸祝你们百年好合！”

话音一落，大家纷纷鼓起了掌，祝福着这对新人。

话筒传了一轮，终于送到了江槐手上："其实我想对你说的话早就藏在了日复一日，年复一年的行动中。"江槐笑道，"不过，还是有句话必须对你说。"

常夏隔着头纱看他。

"你要先爱自己，再来做我的爱人。"他希望她能随心而活，不必为了成全他人而委屈自己。

常夏热泪盈眶，怕妆容花了，赶忙轻轻擦掉溢出的眼泪，哽咽着对江槐说："好。"她今天已经哭过好几回了，现在有点说不出话来。

江槐不想再搞煽情引她哭，掀起她的头纱，俯身吻了上去。江槐太高，常夏被迫仰头，这一吻很轻，唇瓣传来柔软的触感，她没有闭眼，盯着江槐长长的睫毛，鼻尖嗅着橘子味的清香，走了下神。

江槐笑了下，压低声音说："常夏，你接吻不闭眼？"

常夏才不承认："我没有。"

男人的嗓音清澈又动听："嗯，你没有。"他语气上扬。

台上的新郎新娘热吻相拥，一切都是那么美好。祁温言赶紧拍了几张照片记录。

"我今天总算见到'得偿所愿'这四个字的具象化了。"程嘉然感慨。

祁温言拍了拍他的肩，坏笑道："那可不，下回我和段柔的婚礼你也记得来啊。"

程嘉然白了他一眼。

仪式结束，江槐和常夏忙着敬酒，和长辈谈话，好不容易有了喘息的机会，常夏就被段柔和余晓远拉走了。

"夏夏你看，这束花不知道是谁送的。"段柔好奇地问她。

常夏微微皱眉，目光锁定众多鲜花中最不起眼的那一捧。那是一捧淡色洋桔梗，不似其他人送的那般花里胡哨，也没写名字，卡片上只写了一句"祝长久，愿欢愉"，旁边画了一只抬头看月亮的玉兔，表情很可爱。

知道玉兔秘密的人不多，按理说只有亲近的人了解，送花人又是怎么知道的？会是巧合吗？

余晓远见常夏摇头，问道：“那场地布置用的花你是在哪儿订的？”

常夏说：“南榆七中附近有家叫‘夏’的花店，那老板接单速度很快，还给我打了个折。”

“行。”余晓远记下，准备有机会去买。

三人又聊了会儿，江槐就来找常夏了：“你朋友喝了不少酒，直在喊你的名字，要不要过去看看？”

常夏皱了皱眉，一时之间没有反应过来：“谁？”

“叶穗。”

常夏赶到时，叶穗面前的桌上全是空酒瓶，她还想续杯，常夏赶紧按下了她的手。

“怎么喝了这么多？”常夏担心道，“别喝了，喝太多酒伤胃。”

叶穗缓缓抬头，迷迷糊糊地看了常夏一眼。

常夏被她看得莫名，刚想开口就听叶穗脑子不太清醒地道：“周存青，你个骗子，终于舍得出现了。”

常夏一愣，叶穗这是把她当作周存青了？这么多年，周存青从未在她们面前出现过。

“穗穗，醒醒，看看我是谁？”

叶穗眨眨眼，映入眼帘的是张漂亮的脸蛋。周存青才不漂亮，他是干净清透的。

“夏夏啊。”叶穗的声音飘飘忽忽。

常夏安抚地拍了拍她的肩膀，叶穗突然一把抱住她，抽泣道：“夏夏，我真羡慕你。”

常夏说：“有什么可羡慕的，你不比我差。”

叶穗摇摇头：“不是的，性质是不一样的。”

大抵是觉得在常夏婚礼上哭泣是件很丢人的事，过了几分钟她就止住了眼泪。叶穗放开常夏，恢复平静，坐在原位："果然，越想把梦变成现实，现实就越不让我如意。"叶穗苦笑一声，"真就印证了他说的那句'别回头，往前走'。"

叶穗摆摆手，摇摇晃晃地站起身："算了，不提往事了。这饭吃了，酒也喝了，我陪你走过了属于你的红毯，看见了你幸福的眼泪，现在，我还差一句祝福的话送给你——你一定一定要和江槐天长地久，不离不弃。我头晕得很，就先走一步啦，有人来接我，到家给你发消息报平安。"

常夏陪她去了路边，亲眼看着她上车才转身离开。

叶穗隔着车窗，望着她的身影，自言自语："我因为一段窥不见天光的情意困了自己十二年，夏夏，我真羡慕你，羡慕你坦荡自如，羡慕你如愿以偿，可我却不能拥有。如果可以，真希望他从未来过我的世界，这样，我是否就能像你一样呢？"

叶穗酸涩地笑了笑，倚着车门闭上眼。

不对，最后一句不能作数，她想，她还是庆幸周存青曾在她的世界驻足过，只是时间短暂了些，让她还没来得及好好留恋，他就无影无踪了。

夜幕降临，繁星璀璨。常夏刚回到场地，就被段柔拉了过去，四个人缩在一个不起眼的小角落。

"你刚刚去哪儿了？"段柔边走边问她。

常夏说："送叶穗走了，她喝多了不太舒服。"

段柔应了声"好"，又道："带你去看个好东西。"

常夏问："什么东西？"

段柔勾起嘴角，神神秘秘："你看了就知道。"

此刻，江槐正被祁温言和程嘉然围着，他们听见脚步声回头，看见她们后连忙招呼道："你们快来，我们快要被笑死了。"

常夏快步走近一看，见江槐手里拿着个老旧的DV机。

“前几天整理家里杂物的时候把这玩意翻了出来，幸好还能用。”程嘉然说，“当时高二的时候心血来潮买的，偷偷摸摸地在南榆七中拍了不少东西。”

“对了，常夏，你还没见过江槐高二时是什么样的吧？”祁温言笑道。

段柔打断：“行了，你们别废话了，一会儿DV机没电了可就什么也瞧不见了。”

也是，程嘉然赶紧夺过DV机交给常夏。DV机里的画面开始一帧帧地播放起来，视频的颜色像是用发旧的颜料涂上去的一样。

祁温言忽然感慨，小声地和段柔说：“我觉得今天不像是来参加婚礼的，倒像是又回到了南榆七中。”

段柔笑而不语。

“阿槐，离下课还有十几秒，Are you ready（你准备好了吗）？”

画面中的江槐穿了件红白相间的球衣，脸上挂着漫不经心的笑容，他长腿一伸，做出准备冲刺的动作。

“铃铃铃——”伴随着铃声响起，视频里传出一个声音，“go！”画面突然晃动了起来。

“我去，阿槐，你吃了几个袋鼠，怎么一跳就跳下了六个台阶！”

“谁让你扛着个机子跑？”祁温言的身影一闪而过。

程嘉然不服：“不是你让我拍一下你们百米赛跑的速度吗？”他转过DV机拍了下自己的脸，白眼一翻，好笑至极。

楼梯口回荡着他们三人急促的呼吸声。

祁温言得意扬扬：“怎么样，我快吧，是不是特别……”祁温言的声音戛然而止，下一秒他扑倒在地。

程嘉然呆了一瞬，前方却传来一道无情的嘲笑声，不是江槐又是谁?

“程嘉然，我都摔成这个样子了，你还拍?！”祁温言怒笑着说。

程嘉然特意放大镜头，不咸不淡地吐出两个字："活该。"

祁温言重温现场，有点不想说话，程嘉然"哈哈"大笑，常夏和段柔也忍不住一笑。

"我记得这段，当时举行校内篮球大赛，下课铃一响阿槐就迫不及待地飞去场地热身了，他一眨眼就跑得无影无踪，连 DV 机都抓拍不到。"程嘉然撇撇嘴。

"以后应该也没机会了。"祁温言说。

"为什么？"程嘉然不解。

"如果常夏在我们前面走，阿槐连侧脸都不会留给你。"

江槐笑着承认："不然呢？"

程嘉然开玩笑道："疼老婆，不疼兄弟？"

"嗯。"

程嘉然自作自受，一天无语八百回，常夏红着脸切换到下一帧。

"来来来，给你们看一下学校里的风云人物都是怎么睡觉的。"DV 机不知怎的就到了段柔手上，她说话声轻轻的，"上个美术课把这三人上困了。"

画面中，祁温言直接抱着画板睡着了，程嘉然更是把脸靠在了画架上，江槐倒是好点，他靠着祁温言。祁温言睡得嘴巴大张，还流着口水，毫无形象，段柔从一旁拿过画笔去轻扫他的人中，惹得他鼻子一痒，打了个喷嚏。段柔本以为祁温言弄出这么大的动静会把江槐和程嘉然吵醒，结果压根没有，江槐睡得沉沉的，程嘉然甚至打起了呼噜。

祁温言看完后，立马否认："这个画面里的人绝对不是我，我睡姿哪有这么丑？"

程嘉然哈哈大笑："承认吧，你睡觉就是喜欢流口水。"

祁温言恼羞了一瞬："算了，流口水太正常不过了，你才是奇怪的那个，喜欢把脸靠在画架上睡，怎么，想成为世界名画？"

正喝着橘子汽水的江槐差点呛到了。

下一帧的画面继续播放，看视角，DV 机应该是摆在地上的，夏风穿过宽敞的走廊，不一会儿，四架纸飞机缓缓落地。

“凭什么阿槐的能飞这么远？”祁温言的声音隐隐传来。

江槐乐道：“都说纸飞机的寓意是寄托着梦想去远航，”他笑了笑，“可能是因为我的梦想比你们的都要远大吧。”

还真是狂妄。祁温言习以为常，拉上程嘉然和段柔，硬是要和他多比试几场。几场下来，祁温言的纸飞机总是飞得最近的一个。

段柔模模糊糊地想起了一些事情。她看向祁温言道：“我记得……当时我好像给你的纸飞机动了手脚。”

祁温言要气死了：“你动它干什么？”

段柔“嘶”了一声：“谁让你把我的薯片吃光了，一点也不留给我。”

还挺记仇啊，祁温言立马换回了温和的笑容：“做得好啊，祖宗。”

又看了好几个他们打闹的视频，常夏握着的 DV 机开始发烫，她眼里却满是欢喜。虽然她不曾参与过他们的高一、高二，但是从这视频的记录来看，他们这种肆意张扬的姿态大抵从未变过。

待到最后一个视频出现，程嘉然喊道：“重头戏！”

是什么？剩下的人一脸疑惑。

“期末考的前几天，我们放学偷溜去了多媒体教室，里面什么乐器都有，我就怂恿阿槐弹钢琴。”程嘉然说。

所以，这个视频记录的是江槐弹钢琴？常夏心头微微一振，她还从来没有看过江槐弹钢琴的样子。不等江槐有所反应，常夏就点了播放。画面中显现出窗外枝繁叶茂的梧桐树，正值黄昏，大片大片的光照进室内，钢琴通体发光，坐在钢琴前的少年更是夺目耀眼。

江槐穿着蓝白相间的校服，头发干净利落，嘴角的笑容带着恰到好处的意气风发。

“程少爷，想让小弟弹什么？”江槐笑问。

程嘉然想了一会儿，道："弹点我听完能狂刷一百道数学题的曲子。"

江槐挑挑眉，打开手机去网上搜了乐谱："行啊，保准让你热血沸腾。"

祁温言和段柔坐在地上，一脸期待。

此时的程嘉然还不信江槐能找到什么好歌激发他疯狂学习的冲动，然而，少年指尖触上黑白琴键的那一刻，他高悬着的心就放下了。

"At break of day, in hope we rise（曙光初照，心中破晓）……where we walk, there you'll be（所到之处，有你随行）…… your glory is breaking through the night（你的荣耀划破漆黑的夜晚）."

悦耳的钢琴声伴着人声传来，让人心潮澎湃，无法抗拒。

我们虽是少年，但心朝向更远大的世界，程嘉然有种想冲上前和江槐共弹的冲动，他心想，何止能刷一百道数学题，一千道都不在话下。

江槐哪知道他的内心活动这么丰富，刚弹到一半，就有人来开多媒体教室的门，因此，DV 机的画面定格在了少年看向镜头的最后一幕，他正逆着光垂眸低笑。

祁温言舒了一口气："怎么样，常夏，高二时的江槐看够没？"

常夏本来是个很容易满足的人，不过，这次她却说："看是看够了，但没听够。"她还想听江槐弹钢琴。

"什么没听够？"余晓远不知道从哪里跑了出来，"对了，我刚刚看见那边有架钢琴，好像是当年有支叫 QC 的乐队筹资买的，放在这边，当作景点。"

常夏猛地一拍余晓远的肩膀，激动道："你来得真是时候。"

余晓远一头雾水地看着她。

下一秒，常夏就拉过江槐的手不紧不慢道："快去给我展示一下，我还没听过你现场弹钢琴呢。"

江槐笑着说："这有何难，买台钢琴回家，你以后想听我就弹。"

常夏听出他的语气里带着点撒娇的味道，态度强硬道："那是以后的事，今天不一样。"

"怎么不一样？"江槐跟着她走，颇有兴致地问。

常夏说："今天是夏至，是我们结婚的日子，我想听你弹情歌。"

江槐闻言，宠溺地看着她，败下阵来："说话也太直白了吧。"

"我可不是拐弯抹角的姑娘。"常夏笑眯眯道。

江槐耸耸肩，妥协道："我为你弹琴，你也圆我个心愿如何？"

"什么心愿？"常夏问。

江槐牵过她的手，扬眉道："明天早起，陪我去吃桂林米线，加辣不加葱。"

常夏盯着他的侧颜，微松一口气："原来是这个啊。"

江槐追问："怎么，你还想要哪个？"

"没有没有。"常夏连忙摆手，是她多想了。

江槐勾唇一笑，心里像掺了蜜糖般甜。

祁温言他们赶到时，江槐已经坐在了钢琴前，触摸着琴键，江槐也颇有感触，他已经很久没有弹过钢琴了，印象里上一次弹，还真就是 DV 机里的那段。

围观的人虽多，江槐却没被他们影响，找出乐谱，尝试着熟悉它的节奏。

段柔和余晓远挪到常夏身边，对视一笑。

江槐的眉目仍像年少时那般张扬，只是这张扬中又添了几分沉稳，让此时的他更有魅力。

男人开口，嗓音悦耳："cause I wanna be where you are baby（宝贝，因为我想与你同在）, and I wanna be the shining star that leads you home to me（我想成为最闪亮的星，指引你回归有我在的家）. I don't wanna jump the gun and say that this is love（我不想把爱说得太早）, but I can tell you now that you're more than enough（但是现在正是告诉

你的合适时机）.”

余晓远百感交集，却又喜悦万分：“夏夏，真好啊。”

段柔也说：“真好。”

常夏鼻尖一酸，她慢慢地走向钢琴前坐着的人。在常夏的认知里，江槐永远熠熠生辉，无所畏惧，他身上的自由深深地吸引着她，此后她便喜欢上了这个从来不被定义的少年。

江槐微微弯唇一笑，望向常夏的视线炙热无比。

很久以后，常夏在家找到了一本笔记本，里面写着这样一句话：

我曾经以青春的名义来当你的玉兔，而如今，我发现你不止可以当我的月亮，也可以做被我点燃的柴火，我是你朝夕相处的风。

江槐看见后，忍不住笑起来：“有你在的夏天，我们就如此纠缠，没有终结。”

初见少年如灼阳，再回首轻狂如故。

后　记

重温一遍这篇故事，我依旧有种说不上来的感触。

有段时间上网冲浪，总能刷到一些关于纪念青春的视频，或许是因为我的青春不曾热烈张扬过，所以，我很想把我和朋友们一起做的事情记录下来。

想着想着，我头脑一热，灵感爆发，立马从床上弹起来，打开电脑，写下大纲。

一个关于南榆七中，关于鲜活的人物与故事的遗憾，就这样完成。

写常夏，一开始我想把她塑造成典型的乖乖女性格，可后来的剧情走向，让我改变了这种固有思想，她有爱着她的爸爸，有许多交好的朋友，他们每个人都会牵动她，让她本身的个人色彩丰富饱满。活在这样一个童话般的世界里，我想，她不该如此，而是更加明媚自信，她可以有小女生的一面，亦可以有打破规矩，和江槐偷偷大冒险的一面。

青春中又怎么可以没有过一见钟情呢？于是我设置了这样一个剧情——

那架纸飞机不仅滑落在她脚边，更砸进了他的心间。写到这里，我觉得，他们就该谈一场以盛夏为名的爱恋，才不枉青春中的相遇。于是，两个原本身处顶峰的人，为了靠近对方，经历了重重磨难，最终携手走向盛大的未来。

这大抵就是我幻想的青春吧，那样美好，那样真实。

当然，这里不仅有江槐和常夏的故事，还有段柔、余晓远、祁温言和程嘉然等人的人生。宇宙辽阔，说不定真有平行时空，而他们的故事会在南榆宇宙继续上演。

在打下“全文完”这三个字时，我感觉心里空落落的，好似将要从一个美好的梦境中离开，再也无法回去。

能有幸在这个炙热的夏天遇见他们，见证一段如梦如幻的过往，我很开心，也很感谢读者的喜欢与支持。生活要继续向前，感谢我们曾同频共振过烈夏，依旧对远方充满好奇和想象。

我们的心里藏了一个夏天，誓要在这个季节熠熠生辉。

那年我们十八岁，年少轻狂，在晴空下肆意张扬。

悠氧

于广东